POUR UNE UNE DEUXIÈME CHANCE

ROWAN McALLISTER

POUR UNE DEUXIÈME CHANCE

ROWAN McALLISTER

Publié par
DREAMSPINNER PRESS

5032 Capital Circle SW, Suite 2, PMB# 279, Tallahassee, FL 32305-7886 USA
www.dreamspinnerpress.com

Pour une deuxième chance
Copyright de l'édition française © 2018 Dreamspinner Press.
Titre original : The Second Time Around
© 2018 Rowan McAllister.
Première édition : septembre 2018
Traduit de l'anglais par Lorraine Cocquelin.

Illustration de la couverture :
© 2018 Adrian Nicholas.
adrian.nicholas177@gmail.com
Les éléments de la couverture ne sont utilisés qu'à des fins d'illustration et toute personne qui y est représentée est un modèle

Édition e-book en français : 978-1-64405-097-2
Édition imprimée en français : 978-1-64405-098-9
Première édition française : septembre 2018
v 1.0

Édité aux États-Unis d'Amérique.

À tous ceux qui ouvrent leur cœur et leur maison aux animaux maltraités et délaissés, leur offrant une seconde chance et une vie meilleure.

I

— OH MERDE !

Les freins grincèrent et du gravier ricocha sous le châssis. Les roues arrière de son joli cabriolet BMW série 4 rouge firent voler un nuage de poussière et de cailloux, et il s'arrêta en zigzaguant. Il serra fermement le volant et tenta d'écraser la pédale de frein tandis qu'il dérapait, le cœur au bord des lèvres.

Sa vie était peut-être sur le point de se finir, ici et maintenant, et il n'avait rien trouvé de mieux que « oh merde » ?

Lorsque la voiture s'arrêta enfin brusquement, son cœur battait si fort que le son fut presque assourdissant dans le silence soudain. Ce supplice terrifiant n'avait duré que quelques secondes tout au plus, mais il avait l'impression d'avoir perdu plusieurs années de sa vie.

Les paupières fermement closes, il ouvrit un œil, s'attendant à moitié à se découvrir suspendu au-dessus du vide, à quelques secondes de tomber de la montagne sur laquelle il roulait si vite. Mais non, les quatre roues étaient maintenues par un énorme accotement retenant le gravier, créé apparemment pour les abrutis comme lui qui ne faisaient pas attention et prenaient le dernier virage trop vite.

Drama queen.

Cette voix, dans sa tête, était celle de son père, même si Jordan était sûr que William Alexander Thorndike deuxième du nom n'avait jamais prononcé ces deux mots.

Jordan fit la grimace et s'obligea à détendre ses doigts crispés sur le volant, les serrant et les desserrant avant de couper le moteur d'une main tremblante. Il referma les yeux, jeta les clés sur le siège passager et prit un instant pour s'adosser contre l'appuie-tête et respirer. Il devait se calmer. Il devait se remettre les idées en place avant de reprendre la route, sinon, il finirait vraiment par se tuer.

Il voyait bien les gros titres : « Le fils du millionnaire roi de la finance se tue dans un terrible accident ! »

Son père serait sans doute fou de joie. Une mort tragique dans la famille battrait à plate couture tout scandale concernant un fils gay déshérité.

1

Ses parents recevraient des marques de sympathie de leurs amis du country club sans être entachés par l'horrible vérité. Gagnant-gagnant.

Sauf que Jordan ne voulait pas leur donner cette satisfaction.

— Qu'ils aillent se faire foutre.

Et comme il aima la musique de ces mots, il leva la tête et cria à l'intention de la montagne, des arbres et des oiseaux :

— Qu'ils aillent se faire foutre !

Qu'ils aillent tous se faire foutre. Ils pouvaient garder leur héritier parfait et leur petite fille chérie. Les enfants du milieu devaient toujours se sacrifier, de toute façon, non ? Jordan était donc condamné dès le début.

Quand son cœur reprit un rythme normal, il descendit de voiture, les jambes raides et tremblantes, posa les mains sur la capote d'un rouge chaud et brillant et baissa la tête. Il était injuste avec ses frères et sœurs. Will Junior ne pouvait pas s'empêcher d'être aussi parfait et Gemma serait sans doute vouée à être le bébé de la famille toute sa vie. Ils avaient tous leurs problèmes, même si aucun d'eux n'avait tout fichu en l'air comme Jordan l'avait fait cette fois-ci.

Il était doué pour ça, au moins.

« — *Ne dis plus un seul mot. Je ne veux rien entendre.* »

Son père était resté raide comme un piquet dans son bureau, tournant le dos à Jordan, les mains croisées derrière lui, tout en regardant par la fenêtre qui se trouvait derrière sa table de travail. La mère de Jordan, qui s'était effondrée sur une chaise derrière lui, n'arrêtait pas de renifler, mais Jordan ne pouvait pas quitter son père des yeux.

« — *Père, je...*

— *Non. Plus un mot. Tu vas aller te promener, Jordan. Quand tu reviendras, tu t'excuseras auprès de ta mère de l'avoir bouleversée avec cette mauvaise blague. Tu nous diras que tu seras extrêmement ravi d'accompagner Sheila, la fille des Madson, au dîner de clôture du festival de dressage et à tous les endroits où elle désirera t'emmener cet été, avant que tu retournes à l'université cet automne et finisse ta licence. C'est tout ce que je veux entendre.* »

Jordan grimaça à ce souvenir. Il s'assit au sol, contre sa voiture. Après vingt-quatre années à essayer – sans succès, la plupart du temps – de vivre conformément à leurs attentes, il l'avait fait. Il avait enfin trouvé le courage de leur dire la vérité. Il ne voulait et ne pouvait pas être l'homme qu'ils auraient voulu qu'il soit.

Il devrait s'en sentir soulagé. Il ne ressentait plus le poids immense de leurs attentes. Il n'aurait plus à faire semblant de sortir avec des filles qui ne l'intéressaient en rien. Il n'avait plus à sourire, flirter et flatter ces ribambelles de princesses pourries gâtées que ses parents lui imposaient, dans l'espoir qu'il trouve une bonne chrétienne qui s'occuperait de ses mauvaises manières. Il n'avait plus à faire comme si obtenir sa licence et passer l'examen du barreau était tout ce qu'il désirait dans la vie. Il était libre.

Mais au lieu de cela, il souffrait. Il avait mal comme s'il avait reçu un coup au plexus, sauf que la douleur ne s'était pas estompée depuis qu'il avait pris ses parents à part et fait sa grande révélation, quelques heures plus tôt. Cette douleur était au contraire toujours aussi vivace.

Il s'était attendu aux cris. Il s'était attendu aux larmes de sa mère et à la désapprobation de son père, ainsi qu'à sa déception. Cette dernière lui était intimement familière. Mais il ne s'était pas attendu à être rejeté complètement et aussi froidement. Sa mère avait à peine murmuré, sans grand enthousiasme, que c'était « peut-être une phase » avant que son père l'interrompe pour donner son ultimatum : soit Jordan recommençait à faire semblant d'être le fils qu'ils voulaient qu'il soit, soit il n'était plus leur fils – point barre, sans discuter. Hébété, Jordan avait emballé ses affaires, espérant que, pendant le processus, quelqu'un arriverait et lui offrirait une étincelle d'espoir, un indice quelconque lui indiquant que la porte ne lui était pas fermée pour toujours. Mais personne n'était venu.

La sueur lui coula dans le dos, interrompant l'inutile rappel des événements qui ne cessaient de passer en boucle dans son esprit depuis qu'il avait quitté Thorndike Farms. Il devait réfléchir, pas s'appesantir sur le passé. Il repoussa tous ses souvenirs et se leva, épousseta son short en lin et étudia son environnement. Il était sur une longue route sinueuse qui grimpait la montagne, mais il ignorait où il se rendait. Des feuilles vert foncé frémissaient sous l'effet d'une légère brise, les cigales chantaient dans les arbres et une brume s'élevait de la chaussée. L'air était aussi lourd et humide qu'on pouvait s'y attendre en Virginie, au mois de juillet, et il n'arrivait pas à savourer l'idée alléchante de se laisser fondre sur le bord de la route, pas avec la voix de son père résonnant toujours à ses oreilles.

Maintenant que l'adrénaline avait reflué, il était épuisé, ce qui ne l'aida pas à améliorer son humeur ou ses capacités de réflexion. Il remonta en voiture, remit le moteur en marche et alluma la climatisation. Son moral était toujours au plus bas, mais l'air frais qui lui soufflait au visage l'aida à s'éclaircir les idées. Il alluma la radio fort, pour étouffer les voix dans sa tête, et reprit la route, espérant trouver l'inspiration en continuant à rouler. Il n'était pas vraiment en état de prendre des décisions à l'heure actuelle, mais rester tranquillement quelque part, seul avec ses pensées, n'était pas une option envisageable non plus. Il devait faire quelque chose.

Comme il voyait de plus en plus de panneaux annonçant la I-81, il suivit son instinct et les flèches. Dépasser les montagnes Blue Ridge et quitter la Virginie semblait une idée fantastique. Il laisserait derrière lui le snobisme du pays du cheval et l'étroitesse d'esprit et l'inflexibilité des habitants de Lynchburg, au moins jusqu'à ce qu'il découvre ce qu'il allait pouvoir faire de lui-même.

Le problème étant qu'il n'avait pas vraiment planifié la suite, il n'avait réfléchi qu'à la partie concernant son comingout. S'il avait eu la moindre idée de qui il voudrait être, plutôt que de qui il ne voulait pas être, peut-être que sa conversation avec son père se serait mieux passée. Il aurait été en mesure de l'affronter au lieu de fuir comme un lâche… Bien que le résultat final n'eût pas été bien différent, sans doute. Mais il ne se serait peut-être plus senti aussi perdu par la suite. Il aurait au moins su où aller.

Près de la bretelle d'accès à la 81-S, il s'arrêta à une station-service pour faire le plein et prendre un café. Comme il n'avait pas pu trouver de Starbucks assez proche sur son système de navigation embarqué, il devrait se contenter de celui de la station-service. À la pompe, lorsqu'il enfonça sa carte dans la machine, cette dernière émit un bip. Il fronça les sourcils et releva ses lunettes de soleil, puis essaya de nouveau, mais la même chose se reproduisit. Les mots « Aller au guichet » clignotaient sur l'écran.

À l'intérieur, Jordan tendit sa carte à la caissière, la douleur dans sa poitrine se faisant plus lourde.

— Bonjour. Quelque chose ne va pas avec la pompe. Elle ne veut pas prendre ma carte.

— Combien voulez-vous mettre ?

— Trente.

La femme derrière le comptoir, qui paraissait s'ennuyer ferme, mit la carte dans sa propre machine.

— Désolée, monsieur. Ça dit que votre carte est refusée.

La douleur se fit plus vive dans sa poitrine, mais il adopta une expression confuse. Il sentait la sueur perler sous ses habits et avait l'impression que tout le monde le dévisageait et le jugeait.

— Oh, pardon. Il doit y avoir un problème avec ce compte. Tenez, essayez celle-ci.

Ne voulant pas prendre le risque d'être humilié une fois de plus, il lui tendit la carte de débit de son compte bancaire personnel, celui auquel lui seul avait accès. Il vérifierait ses autres comptes sur son téléphone dès qu'il serait seul, mais une certaine crainte lui tordait le ventre.

— C'est passé.

Il eut du mal à reprendre son souffle après cela. Il hocha la tête et sourit à la femme, avant de récupérer sa carte et de retourner à sa voiture tout en sirotant son café. Comme il faisait le plein, il consulta un par un le compte lié à sa carte de crédit et tous les comptes sur lesquels son père lui versait une indemnité. Soit l'accès lui en était refusé, soit il les trouvait vides.

— Eh bien, c'était du rapide, marmonna-t-il, hébété.

Les chiffres sur l'écran rendirent, d'une certaine manière, sa situation plus réelle et l'étau qui lui enserrait la poitrine se resserra davantage.

L'embout de la pompe émit un « clac » sonore à ses côtés, le faisant sursauter et le sortant de son hébétude. Sur pilote automatique, il remit la pompe en place, referma son réservoir et remonta derrière le volant, qu'il agrippa de ses mains moites.

Désormais, il n'avait plus de famille, plus de travail et plus d'argent à part quelques dollars sur un compte auquel son père n'avait pas accès – le compte que Jordan avait ouvert pour pouvoir se rendre dans des clubs gays ou dans des hôtels pour des coups d'un soir sans laisser de trace.

Au moins, il lui restait sa voiture. Il pouvait la vendre, si la situation devenait désespérée. Cette idée était douloureuse, mais à ce stade, ce n'était qu'une goutte d'eau dans l'océan.

Ou comment passer de tout à rien en prononçant juste quelques mots.

Qui aurait cru que dire « Je suis gay et je ne veux pas devenir avocat » recélerait tant de pouvoir ?

Bizarre.

Mais Jordan savait que cela finirait ainsi, au moins dans une certaine mesure. Sinon, il les aurait prononcés une dizaine d'années plus tôt, au lieu de se dégonfler année après année.

— Mais l'amour n'est-il pas censé tout surmonter ?

Sa question s'envola dans le vent tandis qu'il appuyait sur l'accélérateur, doublant des semi-remorques, des voitures et des SUV chargés de matériel de camping et surmontés de vélos.

Le plus drôle dans toute cette histoire, c'était qu'il avait enfin eu le courage de faire son comingout parce qu'il pensait qu'il était temps pour lui de se poser... ou du moins, d'envisager de se poser et d'avoir un avenir. Pour ne plus être un rebelle et arrêter les fêtes de fraternités et les bêtises. Il avait songé qu'il était temps qu'il essaie d'avoir une vraie relation avec quelqu'un, de sortir vraiment avec un homme, pour une fois, et pas juste coucher à droite et à gauche. Il était aussi temps qu'il trouve sa voie, une carrière qui lui donnerait envie de se lever tous les matins. Son père avait toujours dit qu'il voulait les mêmes choses pour son fils, non ? Mais ce n'était pas ce que son paternel avait imaginé.

C'était idiot, hein ?

II

Près de Knoxville, dans le Tennessee, il décida de s'arrêter. Il était épuisé, physiquement et mentalement. Il n'avait rien s'approchant un tant soit peu d'un plan. Il ne faisait plus vraiment attention à la route et allait finir par tuer quelqu'un, à conduire à cent dix kilomètres-heure sur la nationale, s'il continuait.

Le GPS lui indiqua le chemin jusqu'à un motel à la sortie de l'I-40. Malgré son aisance financière, il avait fréquenté plus d'une fois les motels bon marché, à la recherche d'un peu de sexe, même s'il n'y était jamais resté une nuit complète. Il devrait s'y habituer, à partir de maintenant, semblait-il.

Le couvre-lit était en polyester et le tapis sale, mais les draps raides lui indiquaient qu'ils avaient été blanchis, et il n'avait besoin que d'un endroit où s'allonger dès qu'il serait assez saoul pour perdre connaissance. Voilà le seul plan qu'il avait été capable d'envisager jusque-là... Enfin, ça et trouver un livreur de pizza, pour ne pas mourir de faim. Il allait devoir éliminer à la salle de sport plus tard, mais il n'avait pas le courage de trouver un restaurant servant une salade correcte, et quel meilleur moyen de noyer son chagrin que du gluten ?

Heureusement, il avait eu la présence d'esprit de prendre son ordinateur et sa tablette quand il avait fait ses bagages, et ses abonnements Netflix et Amazon Prime étaient déjà réglés, donc il ne dépendait pas des programmes douteux proposés sur la télévision de l'hôtel. Il captait mal le Wi-Fi, mais suffisamment pour trouver un film distrayant, jusqu'à ce que la bouteille de Jameson qu'il avait achetée chez le marchand de vin en face de l'hôtel fasse effet.

— À mon avenir glorieux ! trinqua-t-il face au miroir installé en face du lit, avant d'avaler une nouvelle grosse gorgée à la bouteille.

Il ne se souvint plus de grand-chose après cela.

La lumière du soleil frappait ses paupières à intervalles réguliers, à travers les trous du store vertical qui se mouvait au rythme de l'air conditionné.

Gémissant, Jordan se redressa et se prépara à avoir mal. Il courut à la salle de bain et se vida l'estomac jusqu'à ce qu'il ne lui reste plus que des haut-le-cœur. Mais il remercia sa gueule de bois, parce que vomir la pizza signifiait qu'il n'avait pas à s'inquiéter pour son prochain passage à la salle de sport – quand il aurait trouvé une salle de sport dans ses moyens. Quant aux martèlements dans son crâne, ils signifiaient que Jordan serait incapable de penser à autre chose qu'à un café, un paracétamol et une longue douche.

Tout le monde y trouvait son compte.

Il allait falloir commencer par la douche, parce qu'il n'était pas encore assez démuni pour vouloir utiliser la bouilloire de la chambre et son café instantané. Il était peut-être pauvre, désormais, mais il avait des principes. De toute façon, il devait sortir pour se trouver du paracétamol.

Cette fois-ci, il trouva un Starbucks et fit une folie en commandant un Venti Caramel Macchiato, avec toutefois une demi-dose de caramel seulement. Il n'avait pas totalement perdu l'esprit.

Assis dans le parking à regarder les gens aller et venir, il essaya de ne penser à rien tant qu'il n'avait pas bu la dernière goutte de sa boisson. Mais cette dernière fut engloutie bien trop vite et il ne pouvait plus retarder l'instant plus longtemps. Il devait mettre au point une sorte de plan, mais il était presque submergé par cette simple notion du « reste de sa vie ».

Son problème, c'était d'avoir prétendu si longtemps être quelqu'un d'autre qu'il ne savait même plus qui il était désormais – s'il l'avait même su un jour. Il était libre, à présent, mais libre de faire quoi ? Ce n'était pas comme s'il avait vraiment été bon à quoi que ce soit. En tout cas, il n'avait jamais été *assez* bon. Avoir un père riche lui avait ouvert certaines portes qu'il n'aurait jamais réussi à franchir seul. Pouvait-il survivre grâce à ses propres mérites ?

Une vague de panique enfla en lui tandis que des gens attendus quelque part et ayant des choses à faire continuaient de défiler devant lui.

Oh mon Dieu.

Il venait peut-être de gâcher toute sa vie, pour rien. Il s'était dressé face à son père dans le bureau de ce dernier pour demander à ses parents de l'accepter tel qu'il était, alors qu'il ne se connaissait même pas lui-même. À quoi avait-il pu penser ?

Drama queen.

Ces paroles interrompirent juste à temps sa crise de panique dans un endroit public où tout le monde pouvait le voir. Il serra les mâchoires, leva le menton et contrôla sa respiration pour refouler sa panique.

Il avait fait le bon choix. Il aurait pu réfléchir davantage au moment et à la façon de le faire, mais sa décision était la bonne. Il devait y croire. Son ancienne vie, avec toutes ces attentes, l'écrasait. Il n'aurait jamais pu continuer ainsi sans perdre la tête.

— Bien, et maintenant, qu'est-ce que je fais ?

Il n'attendait pas vraiment de réponse de son reflet dans le rétroviseur, mais un genre de signe, cela aurait pu l'aider.

Sur le point d'abandonner et de reprendre la route sans projet précis, tout en espérant que l'inspiration lui vienne sur le trajet, il sursauta en sentant son téléphone vibrer dans sa poche. Il fronça les sourcils et l'attrapa. Il aurait juré avoir désactivé toutes les notifications, la veille. Le déferlement habituel de notifications d'Instagram et Snapchat, ainsi que des textos d'amis n'ayant jamais été des amis, se mélangeaient à de nombreux messages de ses frères et sœurs. Mais il n'arrivait plus à le supporter et avait tout coupé – surtout parce qu'aucun message de sa famille ne venait de sa mère ou son père, ou ne comportait des mots comme « *Rentre à la maison* » ou « *Nous t'aimons* ».

« *Qu'est-ce que tu fous ?* » résumait à peu près tous les messages reçus de son frère, Will Junior, et « *Qu'est-ce qui se passe ? Pourquoi on me dit jamais rien ?* » ceux de sa sœur.

Cette fois-ci, la notification sur l'écran provenait d'un rappel du calendrier, programmé des mois plus tôt.

16 juillet : Tel Maman – rép séjour B STAR

Il était censé, ce jour-là, dire à sa mère si, oui ou non, il passerait une semaine avec elle au refuge qui était l'une des œuvres de charité pour animaux que finançait sa famille depuis toujours. Sa mère avait programmé ce voyage pendant l'un de ses moments de libre, maintenant que Gemma avait commencé l'université, une manière de resserrer leurs liens. Au moment où elle lui en avait parlé, il l'avait presque ignorée, puis il avait complètement oublié.

Les yeux rivés sur l'écran, il avait la gorge nouée, tout en étant en colère contre sa mère pour ne pas l'avoir défendu. Il ne passerait pas cet appel. Ils ne resserreraient pas leurs liens de sitôt… peut-être jamais.

— Putain !

Il jeta son portable sur le siège passager et posa la tête sur le volant. Il ne pleurerait pas en public. Il ne pleurerait *pas* en public.

Il inspira profondément plusieurs fois, jusqu'à ce que son besoin de pleurer disparaisse. Puis il reprit son téléphone et se mordilla la lèvre.

Ses plus beaux souvenirs d'enfance, c'était au B STAR qu'il les devait. C'était l'une des rares destinations de vacances où ils partaient tous ensemble, en « famille ». Il ne se souvenait plus pourquoi ses parents avaient cessé de s'y rendre, surtout sachant le montant du chèque qu'ils envoyaient là-bas chaque année et les collectes de fonds que sa mère organisait elle-même. Peut-être que les « enfants » étaient trop vieux pour ça.

Le nom du ranch signifiait Better the Second Time Around Rescue – Refuge pour une deuxième chance. Comme Jordan fixait les lettres sur son écran, il esquissa son premier sourire depuis plusieurs jours.

Il avait demandé un signe. Quel meilleur endroit pour résoudre ses problèmes qu'un refuge pour les êtres non désirés et abandonnés… ?

Ce n'était pas une solution à long terme, mais ce serait un point de départ. Toute sa vie, Jordan avait adoré les chevaux. Il savait se débrouiller dans une écurie, du moins assez pour être utile. La route jusqu'au Texas était longue, mais plus il y pensait, plus l'étau qui lui enserrait le torse se desserrait. Il avait un plan, un endroit où aller, un lieu rempli de souvenirs heureux et de beaucoup de travail à faire, idéal pour lui occuper l'esprit quelque temps. C'était comme si le destin lui avait envoyé un coup de pouce.

— Parfait.

Il chercha l'adresse sur son téléphone, puis remit le moteur en route. Il entra l'adresse dans le GPS, relia son téléphone au Bluetooth et activa sa playlist spéciale road-trip. Il inspira profondément, fit une prière silencieuse, puis se joignit à l'agitation des autres êtres humains et se dirigea vers l'autoroute.

III

LES PAPILLONS s'agitèrent plus fort dans son ventre dès qu'il quitta la grande route pour s'engager sous l'enseigne en métal rouillé, représentant un B entouré de cinq étoiles, suspendue entre deux poteaux en bois. L'endroit ressemblait en grande partie à ses souvenirs datant de quatorze ans plus tôt, comme l'enfilade de clôtures, les enclos remplis d'animaux et l'immense grange rouge à côté de la maison. Mais il avait beaucoup changé aussi. La grande maison avait été repeinte en vert foncé, en laissant les moulures et les volets blancs. De nouvelles dépendances et de nouveaux enclos avaient fait leur apparition parmi les anciens. Et des lamas, des alpagas, un dromadaire et une autruche avaient rejoint les chevaux, les ânes, les chèvres et les vaches derrière les barrières.

Son petit cabriolet rouge se voyait comme le nez au milieu de la figure parmi les camions et les vieux SUV recouverts de poussière qui occupaient le parking en gravier. Le regard droit devant, fixé sur son objectif, Jordan ignora les hommes et les femmes qui se tournèrent à son approche, afin de ne pas se laisser atteindre par sa nervosité. Paumé comme il était en cet instant – son masque impassible serait assez fragile comme cela –, il ne pouvait se permettre la moindre distraction.

Il se gara devant la grande maison, juste à côté d'un pick-up blanc surmonté du logo du B STAR sur le flanc. Sur le porche, les deux personnes assises dans des fauteuils à bascule se levèrent quand il se gara, et il laissa échapper malgré lui un « Saaaluuuut les cowboys » avant de pouvoir se retenir, momentanément distrait par sa nervosité.

Bien qu'elle soit un peu plus âgée, il reconnut la dame aux cheveux argentés, rencontrée pendant son enfance et en charge de promouvoir le ranch : Phyllis Wharton. Elle avait fondé ce refuge avec son mari trente ans plus tôt. Mais le cowboy à ses côtés était beaucoup plus jeune et une véritable armoire à glace. Plus âgé que les hommes qui tentaient habituellement Jordan – la fin de la trentaine, peut-être –, le cowboy était tout à fait appétissant, donc Jordan pouvait faire une exception à la règle. Il était grand et mince et vêtu d'un jean usé et d'un tee-shirt fin qui le moulait comme il le fallait et dévoilait ses bras bronzés et musclés. Jordan arrivait presque à imaginer ces mains puissantes, ces lèvres et ces joues ombrées d'une barbe partout sur son corps.

Merde.

Il aurait vraiment dû trouver un endroit où jeter sa gourme avant de se rendre au milieu de nulle part, dans une zone pire que la Bible Belt [1], pour un séjour prolongé. Encore une preuve de la faiblesse de son projet. Mais il avait eu autre chose en tête, jusqu'à cet instant.

Heureusement, Jordan portait encore ses lunettes de soleil, donc il n'avait pas pu être surpris à lorgner. Il aurait détesté se faire frapper avant même d'avoir eu l'opportunité de plaider sa cause.

Concentre-toi, Thorndike. Tu as une petite dame à charmer.

Lorsqu'il sortit de voiture, le visage de Phyllis se fendit d'un sourire de bienvenue tandis qu'elle descendait les marches pour l'accueillir.

— Bonjour ! Bienvenue au refuge B STAR !

Avec son chemisier à manches courtes rose et à motif écossais, son jean et ses bottes, elle était exactement comme dans le souvenir de Jordan, même si ses cheveux avaient perdu leur teinte blond délavé et étaient à présent gris. Son franc sourire et sa voix enjouée apaisèrent un peu la douleur que Jordan ressentait en lui, et l'immense sourire qu'il lui adressa en retour n'était qu'en partie forcé.

— Bonjour. Je suis sûr que vous ne me reconnaissez pas, mais ma famille venait souvent ici, quand j'étais enfant. Je m'appelle Jordan Thorndike. Ma mère a dû vous parler de notre venue cet été…

Phyllis écarquilla légèrement les yeux et Jordan retint son sourire victorieux. Le fait que sa famille l'ait déshérité ne voulait pas dire qu'il ne pouvait pas se servir de leur nom pour obtenir ce qu'il désirait. Il n'en abuserait pas pour obtenir de traitement particulier. Il n'en voulait pas. Il voulait travailler jusqu'à l'épuisement tous les jours, pour ne plus rien ressentir pendant longtemps. Mais il pouvait toujours se servir de sa famille pour au moins entrer sur place.

— Ma parole, Jordan ! La dernière fois que je t'ai vu, tu étais enfant et tu restais collé à ton frère, quand tu ne passais pas tellement de temps avec les chevaux que nous croyions qu'il faudrait t'installer un lit dans l'écurie.

Le poids que portait Jordan sur les épaules s'allégea un peu plus. Phyllis était une femme d'affaires. Elle devait l'être, pour pouvoir faire

---

1 La « ceinture de la Bible » est une zone géographique et sociologique dans laquelle vivent un nombre élevé de fondamentalistes chrétiens, située dans un grand quart sud-est des États-Unis.

entrer les donations régulièrement, mais sous son masque se cachait une femme vraiment attentionnée, contrairement à la plupart des personnes fréquentant les mêmes cercles que ses parents. C'était une femme bien, qui avait consacré sa vie au refuge, et Jordan trouvait agréable qu'elle se souvienne de lui.

— C'était bien moi, confirma-t-il en se décalant pour ne plus apercevoir du coin de l'œil l'homme canon sur la terrasse.

Ce dernier n'avait pas bougé ni parlé, et pourtant, Jordan le trouvait un peu trop distrayant pour son propre bien.

— Ta maman nous a envoyé un message pour nous dire qu'elle envisageait de venir quelques jours, mais qu'elle préférait attendre l'automne, où il fait moins chaud, poursuivit Phyllis, son sourire toujours aussi éclatant.

— Ouais, je sais. Je ne sais pas vraiment si elle a toujours prévu de faire le voyage, mais j'ai décidé de venir de toute façon.

Jordan se trémoussa et jeta un coup d'œil nerveux à l'homme sur la terrasse couverte, avant de retirer ses lunettes de soleil et de soutenir le regard de Phyllis.

— En fait, je voulais vous demander si je pouvais rester ici quelque temps… Faire du bénévolat avec les animaux, si possible.

Le sourire de Phyllis disparut et elle haussa ses sourcils argentés, qui ressortaient sur sa peau tannée par le soleil.

— Tu veux faire du bénévolat ?

— Oui. Je ne veux aucun traitement de faveur ni visite des installations, comme c'était le cas avant. Je veux travailler, comme les autres bénévoles, et rester dans un des dortoirs, par exemple. Je n'ai pas besoin d'un truc sophistiqué, juste d'un toit et de quoi manger, dit-il, mettant encore plus de charme dans son sourire.

Phyllis fronça les sourcils, confuse, et tordit la bouche. Après un rapide coup d'œil à l'homme derrière elle, elle déclara :

— Pour être honnête, Jordan, tu me surprends. Mais… viens boire un verre à l'intérieur et nous parlerons, d'accord ?

Elle lui fit signe de passer devant, mais il secoua la tête.

— Les dames d'abord.

En haut des marches, elle s'arrêta devant l'homme canon portant un chapeau de cowboy en paille et dit :

— Jordan, je te présente Russ Niles, mon contremaître et mon bras droit. Russ, je te présente Jordan Thorndike. Sa famille nous verse depuis toujours de généreuses donations et nous sommes amis de longue date.

La main de Russ était chaude et puissante quand il serra celle de Jordan, qui en ressentit la callosité jusque dans son membre. Le cowboy était encore plus appétissant vu de près. Des cheveux bruns épais apparaissaient sous son chapeau et ses yeux chocolat soutinrent son regard un bref instant avant qu'il ne reporte son attention sur Phyllis.

— Enchanté, répondit Russ.

Jordan ne perçut pas la moindre étincelle intéressée dans le regard de l'autre homme, faisant s'effondrer tous ses fantasmes. *Les meilleurs sont toujours hétéros.*

Même blessé et fragile comme se sentait Jordan, le désintérêt de l'autre homme lui fit un peu mal. Un hétéro restait un hétéro, et essayer de le faire changer était une perte de temps. En outre, il n'était pas ici pour le sexe. Pour cela, il pouvait reprendre sa voiture et se trouver une boîte de nuit ou un bar, s'il avait vraiment besoin de se soulager. Houston était à moins de deux heures de route et il n'avait jamais eu de problème pour se faire draguer. Il passait d'innombrables heures à se faire beau et à garder la forme à la salle de sport pour s'en assurer.

C'était sa croix.

Pourtant, Jordan posa une main nerveuse sur son ventre plat et tira sur l'élastique de son short pour s'assurer que tout était en règle. Mais il avait eu tort de s'inquiéter. Le cowboy tourna simplement les talons et descendit les marches de la terrasse sans un mot.

Très bien. De toute façon, je n'avais pas envie de vous parler non plus.

Jordan le regarda cependant s'éloigner, admirant le spectacle, jusqu'à ce que Phyllis se racle la gorge, lui adresse un sourire légèrement plus forcé et dise :

— Entre te mettre à l'abri de la chaleur et je vais te donner quelque chose pour te rafraîchir.

Jordan s'assit à l'énorme table de cuisine en bois et Phyllis lui servit un verre de limonade avant de s'installer sur le banc en face de lui.

— Comment va ta mère ?

— Elle va bien… Elle est occupée avec toutes ses œuvres de charité, répondit machinalement Jordan.

— Ouais, je me souviens. Elle a bon cœur et nous lui sommes reconnaissants pour tout le travail qu'elle fait pour nous. Donc, tu veux venir travailler avec nous quelque temps ? lui demanda-t-elle, en étudiant son visage de ses yeux bleu-gris pâle.

— Oui. Comme je vous l'ai dit, je ne suis pas complètement novice. J'ai déjà travaillé dans des écuries, ici ou ailleurs. Je sais comment m'occuper des chevaux et je n'ai pas peur de me salir les mains, ni d'apprendre à aider les autres animaux. Je veux travailler.

Il se mit à transpirer un peu et se trémoussa, mal à l'aise, tout en avalant un peu de limonade. Il avait l'impression de passer un entretien d'embauche et non de se porter volontaire, mais s'ils ne voulaient pas qu'il reste ici, il ne savait pas où aller.

— Oh, ça, je le sais, trésor. Je me souviens que tu savais t'y prendre avec les chevaux. Ce que j'ignore, par contre, c'est pourquoi tu es là, exactement. Ta mère nous envoie une carte de vœux tous les ans à Noël, dans laquelle elle nous donne des nouvelles de toute la famille, et elle est vraiment fière de ta réussite à l'université. Tu vas devenir avocat, c'est bien ça ? Tu fais donc une sorte de pause estivale avant de retourner en cours ?

Il se retint de grimacer et adressa un sourire ironique à la vieille femme.

— Un truc du genre.

— Je ne m'y connais pas vraiment en études de droit, mais j'aurais cru que tu voudrais plutôt faire un genre d'apprentissage ou d'internat, puisque tu es bientôt au bout.

Jordan haussa les épaules, mais sentit son ventre se nouer. Comme dire à Phyllis de s'occuper de ses affaires ne l'aiderait pas à se faire des amis, il expliqua :

— Je fais juste une petite pause avant le plongeon final, vous voyez ? Pour avoir la chance de faire un peu de vrai travail en plein air avant de me retrouver coincé derrière un bureau.

Elle hocha sagement la tête, mais Jordan n'était pas certain qu'elle le croie. Il se creusait les méninges pour trouver quelque chose de plus convaincant à dire, quand Phyllis posa les deux mains sur la table et sourit.

— Très bien, Jordan, dans ce cas, bienvenue au B STAR. Quand tu auras fini ton verre, va chercher tes affaires, je te montrerai dans quelle chambre de l'étage tu peux rester.

Il fut si étonné par le soudain revirement qu'il resta quelques instants à la dévisager en clignant des yeux. Puis il sourit, soulagé.

— C'est génial ! Merci beaucoup. Mais vous êtes sûre que je dois m'installer à l'étage ? Comme je vous l'ai dit, je n'ai pas besoin de traitement de faveur. Je peux rester dans un dortoir, par exemple, ce qui vous arrange le plus.

Elle balaya son commentaire de la main et son sourire se teinta de tristesse.

— Nous avons beaucoup de chambres libres à l'étage. Il n'y a plus que Russ et moi dans la vieille maison, à présent. Nous n'avons que quelques employés à plein temps, qui vivent dans leurs propres maisons, en ville. Les employés à temps partiel et les *weekenders* passent rarement la nuit ici, alors nous avons converti l'ancien dortoir en une sorte d'hôpital pour les nouveaux arrivants. Les invités du ranch restent ici, à l'étage, comme dans un B & B au cœur de la vraie vie, depuis que mon Sean s'en est allé et que Lacey a déménagé. Nous nous adaptons, alors ce ne sera pas un problème.

Après avoir terminé sa limonade en trois grandes gorgées, ce qu'il regretterait sans doute plus tard, Jordan suivit Phyllis, qui l'accompagna jusqu'en bas de la terrasse pour qu'il récupère ses affaires. Russ, le mec canon, n'était nulle part en vue, mais Jordan s'arrêta en haut des marches alors que ses bonnes manières d'homme bien élevé se frayaient un chemin à travers sa nervosité et son égocentrisme.

— J'ai été navré d'apprendre le décès de votre mari. Je me souviens que Sean était un homme bon, toujours patient avec l'enfant agaçant que j'étais et qui voulait toujours tout savoir sur les chevaux.

Le sourire de Phyllis était un peu triste, mais son regard luisait de fierté.

— Il t'aimait beaucoup aussi. Nous avons apprécié les fleurs envoyées par ta famille.

Jordan hocha la tête et se rendit à sa voiture, dont il referma la capote et les fenêtres pour la préserver de la poussière avant d'attraper ses sacs. À l'étage de la maison, Phyllis lui indiqua une chambre au bout du couloir.

— Comme je te l'ai dit, il n'y a plus que nous deux, donc tu seras tranquille. Si tu as besoin de quoi que ce soit ce soir, ma chambre se trouve en bas, à côté de la cuisine, et Russ est juste là, dit-elle en indiquant une porte bleue, à trois portes de celle devant laquelle ils se tenaient.

— Merci. Je vais faire un brin de toilette et me changer, puis vous pourrez me mettre au travail.

Elle lui sourit en secouant la tête.

— C'est ridicule. Pas ce soir. Tu as l'air fatigué de ton voyage et nous avons pratiquement fini pour la journée. Va te reposer. On dîne à cinq heures, je te présenterai aux personnes présentes. Et demain matin, tu attaqueras, d'accord ?

Jordan n'était pas vraiment heureux de rester de nouveau seul avec ses pensées, mais il n'avait, semblait-il, pas spécialement le choix.

— C'est très bien. Merci, Phyllis.

— Merci de venir nous aider. On se voit au dîner.

Après le départ de Phyllis, Jordan ôta ses chaussures et s'étira sur le couvre-lit vert et blanc en gémissant. Les rideaux en dentelle se balançaient doucement sous la légère brise émise par le ventilateur au sol et, de temps en temps, le cri étouffé d'un animal rompait le silence extérieur. Jordan n'avait pas prévu de s'endormir, mais sa nervosité et ses longues heures de trajet le rattrapèrent sans qu'il se rappelle avoir fermé les yeux.

IV

APRÈS AVOIR caressé le nez de plusieurs chevaux qui se tendaient à son approche lorsqu'il passa devant les boxes en traversant l'écurie, Russ s'assit sur un banc, au milieu de l'allée, et posa les pieds sur une botte de foin pour attendre. Phyllis viendrait le chercher à coup sûr dès qu'elle aurait installé l'enfant gâté des donateurs, aussi sûr que deux et deux font quatre.

Tout le monde savait qu'elle le préparait, à terme, à prendre sa place, mais elle doutait qu'il accepte un jour de ramper devant les clients, et elle avait raison. Si ce gamin pourri gâté était venu le voir pour lui jeter son nom à la figure et s'attendre à un traitement de faveur, Russ lui aurait ri au nez et l'aurait renvoyé dans ses pénates. Se retrouver avec une princesse pleurnicharde qu'il allait falloir choyer nuit et jour était la dernière chose dont ils avaient besoin, surtout avec tout le vrai travail qu'ils avaient à faire.

— Russ !

Il grimaça. Phyllis était peut-être petite et approchait des soixante-dix ans, mais sa voix portait aussi loin qu'avec un porte-voix, quand elle s'en donnait la peine.

— Je suis là.

Il soupira et se leva pour recevoir son savon. Qu'il soit damné s'il le recevait assis, même s'il savait qu'elle avait raison.

— Tu as quelque chose à dire ? le défia-t-elle, les mains sur les hanches.

— Non.

Autant ne pas lui donner plus de munitions.

— Tu vas devoir faire mieux que ça, si tu veux que cet endroit fonctionne plus d'un an après mon départ, le gronda-t-elle.

— Tu ne vas nulle part. Tu nous enterreras tous, répliqua-t-il en souriant et en lui faisant un clin d'œil.

— N'importe quoi, renifla-t-elle avec dédain.

Mais un sourire apparut sur son visage, malgré ses efforts pour le retenir.

— Alors, qu'est-ce que tu as fait de lui ? demanda-t-il pour la distraire.

— Il est dans la chambre verte, assez près de toi s'il a besoin de quoi que ce soit.

Russ poussa un grognement et leva les yeux au ciel.

— Ne lève pas les yeux au ciel en ma présence, mon cher. Tu sais aussi bien que moi que ses parents ont donné bien plus d'argent à cet endroit que n'importe quel autre donateur. Tu as vu les chèques. En plus, ce sont mes amis.

— Tes amis ?

Elle lui lança un regard noir avant de lever les yeux au ciel à son tour.

— En quelque sorte. Ils ont toujours été gentils et vraiment généreux. Ce qu'ils nous donnent nous aide à poursuivre notre travail ici, et si ce n'est pas de l'amitié, je ne sais pas ce que c'est.

— Mais ce ne sont pas de vrais amis, insista-t-il. Ce sont des gens riches, qui nous ont choisis pour assouvir leur désir de charité envers les animaux tout en trouvant un endroit où jeter leur argent par la fenêtre tout en se sentant bien. Ça ne fait pas d'eux des amis... Pas de vrais amis, en tout cas... Pas comme nous, Jon et Ernie.

Phyllis soupira et leva les mains.

— Un de ces jours, tu te rendras compte que tout n'est pas tout blanc ou tout noir, dans ce monde. Tu peux te soucier de quelqu'un, le considérer comme ton ami, sans avoir le cœur brisé parce qu'il ne te donne pas autant que tu le fais. Si nous ne faisions pas ce travail, les animaux souffriraient, mais sans *eux* pour payer les factures, ils souffriraient encore plus. Les deux sont nécessaires. Le jeune homme installé à l'étage est nécessaire. En plus, j'aurais cru que ça te plairait de voir l'un d'eux mettre la main à la pâte et faire le sale boulot. C'est bien ce que tu as toujours désiré, non ?

Il grommela.

— Qu'est-ce qu'il fait là, d'ailleurs ?

Elle haussa les épaules.

— Il ne l'a pas vraiment dit. J'ai l'impression qu'il y a une histoire derrière tout ça.

— Oh Seigneur, grogna-t-il. Pas un autre oiseau blessé, Phyl, s'il te plaît. On en a eu assez comme ça.

— Le B STAR offrira toujours une seconde chance, psalmodia Phyllis.

Russ grogna plus fort.

— Arrête de râler. Tu t'occupes de ces êtres blessés tout autant que moi… même les êtres humains. Sinon, tu ne serais jamais resté ici, espèce de grand sentimental.

— Je ne suis pas sentimental, grommela-t-il.

Elle sourit et lui tapota le bras.

— J'ai remarqué… et à propos, je pense que notre nouveau bénévole l'a remarqué aussi… et il n'est pas trop moche non plus.

Elle sourit et lui fit un clin d'œil, puis tourna les talons et repartit, tapotant quelques chevaux qui, pleins d'espoir, avaient sorti le nez de leurs boxes.

Pile ce dont il avait besoin : un type mignon et pourri gâté pour compliquer son existence paisible et ordonnée. Heureusement, « Jordan Thorndike des Thorndike de Virginie » ne tiendrait sans doute pas la semaine et Russ pourrait retrouver sa paix et sa tranquillité le plus tôt possible. Il pouvait contrôler son tempérament une semaine.

DEUX HEURES plus tard, Russ se jeta sur le banc de la table de cuisine en poussant un profond soupir de soulagement. Il s'étira le cou et fit rouler ses épaules pour faire partir un peu de sa raideur, puis inspira avec délice les odeurs de chili et de pain au maïs qui flottaient dans l'air. Il sourit pour la première fois depuis des heures.

Les délicieux plats de Phyl allaient compenser sa journée.

Ernesto se laissa tomber à ses côtés en poussant un grognement à son tour.

— Comment va Calliope, notre jolie oiselle, aujourd'hui ? demanda ce dernier, son sourire caractéristique s'élargissant.

La seule et unique autruche du ranch était peut-être une grande attraction pour les touristes, mais elle était aussi le fléau de l'existence de Russ.

Il jeta un regard noir à Ernie et grommela :

— Peut-être que tu pourrais le découvrir toi-même demain. Laisse-la se servir de ta tête comme cible, cette fois-ci.

— Oh non, patron, elle est toute à toi, répliqua Ernie en levant les mains et en éclatant de rire. Elle m'a déjà mordu une fois et ça m'a suffi. Je ferai ma part et lui nettoierai son auge quand ce sera de nouveau mon tour, mais à part ça, je m'en tiendrai aux lamas et aux alpagas. Ils me permettent de rester connecté à mes racines sud-américaines.

Ernie se servait toujours de cette excuse pour rester à l'écart de tous leurs enfants à problèmes, mais il était doué avec les camélidés, y compris avec Ralph, le dromadaire qu'ils avaient sauvé d'un cirque ambulant l'année précédente, donc personne n'en voulait vraiment à Ernesto d'éviter certains animaux.

— Rosa t'a laissé te débrouiller seul ce soir ?

— *Sí*. Sa *tía* Angela et elle se font un long week-end à Dallas pour trouver la robe de mariée de Sofia, sa *sobrina*.

— Donc, on va beaucoup te voir ce week-end, le taquina Russ.

Ernie leva les yeux au ciel.

— Tu te fiches de moi ? J'ai un rencard avec mon canapé, un pack de bière et une pizza. Les enfants sont chez leur *abuela*. Il n'y a plus que calme et solitude pour moi. En plus, les *weekenders* sont là, donc tu n'as pas besoin que je vienne pendant mon jour de congé.

Russ s'apprêtait à répliquer qu'il préférerait toujours Ernie à une dizaine de bénévoles n'importe quel jour, quand Jon Parks, l'autre employé à temps plein, s'affala sur le banc face à eux avec son propre soupir de soulagement.

— Un petit oiseau m'a soufflé que nous avions de la chair fraîche depuis aujourd'hui, dit-il en pointant le plafond du doigt, avant de tendre le bras vers la corbeille à pain.

Il en était à moins de dix centimètres quand une cuillère en bois surgit de nulle part et lui frappa le dos de la main.

— Aïe !

— Ça t'apprendra, ricana Russ.

Phyl vieillissait peut-être un peu plus chaque année, mais elle se mouvait toujours comme un ninja dans cette cuisine.

— Tu attendras, comme nous tous, que le dîner soit prêt, lança-t-elle, agacée, en agitant sa cuillère pour appuyer ses propos.

Jon grimaça et hocha la tête.

— Oui, m'dame.

Russ sourit.

— Tu aurais dû le savoir.

— J'ai faim, gémit Jon tout bas, sans quitter Phyl des yeux, méfiant.

— Tu n'étais pas censé rentrer manger chez toi, au fait ? intervint Ernie en souriant.

Jon lui jeta un regard noir et croisa les bras.

— C'est le jour du chili, déclara-t-il, comme si sa réponse était évidente.

Russ était d'accord avec lui. Personne ne pouvait battre le chili de Phyl.

Cylla, la femme de Jon, était une femme splendide, travaillant à plein temps dans une banque, ce qui permettait à Jon de faire ce qu'il aimait pour le maigre salaire que le ranch pouvait se permettre de lui offrir, mais elle n'était pas une chef cuisinière. Pourtant, comme elle travaillait derrière un bureau toute la journée, alors que Jon faisait un dur labeur en plein soleil, et qu'elle n'avait que cinq minutes de marche pour se rendre au travail, elle insistait pour se charger des repas. Alors, Jon la fermait, comme le ferait tout homme avisé, et mangeait ce qu'elle lui préparait. Ce qui ne l'empêchait pas de venir chercher en douce à manger au ranch, quand il pensait pouvoir s'en sortir.

—Alors, pourquoi est-il là, ce nouveau type dans sa jolie décapotable ? demanda de nouveau Jon.

Les deux hommes dévisagèrent Russ.

Russ surveilla Phyl d'un œil prudent – elle était à l'autre bout de la pièce, mais avait une oreille très sélective quand elle le voulait – et haussa une épaule.

— Je ne sais pas trop. Il a dit qu'il voulait venir nous aider quelque temps. Comme c'est le fils de notre plus gros donateur, Phyl lui a déroulé le tapis rouge.

— Génial, commenta Ernie en levant les yeux au ciel. Encore un blanc-bec à former.

Phyl tapa sa cuillère en bois sur le bord de sa casserole.

— Ne vous plaignez pas. Vous lui ferez faire tout le travail dont personne ne veut se charger, comme avec chaque nouveau bénévole, jusqu'à ce qu'il rattrape le retard…

— S'il tient aussi longtemps, marmonna Russ tout bas.

— … et vous serez gentils avec lui, pendant ce temps-là, conclut Phyl en adressant un long regard noir à Russ.

— Oui, madame, répondirent les trois hommes à l'unisson.

Avant qu'ils puissent ajouter quelque chose, le sujet de leur discussion arriva nonchalamment dans la cuisine, propre comme un sou neuf, dans son pantalon cargo en lin légèrement froissé, son polo à rayures bleues, assorties à la couleur de ses yeux, et les cheveux soigneusement coiffés. Dix ou quinze ans plus tôt, le jeune Russ aurait été incapable de détourner les yeux, mais tout ce qu'il voyait en lui à présent, c'étaient des ennuis avec un E majuscule. Personne n'avait aussi bonne mine après une journée sur la route sans avoir passé bien trop de temps devant un miroir. La vanité n'était pas une qualité que Russ admirait.

— Bonsoir ! J'espère que je ne suis pas en retard, dit Jordan en affichant un sourire éclatant qui devait sans doute briser bien des cœurs.

Phyl se précipita vers lui, un grand sourire aux lèvres, et lui fit signe de s'asseoir.

— Pas du tout. Nous n'avons même pas encore mis la table.

Après qu'elle leur eut adressé un regard entendu, les trois hommes actuellement assis se levèrent pour attraper la vaisselle et les couverts, se gênant les uns les autres et manquant tomber dans le processus.

Russ resta en arrière et ne revint que quand Phyl fit les présentations.

— Tu as rencontré Russ tout à l'heure, mais je te présente Ernesto Ruiz et Jon Parks, les deux autres employés à plein temps. Nous serions perdus sans eux. Jon, Ernie, je vous présente Jordan Thorndike. Il va rester quelque temps avec nous pour nous aider.

Ils lui serrèrent la main et échangèrent des paroles de bienvenue, jusqu'à ce que Jordan dise :

— Donc, vous êtes bénévoles à plein temps ?

— On aimerait bien, mais non. Nous ne sommes pas riches, donc nous avons besoin d'un salaire pour rembourser notre prêt immobilier, rétorqua Jon, qui grimaça quand Phyl lui lança un regard.

— Nous ne pouvons pas les payer ce qu'ils méritent, mais nous leur donnons ce que nous pouvons, intervint Phyl doucement, en souriant. Le ranch est une grande machine et les animaux ont besoin de soins 24 h/24, 7 j/7 et 365 j/an, sans oublier les vérifications à domicile, les entretiens d'embauche et les formations, donc il est nécessaire d'avoir des employés expérimentés et rémunérés, autant pour gérer les volontaires que pour s'occuper de nos bébés. Plus d'aide serait la bienvenue, mais nous faisons avec le budget dont nous disposons.

Russ connaissait par cœur ce discours, prononcé sous cette forme ou une autre, après toutes ses années de présence au ranch, mais heureusement, il n'avait pas encore à le faire lui-même. Phyl était passée maîtresse dans l'art d'extorquer de l'argent aux gens pour maintenir le B STAR en vie. Russ ne savait pas ce qu'ils feraient sans elle. La seule idée de devoir gérer toutes ces personnes seul lui donnait envie de grimacer.

— Eh bien, j'espère que je pourrai vous aider un peu, pendant que je serai là. Je suis prêt à travailler aussi dur que nécessaire, répondit Jordan avec un autre de ses sourires qui devaient sans doute lui obtenir tout ce qu'il désirait.

Même le regard de Phyl se fit tout doux et maternel en réponse.

Les mains de Russ le démangeaient de donner à cette dernière une petite tape à l'arrière du crâne pour lui insuffler un peu de bon sens, mais il se retint, par instinct de survie, et posa brutalement les couverts sur la table.

Jordan lui jeta un regard inquisiteur avant de se passer une main dans ses cheveux parfaits et de se racler la gorge.

— Je ne sais pas ce qui cuit, mais ça sent délicieusement bon. Et c'est du pain au maïs, au four ? J'en ai déjà l'eau à la bouche.

Il fit de grands yeux de biche à Phyl, avec son air de ne pas y toucher, et Phyl lui adressa un sourire radieux.

— Tu es adorable. J'ai fait mon chili et mon pain de maïs au piment, célèbres dans le monde entier, pour le dîner. Et j'ai préparé une petite salade vite fait, en l'honneur de ton premier soir avec nous.

— Vous avez préparé tout ça vous-même ? demanda Jordan.

— Oui. Lorsque nous avons des clients en visite ou des donateurs, j'embauche une fille adorable, en ville, mais la plupart du temps, il n'y a que nous à nourrir. Et comme je ne peux plus faire autant de choses qu'avant au ranch, j'essaie de faire en sorte qu'eux le puissent, et je leur sers un bon repas.

Tout en parlant, Phyl se rapprocha du four pour en sortir une fournée de pains au maïs.

— Est-ce que je peux vous aider ? voulut savoir Jordan.

Phyl secoua la tête.

— Ne t'inquiète pas. Nous aurons plein de travail pour toi demain matin. Contentetoi de t'asseoir et savoure ton dîner.

Elle remplit les bols de chili et les tendit à Jon et Ernie pour qu'ils les portent jusqu'à la table, ce qui laissait la salade à Russ. Une fois les plats servis, ils attendirent que Phyl dise le bénédicité avant d'attaquer leur repas.

Russ garda le silence, tandis qu'Ernie et Jon satisfaisaient leur curiosité concernant Jordan, le mitraillant de questions sur les universités de l'Ivy League, sa voiture voyante et sur les meilleurs lieux équestres de la côte est. Ses amis lui adressèrent des regards étranges, puis se contentèrent de l'ignorer au profit de leur nouveau jouet tout neuf. Russ ne fit guère attention à ce qui se disait. Il n'entendit que l'élocution amicale, chaleureuse et douce de Jordan, qui recouvrait la pièce comme du miel. Les trois autres lui mangeaient dans la main, mais Russ n'avait pas prévu de se laisser duper. Il connaissait ce mec. Il avait eu le cœur brisé et piétiné, quand il avait la vingtaine, par un homme qui aurait pu être un clone de Jordan, et il n'était pas assez stupide pour se faire avoir une deuxième fois.

Comme il était à l'extérieur de la conversation, Russ put remarquer quelque chose qui échappa aux autres. Jordan ne mangeait pas vraiment la nourriture qui lui avait été servie. Après tout le cinéma qu'il avait fait en encensant la cuisine de Phyl, il mangea à peine la moitié du bol de chili. Il repoussa les croûtons et le fromage râpé de la salade, ne mangeant que la laitue et les tomates. Il toucha à peine au pain au maïs, si ce n'est pour l'émietter et ainsi donner l'impression d'en avoir mangé davantage.

Russ se renfrogna en posant ses affaires dans l'évier. Phyl était une sacrée bonne cuisinière, la meilleure que Russ avait connue, mais étrangement, elle n'était pas assez bonne pour M. Ivy League. Peut-être parce qu'il n'y avait aucune rosette en radis ou mignardises arrangées avec art sous un filet de jus quelconque, au milieu d'une grande assiette blanche dans laquelle il pourrait grignoter avec grâce.

— Allez, laissez-moi faire.

Russ sursauta et releva la tête, croisant des yeux bleus magnifiques. Jordan lui sourit en posant ses propres affaires sur le plan de travail, à côté de l'évier.

— Vous avez travaillé dur toute la journée. Je pense que je peux gérer un peu de vaisselle.

Russ haussa une épaule et fit un grand geste du bras pour montrer qu'il était plus que désireux d'accepter son offre. Le sourire de tombeur de Jordan s'estompa quelque peu, ce qui fit un peu sourire Russ lui-même. S'il avait cru que Russ allait prendre des gants avec lui et refuserait à cause des généreuses donations de la famille de Jordan au ranch, il faisait fausse route.

Phyl regarda Russ en fronçant les sourcils tandis qu'elle nettoyait la table, mais ne proposa pas pour autant de prendre la place de Jordan.

— Bonne nuit, tout le monde. Je vais monter et lire un peu. À demain, dit Russ en se dirigeant vers la porte.

Jon et Ernie lui firent un signe de la main. Phyl hocha la tête et dit :

— Bonne nuit, mon chou.

Jordan lui adressa un hochement de tête et un sourire nettement moins resplendissant depuis l'évier, avant de reprendre sa tâche. Incapable de s'en empêcher, Russ jeta un rapide coup d'œil aux fesses de Jordan – qui étaient splendides, il l'admettait sans peine –, moulées dans son pantalon, avant de sortir de la pièce. Il n'avait pas l'intention d'aller dans cette direction, mais il n'était pas mort non plus. L'enfant pourri gâté était livré dans un joli paquet, c'était sûr.

Quelle honte, vraiment.

V

LA CUISINE se vida peu après le départ de Russ. Les deux autres hommes, Jon et Ernesto, lui dirent au revoir et rentrèrent chez eux. Phyllis, quant à elle, se rendit dans sa propre chambre après l'avoir aidé à essuyer un peu de vaisselle, lui avoir montré où ranger certaines affaires et lui avoir dit de faire comme chez lui.

Maintenant qu'il était seul, Jordan trouvait la maison presque trop calme. Il avait oublié que tout le monde se couchait tôt, dans un ranch. Le soleil n'était même pas encore couché et tout le monde avait disparu. Bien sûr, la dernière fois qu'il était venu ici, il avait dix ans à peine et s'était épuisé chaque jour et couché bien avant que les adultes ne fassent de même, donc il n'y avait jamais prêté beaucoup d'attention.

Phyllis était peut-être partie dans sa chambre pour dormir, étant donné son âge et l'heure matinale à laquelle ils se levaient. Mais Jordan était prêt à parier que Russ n'était pas près de dormir. Si les regards qu'il avait adressés à Jordan étaient un indice, ce dernier dirait que le cowboy ne voulait juste pas se retrouver en présence de Jordan. Personne au ranch ne connaissait les raisons de sa présence, donc ce ne pouvait pas être parce qu'il était gay. Même des hommes se vantant de leur gaydar lui avaient dit qu'il passait inaperçu pour eux, sauf s'il voulait le contraire, alors le rejet de Russ avait peut-être juste un rapport avec le fait que Jordan était un étranger.

Ou bien Jordan était-il trop sensible ?

Peut-être que Russ était juste un connard… Sauf qu'il avait été sympathique avec toutes les autres personnes présentes.

Quel gâchis, pour un aussi beau morceau.

Après avoir fini de ranger la vaisselle, Jordan poussa un profond soupir et lissa son polo. Il sortit de la cuisine et se rendit dans le salon. Des meubles usés et mal assortis étaient installés sur un tapis tressé bleu et crème, au milieu de la pièce. Des photos étaient posées sur toutes les étagères et sur le meuble de la télévision, et accrochées au mur dans l'escalier, du sol au plafond. Il y en avait même une vieille de sa famille et lui, quelques années plus tôt, au ranch. Les cinq Thorndike souriaient et avaient l'air heureux. Il avait très vite détourné le regard quand il avait aperçu cette photo un peu plus tôt dans la journée, et là encore, il fit de son mieux pour éviter de la regarder.

La maison n'avait manifestement jamais vu de décorateur et la décoration semblait dater du siècle dernier, en grande partie, mais dégageait cette atmosphère que les gens appelaient « foyer ». À l'inverse, il ne pouvait pas dire de même d'aucune pièce chez ses parents. Sa mère avait très bon goût, les pièces de la maison étaient toujours splendides, mais comme dans un musée, pas une maison – regardez, mais ne touchez pas. Jordan préférait le ranch, même si tout cela lui était étranger.

Sur une impulsion, il s'assit sur un fauteuil relax, dans un coin de la pièce, et en fit sortir le repose-pied. Son père avait un siège du même genre dans son bureau, mais Jordan ne se souvenait pas de l'avoir vu une seule fois s'y détendre. Bien sûr, c'était sans doute parce que son père avait rarement été d'humeur à se détendre, les rares fois où Jordan l'avait vu dans son bureau.

Je n'ai jamais été assez bon, même avant de faire voler ma vie en éclat.

Le ventre noué, il sentit la tension revenir dans sa nuque et ses épaules. Il commençait à regretter le chili épicé qu'il avait mangé, mais ce dernier était vraiment bon. S'il ne faisait pas attention, il allait prendre cinq kilos en un rien de temps avec la cuisine de Phyllis. Cela dit, même sans salle de sport dans le coin, il ferait sans doute suffisamment d'exercice tous les jours au ranch. Ils lui feraient sans doute ramasser le crottin, pour commencer. C'était ce que le responsable des écuries avait fait, chez lui, pendant une semaine, avant de laisser Jordan s'occuper de son premier poney, comme une sorte d'initiation sacrée propre au monde équestre. Le mari de Phyllis le lui avait fait faire aussi, au ranch, avant que les parents de Jordan protestent contre l'odeur de fumier que Jordan répandait dans les chambres tous les soirs.

Il était le petit nouveau, ici, après tout, et s'ils pensaient qu'il ne pouvait pas supporter un petit travail de merde – littéralement –, ils se trompaient. Le dur labeur, éreintant et abrutissant, était exactement ce qu'il était venu chercher ici. Il voulait travailler jusqu'à s'effondrer, comme en salle de sport, pour exorciser ses démons. Il voulait être à peine capable de lever les bras à la fin de la journée et s'effondrer dans son lit à huit heures le soir, comme le reste de l'équipe, au lieu de rester seul à se torturer avec ses pensées.

Il se releva et rôda encore un peu dans le salon, avant de parcourir les autres pièces du rez-de-chaussée. Malheureusement, rien ne retint son attention longtemps. Il envisagea de se saouler, mais les deux bières dans le réfrigérateur et les deux bouteilles de vin dans le garde-manger étaient les seules boissons alcoolisées qu'il avait trouvées, et il était mal à l'aise à l'idée de les ouvrir sans demander la permission avant. Il lui restait toujours le fond de la bouteille de bourbon dans son sac, mais il se sentait nauséeux rien que d'y penser. Il n'avait pas besoin des calories que lui apporterait l'alcool, et commencer son premier jour par une gueule de bois n'était pas vraiment ce qui lui ferait gagner des bons points.

Trop excité pour dormir ou même regarder tranquillement un film ou une série sur sa tablette, Jordan sortit sous le soleil couchant et rejoignit l'écurie. Dès qu'il en franchit le seuil et qu'il se retrouva enveloppé par l'odeur des chevaux et du foin, il se relaxa et la douleur s'apaisa de nouveau dans sa poitrine.

Oui. C'est pile ce dont j'ai besoin.

Après que Wiley, son dernier cheval, s'était fait euthanasier, ses parents n'avaient pas voulu lui en prendre un autre, puisqu'il était absent pour les cours une bonne partie de l'année. Il avait évité la maison familiale autant de fois qu'il était humainement possible ces deux dernières années, si bien qu'il n'était pas retourné dans une écurie depuis des mois. Il avait presque oublié la plénitude qu'il ressentait en présence des chevaux, trop occupé qu'il l'avait été avec tout ce qui se déroulait dans sa vie.

Les chevaux avaient manifestement été installés pour la nuit, mais dans la lumière du soir entrant par la porte ouverte, ainsi que grâce au faible éclairage dispensé par une dizaine de petites lampes au sol, il vit quelques têtes curieuses sortir de leurs boxes à son approche. Il aurait aimé avoir pensé à prendre des pommes ou d'autres friandises à la cuisine, pour se présenter. Il tendit la main, paume en l'air, à l'animal le plus proche, en gardant une distance de sécurité.

— Salut, toi, murmura-t-il sur un ton encourageant. Je pense que nous allons travailler ensemble quelque temps.

Le B STAR était un refuge pour animaux, alors même s'il n'était pas revenu ici depuis des années, Jordan se souvenait toujours des avertissements de Sean et Phyllis. Comme il ne connaissait pas l'histoire de ces animaux, il devait rester sur ses gardes, mais sans afficher la moindre nervosité qu'ils pourraient percevoir. Jordan ignorait pour quelle raison le grand cheval noir s'était retrouvé au ranch, mais ce ne devait pas être pour maltraitance, parce que l'animal vint tout de suite poser le nez sur sa main et la lécher, y cherchant sans hésiter une friandise. Comme il ne trouva rien, il donna un coup de nez dans la main de Jordan pour le supplier de le caresser.

Le jeune homme pouffa et sentit l'étau autour de sa poitrine se desserrer encore un peu.

— Tu es amical, hein ?

Le cheval noir le regarda de ses grands yeux sombres, qui reflétaient la lumière du soleil couchant, et lui donna un nouveau coup de nez, faisant de nouveau rire Jordan.

— Et autoritaire, aussi. D'accord. Les autoritaires ne me gênent pas.

Il poursuivit sa litanie d'inepties tout en caressant et flattant l'animal. Il n'alla pas jusqu'à entrer dans le box, mais le cheval ne parut pas lui en tenir rigueur. Il ferma les yeux et leva la tête, pour donner plus d'espace à Jordan.

Le jeune homme ressentit une vague de bonheur et de sérénité en caressant sa robe chaude et douce. Quant au cheval, il poussait quelques halètements heureux. Venir au ranch avait été une bonne idée. C'était exactement ce dont il avait besoin.

Le cheval hennit quand Jordan s'éloigna et s'enfonça dans l'écurie, étudiant chaque box occupé tandis que de grands yeux le dévisageaient en retour. Il prit son temps, marcha lentement et tranquillement, mais même ainsi, plusieurs chevaux se dérobèrent et hennirent nerveusement s'il s'approchait même un tant soit peu. Aucun d'eux n'était aussi câlin et amical que le cheval noir près de l'entrée, mais Jordan n'en avait cure.

— Vous allez vous habituer à moi, les gars. Vous verrez.

Au bout de la rangée, une tête sortit d'un box, séparé des autres par quelques stalles vides. Comme il faisait sombre à cet endroit-là, il n'eut qu'un bref aperçu d'un cheval plus petit que les autres. Jordan s'approcha un peu pour y voir plus clair, mais le cheval pencha la tête et retourna à l'intérieur, hennit nerveusement, puis donna quelques coups de sabot à la porte.

— D'accord, mon beau. J'ai compris le message. Je recule. Ne t'inquiète pas. Nous ferons connaissance comme il faut plus tard.

— Qu'est-ce que vous faites là ?

Jordan sursauta en entendant cette question bourrue qui lui fut aboyée près de la porte.

— Vous ne devriez pas être là, tant qu'on ne vous a pas montré les lieux. Ce ne sont pas vos poneys de concours et vos animaux choyés. Le

B STAR n'a pas les moyens de payer l'assurance si vous vous retrouvez blessé, poursuivit Russ, comme Jordan ne répondait pas.

Russ ne lui avait pas adressé plus de deux mots, mais Jordan avait le sentiment qu'il reconnaîtrait cette voix n'importe où.

Jordan se rapprocha du cowboy. Quand il ne fut plus qu'à trois mètres de lui, il carra les épaules.

— J'ai eu des chevaux toute ma vie, et pour votre information, je suis déjà venu ici. Sean et Phyllis m'ont déjà fait ce speech tellement de fois que je suis certain de pouvoir le réciter mot pour mot, même si ça fait plusieurs années que je ne l'ai pas entendu.

Russ plissa les yeux et serra les dents. Puis, il dit :

— Eh bien, peut-être devriez-vous l'entendre encore une fois avant de vous balader dans l'écurie comme si cet endroit vous appartenait.

— Je n'ai pas...

— Et de toute façon, l'interrompit Russ, ces animaux ont traversé assez de choses dans la vie. La dernière chose dont ils ont besoin, c'est que quelqu'un les embête quand ils essaient de dormir. Ils en bavent assez les week-ends quand les citadins bien-pensants, mais inutiles, viennent ici faire leur bonne action du mois.

— Je sais ce que je fais, dans une écurie. Je n'embêtais personne, répliqua Jordan, les dents serrées. Je ne faisais que dire bonjour.

— Comment est-ce que je peux savoir que vous savez ce que vous faites ?

— Phyllis le sait. Elle me connaît.

— Ce n'est plus Phyllis qui s'occupe des chevaux. C'est moi. Et vous ne vous en approchez plus tant que je ne vous y aurais pas autorisé, compris ?

Jordan s'apprêtait à répliquer à ce connard où il pouvait se fourrer son attitude, mais il referma brusquement la bouche. Des frottements agités derrière lui, accompagnés de quelques halètements nerveux, lui rappelèrent qu'ils faisaient exactement l'inverse de ce dont il essayait de convaincre Russ. Ce n'était pas vraiment de la faute de Jordan. C'était Russ qui se comportait comme un connard, mais Jordan se rendait bien compte qu'argumenter ne mènerait à rien et il ne voulait pas se disputer avec le contremaître dès son premier jour ici. Il parlerait à Phyllis dans la matinée. Elle comprendrait.

Sans un mot, Jordan contourna le cowboy et retourna dans la maison. Il ne courut pas. Il ne marcha pas à grands pas vifs. Il retourna calmement dans sa chambre et ferma doucement la porte derrière lui, avant de s'y adosser et de faire un doigt d'honneur en direction de l'écurie.

Russ allait manifestement être un obstacle à sa recherche de la plénitude dont il avait besoin pour trouver ce qu'il devait faire ensuite. Russ avait peut-être décidé de ne pas l'aimer, pour quelque raison obscure, mais Jordan avait trop besoin de cet endroit pour laisser un enfoiré archi canon se mettre en travers de son chemin.

Il ferma les yeux, prit quelques inspirations et fit rouler ses épaules. Puis, il ôta ses chaussures et se déshabilla. Il s'installa dans le lit, sur une pile d'oreillers, et fixa le plafond le temps de se calmer.

Il pouvait y arriver. Il n'était pas fragile au point de fuir à cause d'un connard. En plus, il n'avait nulle part où aller.

Il avait été surpris. Comme il n'était pas lui-même ces derniers jours – même s'il ignorait qui il était vraiment –, il n'avait même pas essayé de faire du charme à Russ. Il ferait mieux le lendemain. Il finirait par trouver, un jour, comment rallier Russ à sa cause, même s'il devait en mourir. Personne ne pouvait résister éternellement au charme Thorndike.

VI

RUSS S'APPUYA contre la porte de l'écurie et suivit des yeux la progression de Jordan jusqu'à la maison. Regarder marcher ce gamin fut sans doute le plus beau moment de sa nuit... pour tout un tas de raisons. Et pour ces mêmes raisons justement, il lui tardait de voir marcher Jordan quand il s'en irait pour de bon, fatigué par le vrai travail, retrouver maman et papa.

Dallas hennit avec espoir depuis sa stalle, à l'entrée de l'écurie, et Russ sourit.

— C'est fini pour toi, ce soir, petit père cupide. Va dormir.

Russ se redressa et rentra dans la maison. Jordan alluma sa chambre alors que Russ était à mi-chemin. Il se sentit légèrement coupable de lui avoir hurlé dessus. Jordan n'avait rien fait de mal, à vrai dire, à part peut-être brûler un peu les étapes. Quand Russ l'avait vu se rendre à l'écurie sur les caméras de sécurité, il avait été aussi énervé qu'inquiet, ce qui s'était transformé en énervement pur et simple quand il avait vu le gamin charmer les chevaux comme il le faisait avec n'importe qui.

— Beaucoup trop doué, putain, murmura-t-il tout bas.

Dans tous les cas, injuste ou non, le mieux était de définir quelques règles de base. Jordan ne resterait sans doute pas assez longtemps pour que cela y change quelque chose, mais Russ n'allait pas tourner autour du pot avec ce gosse de riche, peu importe ce que disait Phyl.

RÉGLÉ COMME une horloge, Russ fut douché, habillé et dégustait son café sur la terrasse avant l'aube, savourant la quiétude du matin. C'était son moment préféré de la journée. À moitié endormis, quelques criquets stridulaient sans grand enthousiasme en allant se coucher, tandis que le ciel parait la semi-obscurité de douces nuances pourpres. La brume se cramponnait fermement à l'atmosphère, comme si le monde retenait son souffle, dans l'attente que le soleil peigne l'horizon de couleurs orangées joyeuses et fasse renaître tout le ranch à la vie pour une nouvelle journée.

C'était la maison de Russ, la première qu'il ait jamais eue, et il n'aurait pas pu rêver mieux.

La moustiquaire grinça quand Phyl sortit et le rejoignit dans le second fauteuil à bascule, où ils sirotèrent leur café en silence, tandis que le ciel s'éclaircissait peu à peu. Quand Sean était encore vivant, c'était lui qui s'asseyait dans l'autre fauteuil, tandis que Phyllis s'affairait en cuisine ou dans son bureau, trop nerveuse pour rester assise tranquillement avant que la journée de travail commence véritablement. Mais après le décès de Sean, elle avait ralenti le rythme. Pendant plusieurs mois, elle était restée assise sur ce fauteuil toute la journée à regarder les jours s'écouler. Jusqu'à ce matin-là, où elle en avait jailli et s'était remise au travail, comme si de rien n'était. Mais elle venait souvent passer les débuts de matinée avec lui ainsi, ce qui aidait Russ à commencer la journée sur de bonnes bases et apaisait un peu le manque de Sean – pour tous les deux, sans doute.

— Tu vas être gentil avec lui, d'accord ? lui demanda Phyl, tandis que le soleil perçait enfin l'horizon et que Ralph, le dromadaire, blatérait.

Russ fit la grimace.

— Mets-le avec Ernie.

— Les animaux dont se charge Ernie n'ont pas besoin d'autant d'attention que les tiens. Les gens ne vont pas essayer de monter sur leurs lamas et leurs alpagas s'ils les prennent. Les chevaux ont besoin de plus de douceur et de dressage, si nous devons leur trouver un jour un foyer définitif. En plus, Jordan sait y faire avec les chevaux. Même enfant, il était génial avec eux. Ça m'étonnerait que ça ait changé.

Russ se renfrogna et avala les dernières gouttes tièdes au fond de sa tasse, mais s'abstint de commenter. Phyl lui donna une petite claque sur le bras.

— Arrête de te comporter comme un abruti. Je ne sais pas ce qui t'arrive, mais tu dois y mettre le holà. Arrête de ronchonner et sois poli, parce qu'il ne va pas partir tout de suite. Compris ?

Il fit de son mieux, mais il ne put s'empêcher de sourire quand elle poussa une exclamation agacée en se levant pour retourner à l'intérieur.

— Je dois aller voir le bacon avant qu'il brûle, marmonna-t-elle.

Visiblement, il avait déjà réussi à l'énerver et la journée ne faisait que commencer. S'il ne se montrait pas plus prudent, elle l'enverrait au lit sans manger ce soir-là ou, que Dieu l'en préserve, le laisserait se débrouiller seul.

— Bon, tu vas réveiller la belle au bois dormant ou bien tu vas attendre qu'il sorte de son lit quand bon lui semble ? demanda-t-il en entrant d'un pas tranquille dans la cuisine pour se verser une nouvelle tasse de café, quelques minutes plus tard.

Phyl lui lança un regard mécontent, depuis la cuisinière, mais Russ haussa simplement les sourcils et lui adressa un sourire mièvre, essayant d'avoir l'air aussi innocent que possible.

Phyllis leva les yeux au ciel et se retourna vers ses œufs.

— Il est déjà debout. J'ai entendu la douche avant d'aller dehors.

Comme pour prouver ses dires, des pas se firent entendre sur les marches quelques secondes avant que Jordan entre dans la cuisine, paraissant frais comme un gardon. Ses cheveux aux mèches blondes et parfaitement coupés étaient toujours humides.

— On dirait que je suis en retard, déclara-t-il en adressant un sourire désolé et auto-dévalorisant à Phyl, dont le sourire s'agrandit en réponse et les yeux s'adoucirent en une seconde.

Russ aurait bien levé les siens au ciel, mais il devait déjà marcher sur des œufs et ne voulait pas risquer la privation de nourriture ou l'empoisonnement s'il essayait de se nourrir seul.

— Tu n'es pas en retard du tout, chéri, roucoula Phyl. Le petit déjeuner est à peine prêt. Nous allons te gaver, puis Russ ici présent te fera visiter les lieux avant de te mettre au travail.

Jordan adressa à Russ un sourire hésitant. Il avait aussi les yeux écarquillés et éclairés d'une lueur insincère. Russ ne vit, sur son visage, pas la moindre trace du feu dont le gamin avait fait preuve la veille, même quand Phyl leur tourna le dos.

À quoi il joue ?

Jordan continua à le regarder avec cette expression plaisante et pleine d'espoir jusqu'à ce que Russ se dandine et détourne le regard.

— Voilà, dit Phyl en apportant un bol rempli d'œufs et une assiette de bacon sur la table. J'espère que tu aimes les œufs brouillés, Jordan.

— Oui. C'est super. Merci.

Le sourire de Phyl s'élargit.

— Russ, tu peux nous apporter des assiettes ?

Jon et Ernie arrivèrent pendant que les trois autres mangeaient. Jon chipa un toast et un peu de bacon tandis que tout le monde, sauf Russ, bavardait... et tout le monde, sauf Russ, était pendu aux lèvres de Jordan.

C'était écœurant.

Une fois le petit déjeuner terminé, Jordan proposa de faire la vaisselle une nouvelle fois, mais Phyl ne voulut pas en entendre parler.

35

— Sors avec Russ et les autres, je vais me charger de ça. C'est une des rares choses que je peux encore faire sur le ranch, à part la paperasse et les collectes de fonds.

— Elle aime faire du cinéma, mais en vérité, elle pourrait tous nous mettre sur les rotules, chaque jour de la semaine, intervint Jon sur un ton de conspirateur.

Phyl pouffa et leva les yeux au ciel.

— Ouais, je serais littéralement « sur les rotules » si j'essayais. Allez, sortez. Vous n'avez pas de travail ?

— Si, madame, répondirent Jon, Ernie et Russ à l'unisson.

À l'extérieur, Jordan se tint un peu en retrait du groupe. Russ poussa un soupir résigné et lui fit signe de le suivre.

— Venez. Je suis censé vous faire visiter avant de vous mettre au boulot.

— Vous n'êtes pas obligé. Ce que je veux dire, c'est que l'endroit n'a pas trop changé. Je connais les lieux, si vous avez mieux à faire, commenta Jordan en se dépêchant de le rejoindre.

Russ grogna et poursuivit sa route.

Arrivé à la porte de l'écurie, il s'arrêta et se tourna à contrecœur vers celui qui serait son boulet pendant quelque temps.

— Comme je l'ai dit hier, il faut que vous en sachiez un peu plus sur les animaux avant qu'on vous laisse seul avec eux. Je me fous de votre expérience avec les chevaux.

Le sourire de Jordan faiblit un bref instant avant de retrouver tout son éclat.

— Bien sûr. C'est là que je vais travailler aujourd'hui ? À l'écurie ?

— Phyl dit que vous êtes doué avec nos amis équins, alors c'est là qu'elle vous veut.

Russ veilla à indiquer clairement, grâce à son ton, que ce n'était pas son idée à lui et qu'il n'en était pas franchement heureux. Cependant, le sourire de Jordan et son regard chargé d'espoir ne disparurent pas, cette fois-ci.

— Très bien, répondit Jordan en claquant vivement des mains. Après vous.

Russ se renfrogna encore davantage. Ce sale gosse était bien trop enthousiaste, bon Dieu. Russ n'aimait pas cela. Mais il avait assez de travail à lui faire faire pour effacer ce sourire du visage de Jordan.

Il pinça les lèvres pour s'empêcher d'esquisser un sourire diabolique et dévisagea Jordan d'un œil perspicace.

— Vos chaussures ont l'air assez solides, c'est déjà ça. Mais vous regretterez votre jean et votre tee-shirt flambants neufs.

Jordan émit un gloussement qui aurait pu être charmant, si Russ avait été d'humeur à se laisser charmer.

— Ouais, quand j'ai décidé de venir ici, j'ai réalisé que je n'avais pas vraiment pris d'habits de travail, donc je me suis arrêté chez Walmart sur le trajet. Heureusement, j'avais pris mes chaussures de marche à bout renforcé et mes bottes de cheval avant de partir de chez moi. J'aurais eu du mal à les remplacer.

Ce qui voulait dire que cette visite n'était pas vraiment planifiée. Intéressant.

Sans commenter, Russ fit volte-face et s'approcha du premier box, où une grande tête noire apparut avec avidité.

— Voici Dallas, le mâle en quête d'affection que vous avez rencontré hier soir, j'en suis sûr. Vous ne trouverez pas plus doux que lui, il est comme une sorte de grand-père pour tous les animaux d'ici. Toute sa jeunesse, il l'a passée sur les circuits de course, il a été usé jusqu'à la corde et ses membres n'ont pas tenu le choc. Il ne pourra plus jamais être monté, mais il est vraiment gentil avec les visiteurs et les enfants et il occupe une place spéciale, ici, au ranch. Il a mérité sa retraite et il n'ira nulle part. Nous le gardons ici pour prendre soin de lui.

Sa voix se fit plus douce et ses épaules se relaxèrent quand il caressa le nez de Dallas tout en parlant. Lorsqu'il regarda par-dessus son épaule, il remarqua que Jordan semblait tout attendri lui aussi. Russ se racla la gorge et avança dans l'allée.

— La plupart des chevaux de l'écurie sont soit nouveaux et en attente d'évaluation, soit malades ou blessés, soit ne s'entendent pas bien avec le reste du troupeau, donc on leur interdit d'aller au pâturage. Dallas, lui, peut avoir son box quand il le désire, parce qu'il est spécial.

Russ continua dans l'allée et expliqua les antécédents, les tempéraments et lista les blessures notamment des sept autres chevaux de l'écurie, en prenant le temps d'indiquer les plus dangereux. Il avait adressé le même discours ou un discours du même genre à des dizaines de volontaires, si bien qu'il le prononçait sur pilote automatique. Jordan ne l'interrompit pour poser des questions qu'une fois qu'ils atteignirent le box de Marina, tout au bout de la rangée.

— Elle est pleine ?

— Vous avez remarqué, hein ? ricana Russ.

Jordan fit la grimace et leva les yeux au ciel, son attitude éternellement optimiste disparaissant pour la première fois de la journée, mais juste quelques instants. Quand Russ cligna des yeux, le visage de Jordan était de nouveau doux et avenant.

— Elle est vraiment maigre.

Russ se détourna de Jordan et posa le regard sur la petite jument baie dans son box.

— Elle l'était encore plus quand nous l'avons récupérée, à peine deux sur l'échelle de Henneke [2]. En deux semaines, nous avons réussi à lui faire prendre quinze kilos, mais elle a beaucoup de chemin à faire. Les autres chevaux que nous avons trouvés avec elle étaient morts avant notre arrivée.

— C'est horrible. Comment peut-on laisser ses chevaux mourir de faim ainsi ?

Russ était d'accord avec lui, mais c'était rarement tout noir ou tout blanc dans la vie réelle, et entendre un homme, qui n'avait sans doute jamais eu à s'inquiéter un seul jour dans sa vie de manquer d'argent, émettre un jugement sur des personnes qu'il ne connaissait pas, mit Russ en colère.

— Tout le monde n'a pas des millions sur son compte, aboya-t-il. Les temps sont durs et beaucoup de gens n'arrivent pas à survivre. S'ils doivent choisir entre manger eux-mêmes ou nourrir leur troupeau, leur choix est vite fait. Ça ne fait pas forcément d'eux des gens mauvais, juste fauchés.

Il avait vu plus que sa part d'adieux déchirants, lorsque des gens laissaient leurs animaux adorés au refuge.

— Malgré tout, argua Jordan, ils auraient dû venir vous voir avant d'en arriver à ce point-là.

Il avait raison, mais Russ ne l'admettrait jamais. À la place, il déclara :

— Contentez-vous de l'éviter pour l'instant. Elle est effrayée, faible et nous devons prendre notre temps. Entre sa dermatophilose sur le dos, l'état de ses sabots et toutes les autres conséquences de sa malnutrition, elle est dans un état déplorable, mais nous ne pouvons faire que ce qu'elle nous laisse faire, un pas à la fois. Elle est mon projet du moment, séparée des autres pour une bonne raison.

---

2 Développé en 1983 par le Dr R. Henneke, il s'agit d'un système d'évaluation de l'état d'un cheval, constaté en six points stratégiques, les plus sensibles à l'évolution de la masse graisseuse.

Russ revint sur ses pas et retourna vers l'entrée de l'écurie, sans vérifier que Jordan le suivait. À l'extérieur, Russ indiqua de la main la brouette, la pelle et le râteau.

— Dois-je supposer que vous savez nettoyer un box comme il faut ?

— Ouais.

Surpris par le rire dans la voix de Jordan, Russ lui jeta un regard. Comme Jordan se contentait de sourire sans commenter, Russ fronça les sourcils.

— Très bien, dans ce cas... Je vais faire confiance au jugement de Phyl et vous laisser faire ça. Je ferai sortir ceux qui peuvent rejoindre le reste du troupeau. Occupez-vous de leurs boxes d'abord, puis venez me voir pour que je fasse sortir les autres un par un jusqu'à un enclos, le temps que vous finissiez leurs boxes. La paille fraîche se trouve dans les boxes vides, à droite, et vous trouverez des gants dans la sellerie.

— D'accord.

Russ trouva un peu étrange que Jordan accepte aussi facilement – tout le monde gémissait un peu quand il fallait s'occuper du fumier –, mais il le laissa avec sa brouette, s'approcha de la clôture derrière l'écurie et siffla. Une douzaine de têtes se tournèrent dans sa direction et Daisy et Missy trottèrent vers lui. Elles étaient les plus gagas de pommes et de sucre, et toujours les premières à arriver quand il était l'heure de manger. Elles étaient aussi les deux plus susceptibles d'être adoptées bientôt, étant donné leur âge, leur niveau de dressage et leur tempérament.

Les autres chevaux arrivèrent plus lentement, si bien que lorsqu'il eut sorti Dallas et deux autres chevaux de leurs boxes et les eut mis dans l'enclos, le reste du troupeau s'était aligné contre ou près de la clôture, dans l'espoir de recevoir une friandise.

— Très bien, les enfants, je crois que j'ai un petit quelque chose avec moi qui va vous rendre heureux.

Il attrapa un seau plein de friandises dans le hangar à nourriture et amadoua chaque cheval avec pour pouvoir le caresser. La plupart étaient apprivoisés à présent, donc ils n'avaient pas besoin d'être amadoués longtemps, mais certains nouveaux nécessitaient davantage d'efforts. Les plus goinfres se plaçaient de telle sorte qu'ils ne lui facilitaient pas les choses, mais il réussit à terminer.

Il surprit une ou deux fois Jordan à le regarder, mais il lui avait suffi de lui adresser un regard noir pour que ce gosse de riche se remette vite au travail. Russ avait l'impression qu'il devrait harceler ce connard fainéant et fortuné pour qu'il fasse un travail correct, mais peut-être que Jordan irait se plaindre à Phyl et qu'elle le refourguerait à quelqu'un d'autre.

On peut toujours espérer.

Plus tôt que Russ ne s'y attendait, Jordan arriva à ses côtés.

— J'ai fini, vous pouvez sortir les autres, à moins que vous vouliez que je le fasse.

Russ fronça les sourcils et retourna à l'écurie pour inspecter le travail de Jordan, mais les boxes étaient propres et recouverts de paille fraîche. Énervé sans raison valable, Russ se dirigea vers la première stalle occupée, accrocha une longe au licol de Bannock après avoir amadoué le cheval blessé pour qu'il s'avance, et le mena jusqu'à un enclos pour qu'il prenne un peu le soleil et l'air frais.

D'après les informations récoltées par la police, Bannock était utilisé pour l'entraînement au tir par « une ou des personnes inconnues » sur l'exploitation de son ancien propriétaire. Les blessures n'avaient pas été soignées avant que le propriétaire du hongre de trait l'amène au ranch. C'était un animal énorme, mais très gentil, dans l'ensemble. Il était juste un peu chatouilleux quand il était question de soigner ses blessures. Il ferait un superbe membre supplémentaire de la famille, une fois qu'il aurait eu le temps de se soigner et d'être un peu dressé.

Tandis que Jordan nettoyait les saletés tout aussi impressionnantes que l'animal lui-même, Russ vérifia une à une chaque blessure, en voie de guérison, lentement, prudemment.

— Ça a l'air d'aller, mon grand, murmura-t-il. Tu vas très vite pouvoir rejoindre les autres dehors et nous allons bientôt pouvoir mettre ta jolie gueule sur le site, et tu te feras adopter en un rien de temps.

Russ sentit des picotements dans son dos, comme si quelqu'un le regardait. Un regard l'informa que Jordan était évidemment présent.

— Vous n'avez pas du travail à faire ? grommela-t-il en tapotant l'épaule du cheval.

— J'ai fini. J'attends juste que vous terminiez ce que vous faisiez.

Russ souffla et remit Bannock dans son box propre.

— Vous savez, vous ne gagnerez pas de bon point, même si vous expédiez vos corvées avant midi, bougonna Russ en remettant le loquet en place, avant de se diriger vers le box suivant.

Toute la journée, Russ s'attendit à ce que Jordan s'avoue vaincu, mais le gamin continua à avancer comme une machine, ne donnant aucun motif de plainte à Russ… ce qui l'irrita beaucoup, surtout quand Phyl leur apporta des sandwiches, des bouteilles d'eau et des verres de limonade et n'arrêta pas de s'étaler de long en large sur le formidable travail qu'effectuait Jordan.

— Je vais devoir y aller, sinon Jon et Ernie vont mourir de faim. Mais je pense que vous devriez seller les filles, Daisy et Missy, et aller faire un tour, déclara gaiement Phyl.

Russ tenta de masquer son air renfrogné, mais il ne dut pas réussir totalement, vu le regard acéré que lui lança Phyl.

— Il faut encore nettoyer la stalle de Marina et faire deux ou trois autres trucs ici.

— Ce qui ne vous prendra pas plus d'une heure, répliqua Phyl, qui balaya son commentaire d'un revers de main. Vous avez largement le temps, et comme le week-end arrive, j'ai besoin que ces deux-là soient bien défoulées et se comportent le mieux possible, au cas où elles attireraient l'attention de quelqu'un.

Phyl avait raison, bien sûr. Les filles avaient besoin d'exercice, et si Jordan savait monter, Russ n'aurait pas à faire deux voyages. Ce qui ne voulait pas dire pour autant que cela lui plaisait.

— Ouais, d'accord. On ira faire un tour dès qu'on aura fini ça.

Le sourire de Jordan ne ressembla cette fois-ci à aucun de ceux que Russ lui avait déjà vus. Disparu, ce sourire parfaitement étudié, il n'y avait plus que du pur délice. Ce sourire illumina tout le visage du gamin, faisant de ce jeune homme déjà mignon un homme sacrément beau.

Russ ressentit une torsion bien trop familière dans son ventre et décampa de la balle de foin sur laquelle il était assis pour se diriger à grands pas au bout de la rangée.

— Je vais déplacer Marina, jeta-t-il par-dessus son épaule.

VII

JORDAN ÉTAIT trempé de sueur et sale quand l'écurie satisfit aux exigences de propreté de Russ. Traîner du crottin et de la paille toute la journée était un exercice bien différent de celui qu'il faisait pendant deux heures sur les machines de la salle de sport. Mais il s'y était mentalement préparé et il lui avait même franchement tardé de s'y mettre, depuis qu'il avait mis au point ce plan insensé. Tout ce qui le distrayait quelque temps de ses pensées était une bonne chose. De plus, malgré la volonté de Russ de se comporter sans raison comme un connard, il était agréable à regarder, ce qui en faisait pour Jordan une distraction supplémentaire agréable pour ne pas penser à l'échec qu'était sa vie.

Dans les fantasmes qui lui avaient empli la tête pendant qu'il pelletait le crottin, Russ ne prononçait pas le moindre mot, à part « oui » et « encore ». Malheureusement, Jordan avait bien trop souvent affaire avec la réalité pour vraiment savourer ses rêveries.

Cependant, il n'avait pas encore renoncé à rallier ce bâtard à sa cause. Russ était peut-être plus dur à convaincre que Jordan n'en avait l'habitude, mais aujourd'hui n'était que son premier jour réel au ranch. Il avait du temps pour s'attaquer à ce problème.

— Prenez Missy, grommela Russ en passant devant Jordan pour lui montrer le chemin de la sellerie.

— Quelque chose que je dois savoir sur elle ? demanda Jordan en se dépêchant d'attraper la selle, le tapis de selle et l'hackamore [3] que Russ lui indiqua, avant de lui courir après.

Le cowboy ralentit légèrement le pas.

— Ce n'était pas un de nos cas les plus difficiles. Les deux filles viennent d'une exploitation qui a dû s'en séparer, car un membre de la famille est tombé malade. Ils ont demandé autour d'eux si quelqu'un voulait les acheter, mais ils n'ont pas trouvé d'acheteurs à temps. Les juments avaient la grippe et la famille ne pouvait pas payer le vétérinaire, en plus de tout le reste. Elles étaient déjà habituées au port de la selle, mais n'ont pas

3 Bride sans mors, courante dans l'équitation western.

été beaucoup dressées en dehors de ça. Nous les avons soignées et guéries, dressées un peu, mais c'est à peu près tout.

Il évalua Jordan d'un regard critique, les lèvres toujours pincées.

— Tout ça pour dire que Missy est jeune, un peu fougueuse, mais surtout douce et désireuse de plaire. Elle n'est peut-être pas aussi disciplinée que les chevaux auxquels vous êtes habitués, et en plus, elle porte des selles Western [4], vous n'y êtes sans doute pas habitué non plus.

— J'ai déjà utilisé les deux.

Russ grogna, se retourna et partit.

Je vais finir par t'impressionner, cowboy. Tu vas finir par m'aimer, que ça te plaise ou non.

Jordan lissa son tee-shirt et réalisa l'absurdité de son geste quand sa main s'en retrouva encore plus crasseuse qu'avant. Son apparence ne lui ferait gagner aucun bon point pour l'instant, mais cela n'avait pas paru déranger Russ, même quand Jordan était propre, les vêtements repassés et les cheveux tout juste coiffés au gel.

Peut-être que le cowboy aimait les hommes un peu sales et ébouriffés.

Jordan se mordit la lèvre et s'ôta tout de suite cette pensée de la tête. La dernière chose dont il avait besoin, c'était de bander en présence de Russ, ou de monter en selle avec la trique pour une longue chevauchée, maintenant qu'il y pensait. Il étouffa son rire et baissa la tête pour regarder ses chaussures, quand Russ lui jeta un coup d'œil par-dessus son épaule.

Même l'attitude de Russ ne lui gâcherait pas sa journée. Jordan ne le laisserait pas faire. Il n'avait pas cessé de dépasser les attentes de Russ. Il le savait, quoi qu'affichât le visage du cowboy. À présent, il allait monter au grand air une jolie petite jument. Il allait montrer au cowboy grincheux le bon cavalier qu'il était, et peut-être qu'alors, Russ le laisserait faire autre chose que s'occuper du fumier désormais, et sans rouspéter.

Devant lui, Russ posa la jambe sur la planche basse de la clôture, sa selle sur le dessus et siffla. Deux jeunes juments furent les premières arrivées. Russ les conduisit dans un petit corral à l'écart, avant de refermer le portail derrière elles.

— Est-ce que vous vous sentez capable de vous occuper vous-même de la selle ?

Jordan ne se retint qu'à très grand-peine de lever les yeux au ciel.

4 Par opposition aux selles « classiques » (ou « anglaises »), les selles Western sont un peu plus grandes et changent la manière de monter.

— Je peux le faire.

— Eh bien, faites-le, alors.

Russ tourna le dos à Jordan et prépara sa propre monture.

Avant de s'approcher de Missy, Jordan inspira profondément puis souffla, faisant disparaître la tension dans ses membres en même temps. Missy ne le connaissait pas et il ne voulait surtout pas que son irritation contre Russ entache sa première rencontre avec la jument.

— Coucou, ma jolie. Je m'appelle Jordan. Tu es prête à faire un petit tour aujourd'hui, avec ton amie ?

Jordan conserva une voix douce et basse, et étudia le langage corporel de Missy pour déceler le moindre signe de tension quand il s'en approcha. Missy fit un pas en avant et enfonça le nez dans les mains de Jordan, cherchant probablement une friandise.

— Désolé, ma belle, tu as déjà eu ta friandise tout à l'heure. Maintenant, tu vas faire un peu d'exercice.

Russ avait déjà mis le licol et le tapis de selle à sa monture, mais Jordan s'en fichait. Russ pouvait attendre.

— Faisons un peu connaissance tous les deux d'abord, murmura-t-il en caressant l'encolure et les épaules douces de Missy.

Sa robe auburn brillante était chaude sous l'effet du soleil texan brûlant. Elle était aussi soyeuse et magnifique et le seul fait de la toucher ôta un poids des épaules de Jordan.

— Nous allons nous faire du bien, tous les deux, lui murmura-t-il à l'oreille.

Honnêtement, il n'avait pas besoin d'être aussi lent et prudent. Missy était un ange, aussi avide de faire plaisir que prête pour une balade. Si c'était Russ qui les avait dressées, alors il avait fait un meilleur travail qu'il ne l'avait dit.

Canon et humble, bon sang, c'est sexy.

Quel gâchis.

— Vous allez vous câliner toute la journée ou on peut aller se promener ? râla l'homme en question de l'autre côté du paddock.

Cette fois-ci, Jordan leva les yeux au ciel, mais ne prononça pas un mot en mettant le licol et l'hackamore en place, puis le tapis de selle et la selle. Le collier d'épaule lui posa quelques soucis, surtout avec Missy qui avait très envie de rejoindre Russ et Daisy, mais il finit par réussir à fermer la boucle et à la resserrer. Il sentit le regard de Russ posé sur lui pendant tout le processus, mais comme le cowboy ne dit rien, Jordan fit de son mieux pour l'ignorer.

Une fois Missy sellée et prête à partir, Russ ouvrit le portail à l'autre bout du paddock, fit sortir Daisy et attendit que Jordan et Missy passent pour refermer derrière eux. Ils montèrent en silence. Russ fit adopter un petit galop à Daisy sans voir si Jordan le suivait bien.

Dès qu'il sentit Missy adopter sous lui ces mouvements si familiers, Jordan se relaxa, ses muscles douloureux se détendirent. Il se fichait que son compagnon de balade soit un connard grincheux. Il se fichait d'être sans doute incapable de bouger le lendemain. Il se fichait même de l'endroit où ils allaient, tant qu'ils continuaient à avancer.

Malgré la chaleur, la sueur sur sa peau sécha rapidement quand les chevaux accélérèrent l'allure. Jordan n'avait pas grand-chose à faire pour diriger Missy. Comme elle suivait Daisy sans montrer de désir de s'éloigner, Jordan pouvait se détendre et profiter du paysage.

Avec ses prairies, ses fleurs des champs, ses arbrisseaux et ses arbres, le « pays des collines » [5] formait un contraste saisissant avec les prairies verdoyantes et sauvages de Virginie, auxquelles il était plus habitué, mais le cœur du Texas était beau à sa façon. Loin du ranch à proprement parler, le paysage montait de plus en plus, tandis que le soleil lui cognait le dos et la tête. Il allait devoir trouver un chapeau très vite s'il ne voulait pas ressembler à une écrevisse avant la fin de la semaine.

Au sommet de la première colline, il eut une vue dégagée sur la grande maison, les écuries et les annexes. Les taches noires ou claires formées par les chevaux, les ânes, les lamas, les alpagas, les chèvres et quelques bovins parsemaient des enclos aux clôtures blanches et des pâturages jaunes, verts et bruns. La plupart des animaux semblaient préférer l'ombre relative des rares chênes rabougris, même si quelques âmes courageuses s'étaient aventurées dehors, maintenant que le soleil était plus bas dans le ciel.

— Ça a l'air bien plus grand que dans mon souvenir, commenta Jordan.

Russ ralentit l'allure de son cheval et, pour la première fois de la journée, esquissa un demi-sourire en parcourant le ranch du regard.

5 Le « Texas hill country » est une région située au centre du Texas et composée de nombreuses collines de calcaire.

— Nous nous en sortons plutôt bien, même si les temps sont durs. Nous essayons de sauver chaque année encore plus d'animaux que la précédente. Parfois, nous y arrivons.

Comme s'il se rappelait soudain à qui il s'adressait, Russ perdit le sourire et serra les genoux pour faire descendre la colline à Daisy au trot et enchaîner sur la suivante.

Je suppose que notre pause est terminée.

Jordan soupira en regardant, quelques secondes, les larges épaules musclées de Russ, son fessier ferme et ses cuisses puissantes, avant d'indiquer à Missy de suivre le cowboy.

Quel gâchis. Quel fichu gâchis.

Ils échangèrent à peine un mot pendant le reste de la balade. Ce silence aurait énervé Jordan en temps normal, mais il savourait trop le plaisir d'être en selle cette fois-ci pour se plaindre de la compagnie guère agréable. La selle Western était différente des selles auxquelles il était habitué et certains de ses muscles se plaindraient plus tard de la position inhabituelle. Mais si ses courbatures pouvaient l'aider à s'endormir sans enchaîner les verres de bourbon, il considérerait chaque muscle fatigué, chaque douleur, chaque épuisement comme une victoire.

Russ fit demi-tour et retourna vers la maison bien avant que Jordan s'en sente prêt, mais il n'avait pas vraiment voix au chapitre, du moins pour l'instant. Le cowboy fut aussi taciturne sur le chemin du retour que pendant le reste de la chevauchée, et en un rien de temps, Jordan vit le ranch et la fin de son agréable promenade.

Il soupira de regret et mit pied à terre, puis ramena Missy dans le paddock. Il lui enleva une grande partie de son harnachement, puis Russ lui ordonna d'aller chercher de quoi brosser les chevaux. Ils prirent le temps nécessaire pour les étriller, les brosser afin d'enlever la poussière et la sueur, avant de retirer les hackamores et les remettre dans le pâturage avec les autres.

Près de l'écurie, Jordan s'attendait à recevoir quelques paroles de félicitations pour le travail bien fait, mais Russ ne lui accorda qu'un bref hochement de tête en retournant à la grande maison. Quand Russ arriva sur la terrasse, Phyllis sortit de la maison. Elle adressa un sourire et un signe de la main à Jordan, puis alla au coin de la terrasse pour sonner la cloche en cuivre accrochée à un poteau.

— Tu as le temps d'aller te laver avant le dîner, Jordan, l'interpella-t-elle quand il s'approcha de la maison.

46

Soulagé et reconnaissant, Jordan sourit et se dirigea vers l'escalier, le corps courbaturé. Les douleurs et la raideur se réveillaient, maintenant qu'il en avait fini pour la journée. Les marches menant aux chambres le firent réfléchir quelques instants, mais il passa outre sa fatigue et monta. Il ne s'assiérait pas à la table du dîner recouvert de… tout ce dont il était recouvert.

Après une douche rapide, il sortit le second jean qu'il avait acheté en venant ici et l'un de ses polos. Il s'était dit que les jeans moulants, les pantalons en soie et les shorts en lin ne le rendraient pas sympathique aux yeux des autres. Il n'avait pas vraiment réfléchi en faisant ses bagages. Tout ce qu'il avait emporté ne servirait à rien au ranch. Il allait devoir acheter d'autres jeans, sinon, il se retrouverait à faire sa lessive plusieurs fois par semaine.

Était-ce Phyllis qui se chargeait de la lessive ? Si elle ne le faisait pas, Jordan allait devoir trouver comment demander de l'aide pour le faire, sans s'humilier. Il n'avait jamais fait de lessive.

Est-ce qu'Amazon livrait jusqu'ici ? Il ne pouvait pas se permettre de dépenser beaucoup. Comme toutes ses autres cartes de crédit avaient été annulées, il ne lui restait que son compte personnel et…

Jordan se secoua pour ne pas y penser et s'occupa de ses cheveux, dans le miroir accroché au-dessus de la commode abîmée de sa chambre, puis lissa son polo. Il avait travaillé d'arrache-pied ce jour-là, donc il ne devrait plus être capable de penser, mais la réalité avait le don de venir lui botter les fesses, malgré tous les efforts qu'il faisait pour l'ignorer.

Russ sortit de la salle de bain à l'instant où Jordan quitta sa chambre et ils faillirent se percuter dans le couloir. Russ s'était, semblait-il, douché à son tour, puisqu'il passait une serviette sur ses cheveux humides et qu'il avait remplacé sa chemise en batiste par un maillot de corps blanc qui moulait son torse musclé et soulignait ses tétons.

Jordan retint un gémissement.

Quel gâchis. C'est une vraie tragédie.

Il esquissa un sourire rayonnant et déclara :

— Je ne vous ai pas remercié de m'avoir laissé vous accompagner cet après-midi. Missy était vraiment un amour et ça m'a fait du bien de remonter en selle. Ça faisait bien trop longtemps.

— C'est Phyl qu'il faut remercier. C'était son idée, pas la mienne.

Persévérant, Jordan avança d'un pas et garda le sourire.

— Dans tous les cas, c'était quand même vous qui étiez avec moi, donc merci.

Russ pinça les lèvres et hocha la tête, raide comme un piquet, avant de retourner dans sa chambre et d'en fermer la porte au nez de Jordan.

Jordan poussa un soupir mécontent en se dirigeant vers le rez-de-chaussée. Russ était le bras droit de Phyl, se rappela-t-il. Ils avaient l'air proches. Jordan avait donc besoin de l'approbation du cowboy s'il voulait rester au ranch pendant… à vrai dire, aussi longtemps qu'il en avait besoin. Charmer Russ allait juste lui prendre plus de temps qu'il ne l'avait espéré.

VIII

QUATRE JOURS.

Quatre jours que Jordan trimait, pelletait du crottin de l'aube au coucher du soleil, sans jamais se plaindre, et avait-il reçu un simple « bon travail » ou « bien joué » de la part de Russ ?

Non. Pas une fois.

Phyllis, Jon et Ernie faisaient montre d'une quantité appropriée d'approbation et de gratitude, cajolant son ego toujours plus fragile, mais pas Russ.

C'était comme travailler avec son père, sauf que son père lui lançait parfois « bon travail », même si ces deux mots étaient souvent suivis d'un « mais ».

Jordan balayait toujours ces pensées aussi vite qu'elles apparaissaient, mais à qui d'autre pouvait-il comparer Russ ? Il n'avait pas connu tant d'enfoirés dans sa vie jusqu'à aujourd'hui, pour ce qui était des enfoirés qu'il ne pouvait ignorer ou envoyer se faire voir, en tout cas.

Jordan posa un pied sur la clôture et les bras sur le dessus pour regarder les bêtes évoluer sous la pâle lueur de la lune. Les criquets stridulaient en un ronronnement constant, seulement brisé parfois par les reniflements ensommeillés d'un cheval ou le braiment d'un âne lorsqu'une chouette ululait au loin. L'air était lourd et humide suite à l'orage qui avait éclaté dans la journée et la chaleur irradiait toujours du sol, bien que le soleil se fût couché deux heures plus tôt.

Après cette nouvelle journée de dur labeur, Jordan était exténué et il aurait dû se trouver au lit, comme tous les autres, mais son esprit ne cessait de tourner à plein régime. Il avait beau repousser ses limites, s'épuiser au travail depuis des jours, cela ne suffisait pas.

Que voulait-il de la vie ?

Où irait-il ensuite ?

Devait-il appeler l'université pour les informer qu'il ne reviendrait pas ?

Son père avait-il mis fin au bail de son appartement à côté du campus ?

Combien de temps sa voiture resterait-elle assurée avant qu'il ne doive se charger des paiements ?

Son thérapeute lui répondrait-il, s'il l'appelait ?

Son assurance santé était-elle toujours payée, s'il avait besoin de son thérapeute ou d'un médecin, pour le cas où il se blesserait ?

Toutes ces questions, et plus encore, tournaient en boucle dans son esprit, menaçant de le submerger. Son cœur battait à tout rompre, le poussant à bouger, à courir jusqu'à s'effondrer, mais cela ne lui ferait aucun bien et il était de toute façon à peine capable de lever les jambes. Il se sentait malade. Il n'avait guère beaucoup mangé les plats délicieux mais lourds de Phyllis, mais ils lui plombaient pourtant l'estomac.

Au lieu de courir, il quitta son poste près du pâturage et entra dans l'écurie. Puisqu'il était le plus proche de l'entrée, Dallas fut le premier à l'accueillir, comme toujours. Jordan accepta son invitation d'un sourire et avança dans l'allée, caressant chaque encolure qui se présentait à lui, jusqu'au bout de l'écurie. Marina l'observa depuis son box et Jordan lui sourit en s'installant sur un tas de paille à proximité. Il avait pris l'habitude de venir ici chaque soir et de s'asseoir près de la future mère nerveuse. Il se sentait plus calme dans l'écurie, les odeurs et les bruits des chevaux l'apaisaient comme par magie. Marina s'était habituée à lui, à présent, et avait même pris en douce une ou deux friandises dans sa main, quand Russ ne regardait pas.

— Toi et moi, on va bien s'entendre, murmura-t-il. Nous sommes un peu brisés pour l'instant, mais rien d'irréparable, hum ?

Elle renifla et il vit ses yeux briller dans l'ombre du box. Il sourit, ferma les yeux et posa la tête contre la cloison en bois.

Bon Dieu, je l'espère, en tout cas.

— HÉ.

Jordan se réveilla en sursaut quand quelqu'un donna un coup de pied sur sa botte. Il ouvrit les yeux et découvrit la silhouette de Russ au-dessus de lui, se découpant dans la pâle lumière indigo qui précédait le lever du soleil et entrait par les portes de l'écurie.

— J'espère que vous vous êtes assez reposé, parce qu'avoir dormi dans l'écurie n'est pas une excuse valable pour ne pas travailler le samedi.

Jordan ravala un grognement et obligea ses muscles à coopérer. Il avait l'impression d'avoir quatre-vingts ans et était certain que cela se voyait. Heureusement, il faisait toujours sombre là où il se trouvait.

Sans montrer la moindre once de pitié, Russ lui fit signe de déguerpir.

— Phyl prépare le déjeuner. Rentrez et mangez quelque chose, pour une fois. Vous aurez besoin de toutes vos forces pour dorloter les *weekenders*.

Jordan sortit de l'écurie et retourna en chancelant dans la maison, comme un zombie, et n'assimila les paroles de Russ que lorsqu'il atteignit le haut de la terrasse.

— Qu'est-ce qu'il veut dire par « mangez quelque chose, pour une fois » ?

Il jeta un regard noir à l'écurie en réponse, mais Russ n'était nulle part en vue.

— Bonjour, mon rayon de soleil, l'accueillit Phyllis avec bien trop d'enthousiasme, quand Jordan entra dans la cuisine.

— Il n'est pas un peu tôt pour le petit déjeuner ? râla-t-il en se débattant avec la cafetière.

— Le samedi est une journée chargée pour nous. Entre les *weekenders*, les touristes et les probables adoptions.

— Les *weekenders* ? marmonna-t-il entre deux gorgées de café.

— C'est comme ça qu'on appelle les visiteurs bien intentionnés qui viennent avec leur famille pour « faire du bénévolat » le week-end.

Son sourire disparut un peu quand elle réalisa à qui elle s'adressait.

— Non pas que nous n'apprécions pas toute l'aide qu'on peut nous apporter, mais certains nous apportent plus de travail qu'ils n'en font réellement, si tu vois ce que je veux dire.

Elle s'interrompit quelques instants, mélangea les œufs dans la poêle, puis se tourna vers lui.

— Mais tout ça, c'est pour une bonne cause. Et plus il y a de gens qui voient ce que nous faisons ici et apprennent à leurs enfants à respecter les animaux et à donner de leur personne, meilleur sera le monde au final, conclut-elle en adoptant ce que Jordan avait reconnu comme étant sa voix dédiée aux collectes de fonds.

— C'est logique, marmonna-t-il entre deux gorgées de sa seconde tasse.

Elle le dévisagea d'un œil critique.

— Tu te sens bien ?

— Ouais, je suis juste un peu fatigué.

— Russ t'en a vraiment fait voir de toutes les couleurs cette semaine, hein ?

Oui.

— Pas vraiment. En plus, le travail forge le caractère, non ?

Il adressa son plus beau sourire à Phyllis, dont l'expression s'adoucit.

— Ne t'en inquiète pas aujourd'hui, nous aurons beaucoup d'aide.

Elle s'interrompit, pinça les lèvres et le dévisagea, pensive.

— Tu sais quoi ? Je pense que c'est une très bonne idée.

— Hum ? J'ai manqué quelque chose ?

Phyllis lui fit un grand sourire.

— Désolée. Mon cerveau s'emballe parfois. Je pense que tu devrais passer la journée avec moi et parler aux gens. Tu as un don pour ça. Les gens t'aiment.

— Pas tous, marmonna Jordan dans sa tasse.

— Suffisamment, en tout cas, rétorqua-t-elle en balayant sa réponse d'un geste de la main. Le travail que nous faisons est nécessaire. Nous sommes là pour nous occuper des animaux, après tout, mais nous ne pourrions pas le faire sans les donateurs, sans les gens qui nous soutiennent. Cette partie du travail est tout aussi importante, si ce n'est plus, que de nettoyer les boxes… même si je n'arrive pas à le faire entrer dans le crâne de *certaines* personnes, s'indigna-t-elle. Sans les donations de ces personnes adorables qui viennent ici pour passer une journée en famille, s'entichent de nos animaux et les ramènent chez eux, nous ne pourrions pas en sauver plus. Les gens sont importants.

Comme Jordan hochait la tête, le regard de Phyllis s'éclaira.

— Tu vois ? Je savais que tu comprendrais.

Au lieu de lui dire de mettre la table, elle lui servit une assiette directement depuis la cuisinière et lui dit de s'asseoir.

— Il n'y a que nous deux ? demanda-t-il, perplexe.

— Oui. Je vais en laisser un peu à Russ, s'il veut revenir manger, mais Jon et Ernie sont en congé pour la journée. Nous avons beaucoup d'aide, généralement, surtout l'été, comme les enfants n'ont pas école. La semaine a été plutôt tranquille, mais d'habitude, nous avons les Girls Scout, les 4-H [6], les groupes d'enfants de chœur, les colonies de vacances etc. qui viennent au moins un jour par semaine. C'est moi qui m'en occupe et je

---

6 Mouvements de jeunesse administrés par le ministère de l'agriculture américain pour faire des jeunes des campagnes des citoyens responsables.

leur fais faire la visite, avant de les mettre au travail. Ils nettoient les saletés, donnent les bains ou apportent de la nourriture… des choses simples. Tout ce qu'il faut faire, c'est garder un œil sur eux.

— Du babysitting, soupira Jordan.

Phyllis pouffa.

— Ce n'est pas si mal que ça. Tu pourras t'asseoir de temps en temps et ce ne sera pas à toi de pelleter et traîner tout le crottin.

Elle marquait un point. Il n'avait pas beaucoup d'expérience avec les enfants, mais compter sur son charme Thorndike, ça, il le faisait depuis vingt-quatre ans. C'était sur les genoux de maîtres en la matière – ses parents – qu'il avait appris à jouer les hôtes affables, après tout. Et même s'il avait lâché cette bombe qui avait détruit sa vie pour ne plus avoir à se cacher derrière un masque, justement, c'était pour la bonne cause cette fois-ci. En outre, cela voulait dire, pour lui, passer une journée de moins à se cogner la tête contre le mur en brique de la désapprobation de Russ. Après quatre journées infructueuses de ce côté-là, une pause lui ferait du bien.

— Comptez sur moi, dit-il en souriant.

Les doux yeux bleu-gris de Phyllis s'illuminèrent, le réchauffant de l'intérieur, tandis qu'il avalait sa nourriture avec un appétit légèrement retrouvé.

IL S'AVÉRA que pour ce qui était de charmer les gens pour les convaincre de dépenser de l'argent, Jordan excellait. Cela ne faisait pas de mal non plus que son amour du ranch et de ses animaux soit étonnamment sincère, ce qu'il découvrit lui-même en accompagnant des familles bavardes faire le tour des enclos et en aidant Phyllis à raconter des histoires amusantes et touchantes pour que les gens se sentent plus intéressés par les animaux.

Ralph, le dromadaire dont se chargeait Ernie, connut un grand succès. Les petits garçons adorèrent ses grognements et ses crachats quand il était irrité. Jordan dirigea tout le monde près de l'enclos de Calliope, l'autruche, et prit grand plaisir à relater le meilleur moment de sa semaine à toutes les personnes qui passaient par là – à savoir, le moment où il avait vu Calliope faire tomber Russ sur les fesses et dans la poussière tandis qu'il évitait les coups de bec grincheux de l'animal. Jordan raconta l'histoire comme un conte pour enjoindre à la prudence, mais il veilla à ne pas parler trop fort pour que l'homme en question ne puisse que l'entendre quand il passa avec un autre groupe de volontaires qui s'occupaient de donner à manger.

Le regard noir qu'il reçut en réponse à ses efforts, tandis que les enfants gloussaient, améliora grandement sa journée.

Il comprenait très bien à présent comment gérer les enfants des autres pouvait faire prendre un coup de vieux, surtout en fin de journée, quand les enfants commençaient à être fatigués et grognons. Mais la plupart des petits restèrent pendus à ses lèvres, les yeux écarquillés et le sourire aux lèvres, ce qui mit du baume à son ego malmené, et presque tout le monde se montra amical et gentil.

Un des moments étranges de sa journée fut lorsque l'un des papas le reluqua ouvertement. En règle générale, Jordan avait l'habitude que des hommes séduisants le dévorent des yeux. À vrai dire, il avait passé des heures en salle de sport et devant son miroir chaque semaine pour s'en assurer. Donc en temps normal, il se serait rengorgé sous cet examen. Mais comme l'homme qui le draguait était en compagnie de sa femme et de ses deux petites filles pour une sortie en famille, Jordan en avait plutôt eu la chair de poule.

Traitez-moi de prude, mais il y a quelque chose qui cloche.

Il frémit en soulevant le plateau sur lequel étaient posés des pichets de limonade, qu'il devait amener dehors, et espéra que l'homme serait déjà parti. Il s'apprêtait à descendre rejoindre quelques familles regroupées autour de tables de pique-nique recouvertes de tasses et d'assiettes à gâteaux, quand il aperçut de nouveau l'homme louche. Mais cette fois-ci, il semblait affronter Russ dans l'ombre de l'écurie, à bonne distance de tout le monde, et caché à la vue des autres par un tracteur et un van.

Sa curiosité piquée, Jordan se décala de quelques pas pour y voir mieux. Russ agitait les bras dans tous les sens, sans doute en pleine conversation animée avec l'autre homme, mais Jordan était trop loin pour pouvoir comprendre ce qu'ils disaient. Alors que Russ levait les mains en l'air, tournait le dos à l'homme et s'éloignait à grands pas, la moustiquaire claqua dans le dos de Jordan, le faisant sursauter.

Surpris à espionner, Jordan rougit et se redressa, puis fit un signe de tête en direction de l'écurie.

— Qu'est-ce qui se passe ?

Phyllis suivit son regard et fit la grimace. Elle jaugea Jordan d'un coup d'œil spéculatif quelques instants, puis haussa les épaules.

— C'est de l'histoire ancienne. Todd est l'ex de Russ… Je ne l'ai jamais aimé, pour ma part. Il est marié maintenant et a deux filles adorables, mais on dirait qu'il ne peut pas s'empêcher de revenir ici de temps en temps pour semer la zizanie. Heureusement, Russ se fait discret quand Todd est là. C'est plus facile pour tout le monde.

Jordan cligna plusieurs fois des yeux. Il regarda Russ s'éloigner quelques instants avant de reporter son attention sur Phyllis.

— Son ex ?

Phyllis accueillit d'un sourcil son expression estomaquée.

— Oui. Tu n'as pas de problème avec ça, si ?

— Euh… non.

Jordan secoua la tête, mais surtout pour s'éclaircir les idées.

— Non, pas du tout.

Elle sourit.

— Il me semblait bien que tu n'en aurais pas.

Comme il lui adressa un regard perplexe, son sourire s'agrandit.

— Allez, viens, allons apporter ça avant que la glace fonde.

Hébété, Jordan descendit de la terrasse et posa le plateau sur une table de pique-nique. Il versa de la limonade dans des verres en carton tandis que Phyllis prenait le temps de remercier tout le monde d'être venu.

Il est gay ? Russ est gay ?

Jordan avait des difficultés à appréhender ce nouveau fait, qui était pour lui comme un nouveau coup porté à son ego. Il n'était pas assez vaniteux pour croire que tous les hommes de la Terre seraient attirés par lui, mais Russ n'avait pas montré le moindre soupçon d'intérêt à son égard malgré tout le temps qu'ils avaient passé ensemble. Jordan n'était pas un troll, pour l'amour du Ciel. Une queue bien disposée était une queue bien disposée quand on était excité, non ? Ce n'était pas comme s'il y avait tant de meilleures options au ranch, et depuis que Jordan était là, Russ n'était allé nulle part à part à l'épicerie et chez un particulier pour vérifier les conditions de vie d'un animal.

C'est quoi ce bordel ?

Russ et Todd ne réapparurent jamais, ou du moins, Jordan ne les vit pas. Mais très vite, tous les *weekenders* retournèrent à leurs véhicules et partirent dans un grand nuage de poussière, y compris la femme et les filles de Todd, donc ce dernier avait dû revenir à un moment ou à un autre.

— Tu as fait du bon travail, aujourd'hui, déclara Phyllis en tapant son gobelet de limonade contre le sien pour lui porter un toast.

Jordan oublia quelques instants son obsession pour Russ et adressa un sourire rayonnant à Phyllis. Il était si heureux de ce petit éloge que c'en était ridicule, comme un homme affamé face à un steak saignant.

Syndrome classique de l'enfant du milieu victime d'un père émotionnellement distant – il cherchait toujours désespérément l'approbation des autres.

Il secoua la tête. Comprendre les raisons de ses réactions ne faisait pas disparaître ce qu'il ressentait pour autant. Il suivait une thérapie depuis son adolescence, donc il connaissait parfaitement les termes exacts et les étiquettes pour définir les choses, mais il avait presque autant menti à son thérapeute qu'à ses parents. À en juger par la réaction qu'avaient eue ces derniers quand il leur avait dit la vérité, il avait eu raison de mentir aussi longtemps.

— Merci, Phyllis. Vous aviez raison. C'était amusant.

— Tu peux m'appeler Phyl et me tutoyer.

Elle se leva, s'empara du plateau et retourna vers la maison, laissant Jordan toujours bouche bée la regarder faire, un sourire stupide aux lèvres, et une étincelle d'espoir s'allumant dans sa poitrine.

— Je vais préparer le dîner. Peux-tu aller voir Russ et lui demander si tout est fini ? cria-t-elle par-dessus son épaule avant d'ouvrir la moustiquaire, qui claqua derrière elle.

Russ est gay... ou bi, au moins ? Bordel de merde.

IX

LE MERCREDI matin, Russ fut réveillé par la sonnerie stridente de son réveil et faillit balancer l'objet à l'autre bout de la pièce. Il grogna, retomba sur le dos et observa les ombres au plafond. Même s'il enclenchait son réveil tous les soirs, il se réveillait toujours avant que ce fichu machin ait l'opportunité de se déclencher – toujours. Sauf ces derniers jours, où s'il dormait plus de deux heures d'affilée avant qu'il ne soit temps de démarrer la journée, il pouvait s'estimer heureux, et il savait exactement qui blâmer pour ses problèmes.

Ce fichu Jordan Thorndike devait « se trouver » ou trouver sa satanée « paix intérieure » – ou peu importe ce qu'il était venu chercher au ranch – et partir, parce que Russ ne supporterait pas de journées supplémentaires à se faire évaluer comme un étalon à une vente aux enchères. Jordan le regardait tantôt avec de grands yeux de biche, tantôt avec des paupières alourdies, il se tenait un poil trop près de lui, il effleurait par accident le corps de Russ… Tout ceci allait lui faire perdre la tête.

— Tout est de ta faute, Todd. Tu n'aurais pas pu rester à l'écart, vivre ta vie et me laisser vivre la mienne ?

Ce devait être la récente visite de son ex au ranch qui expliquait le soudain changement d'attitude de Jordan, qui était passé de l'optimisme éternel factice à un Casanova en chasse. Rien d'autre n'avait changé depuis la semaine passée. Une chose était sûre, Russ ne s'était pas montré plus gentil avec ce gosse de riche. Russ ignorait comment, mais Jordan avait dû découvrir que Russ et Todd étaient sortis ensemble, et depuis le samedi, il dévisageait Russ comme un fruit bien mûr qu'il aimerait cueillir.

À chaque fois, la peau de Russ le picotait et il avait été incapable de trouver le repos depuis.

Il grogna, sortit du lit et jeta un regard noir en direction de la chambre de Jordan. Fini de tergiverser. Il allait mettre un terme à cela – quoi que soit ce « cela » – le plus tôt possible. Phyl ne serait pas contente, mais c'était chez Russ, ici, pas chez Jordan, peu importait combien ses parents étaient riches. Si le gamin n'appréciait pas de se faire remettre à sa place, il

57

pourrait toujours se terrer ailleurs pour consoler l'enfant qui sommeillait en lui. Russ, lui, avait du travail à faire.

Déterminé, il entra à grands pas dans la salle de bain, prit sa douche et enfila ses vêtements de travail. Il évita le petit déjeuner, n'avala qu'une rapide tasse de café et n'attrapa qu'une tranche de pain beurrée sur le trajet, puis se rendit à l'écurie tandis que les premières taches de rose perçaient à l'horizon. Il échangea à peine deux mots avec Phyl, en dehors des civilités habituelles, car il craignait qu'elle subisse la rage qui montait en lui et qui était entièrement dirigée contre le gosse de riche.

Comme il s'y attendait, Phyl lui fourra Jordan dans les pattes toute la journée. Ce gamin pourri gâté était vraiment génial avec les chevaux, ce qui n'aidait pas les affaires de Russ. En d'autres circonstances, Russ aurait envisagé de former Jordan lui-même, tout comme Sean l'avait fait avec lui. Mais ce morveux ne resterait pas assez longtemps pour que cela en vaille la peine et, en outre, Russ serait incapable de passer ces moments nécessaires en tête à tête sans faire quelque chose qu'il finirait par regretter.

— Qu'est-ce qu'on fait maintenant, patron ?

Russ se renfrogna. Il jeta à contrecœur un coup d'œil derrière lui et observa Jordan, bien trop mignon pour quelqu'un ayant passé les dernières heures à baigner jusqu'au genou dans le crottin, en pleine journée caniculaire de juillet. Même en sueur et les cheveux ébouriffés, il était à croquer.

Russ était au bout du rouleau.

— Ça fait plus d'une semaine que tu es là, grogna-t-il. Tu devrais savoir ce que tu dois faire ensuite, maintenant. Tu as des yeux, regarde le tableau. Je ne suis pas ta nounou ni ton père. Tu ferais mieux de le comprendre ou de te casser de mon écurie.

Jordan le dévisagea quelques instants, sans un mot, les yeux – ses magnifiques yeux bleus – écarquillés de surprise. Peut-être y avait-il aussi une étincelle blessée. Très vite, cependant, le gamin plissa les paupières et serra les mâchoires. Russ carra les épaules, prêt pour une bagarre qui lui permettrait de relâcher un peu la pression qui ne cessait de monter depuis plusieurs jours. Il ne ferait pas beaucoup de mal au joli garçon, mais si Jordan lui donnait un coup, il en recevrait un en retour.

Mais ce ne fut pas ce qui se passa. Au lieu de le frapper ou de s'éloigner en soufflant, comme le gamin pourri gâté qu'il était, Jordan perdit son froncement de sourcils énervé. Il battit des cils et esquissa un sourire de ses lèvres aux courbes parfaites qui fit battre le cœur de Russ plus vite à mesure que les mots « problèmes à l'horizon » clignotaient dans son esprit, comme éclairés d'un néon.

Estomaqué, Russ ne bougea pas quand Jordan s'approcha d'une démarche chaloupée, se pencha et lui murmura à l'oreille :

— Oh, je sais bien que tu n'es pas mon père. Si c'était le cas, toutes les choses que je voudrais que tu me fasses seraient illégales et très, très mal… sauf si nous parlons ici d'un tout autre genre de *daddy*.

Sur ces mots, cette petite merde prétentieuse tourna les talons et repartit d'un pas nonchalant, tortillant son petit cul moulé dans le vieux jean usé et bien trop fin de Russ que Phyl lui avait donné.

— Merde alors, jura Russ dans l'écurie vide, quand il retrouva l'usage de la parole.

Le gamin avait visiblement décidé que Russ était assez mûr pour être cueilli, finalement. Mais qu'est-ce que Russ allait bien pouvoir faire de cette information ?

L'un des chevaux hennit, le sortant de sa stupeur et lui rappelant qu'il avait du travail à faire. Il rajusta son pantalon en grimaçant, jeta un dernier regard noir dans la direction empruntée par Jordan et partit en quête de ses outils de maréchal-ferrant.

PENDANT LE reste de la journée, Jordan évita toute proximité avec lui, mais cela n'empêcha pas pour autant le gosse de riche de lui lancer des clins d'œil impertinents et de se lécher les lèvres chaque fois qu'il croisait le regard de Russ dans la prairie ou qu'il lui passait devant en se dirigeant vers les enclos d'autres animaux. Comme Jon et Ernie n'étaient jamais loin et que Phyl aussi faisait une apparition de temps en temps, Russ n'eut pas l'opportunité de s'énerver avant la fin de la journée.

Jon et Ernie ne restaient pas dîner ce soir-là. Ernie devait assister au récital de violon de sa fille et comme Jon recevait ses beaux-parents ce week-end-là, sa femme voulait qu'il rentre l'aider à mettre de l'ordre dans la maison. Russ et Jordan se retrouvèrent ainsi seuls à l'extérieur pour terminer le travail pour la soirée tandis que Phyl préparait le repas. Russ avait réussi à se débarrasser de son émoi et à recommencer à fulminer le temps que la journée de travail se termine. Il pénétra dans l'écurie d'un pas volontaire. La petite réplique du gamin ce matin-là l'avait surpris et, s'il était honnête avec lui-même, avait suffisamment attiré l'attention de son sexe pour que ce dernier prenne les commandes quelques instants. Mais ce flirt exagéré et perpétuel toute la journée l'avait vraiment énervé. Il n'aimait pas jouer.

— Hé, interpella-t-il Jordan en entrant dans l'écurie.

Jordan nettoyait quelques seaux, mais il s'interrompit quand Russ s'approcha, et se tourna pour lui faire face. Le gamin esquissa un sourire séducteur et s'appuya contre le mur de l'écurie de manière aguicheuse. C'était un spectacle très séduisant, difficile de le nier. Mais Russ en avait sa claque de ces conneries.

— Toi et moi, il est temps que nous ayons une petite conversation, déclara-t-il en s'arrêtant à bonne distance et en croisant les bras.

— D'accord. À quel sujet ? demanda Jordan, avec son air de ne pas y toucher.

— Je crois qu'il faut mettre certaines choses au clair. Écoute-moi bien, parce que je ne vais pas me répéter, c'est clair ?

— OK.

Le gosse de riche s'écarta du mur, s'humidifia les lèvres et avança en sautillant légèrement.

— Je suis tout ouïe.

— Bien, écoute-moi bien. Phyl a peut-être trop peur de marcher sur tes petits pieds vernis à cause de tout l'argent donné par tes parents pour notre ranch, mais pas moi. Elle se sent peut-être obligée d'être gentille avec toi, mais moi, j'en ai rien à foutre de toute la fortune de tes vieux. Tu veux rester ici ? Alors, mets-y du tien comme tous les autres et ne cause pas d'ennuis. Sinon, je te botterai les fesses personnellement sans verser une larme, compris ?

Le masque de Jordan glissa un peu, montrant une pointe de douleur avant qu'il ne se reprenne. Russ avait travaillé assez longtemps dans le sauvetage d'animaux pour reconnaître une créature blessée quand il en voyait une, même avec un rapide coup d'œil. Mais cela ne l'empêcherait pas de poursuivre. Jordan était un homme adulte, élevé dans un monde rempli de bien plus de privilèges que d'autres pourraient en rêver, pas un animal sans défense, et il avait besoin qu'on lui rappelle qu'il ne pouvait pas avoir tout ce qu'il voulait ni qui il voulait d'un claquement de doigts.

— Maintenant, je ne sais pas ce que tu penses savoir de moi, gamin, poursuivit Russ, implacable, mais que ce soit clair, je ne suis pas intéressé par tes propositions. Compris ? Donc, arrête de tortiller du cul en ma présence et garde tes fesses hors de ma vue. Et tu peux te fourrer tes clins d'œil et tes sourires là où le soleil ne brille jamais, si tu vois ce que je veux dire, parce que je n'apprécie pas qu'un gosse de riche pourri gâté vienne s'encanailler avec nous pour pouvoir « se sentir mieux ». Je me fous que tu te trouves mignon... J'ai déjà donné et récupéré les souvenirs qui vont avec. On ne m'y reprendra plus... Alors reste en dehors de mon chemin ou remonte dans ce petit jouet onéreux qui coûte sans doute bien plus cher que la maison d'Ernie ou celle de Jon, et trouve un autre endroit pour apaiser ta conscience ou consoler le gamin qui sommeille en toi ou... ce que tu cherches à faire, peu importe quoi.

Russ prit un plaisir pervers à tourner les talons et à sortir à grands pas de l'écurie, comme Jordan l'avait fait théâtralement ce matin-là, même si une pointe de culpabilité jeta un froid sur sa satisfaction quand l'image de l'expression estomaquée de Jordan s'imprima dans son esprit.

— Il fallait le faire, se murmura-t-il en montant dans sa chambre pour se nettoyer avant le dîner. Personne ne lui avait sans doute jamais dit non avant.

Comme il enfilait une chemise propre et s'apprêtait à descendre dîner, il entendit la moustiquaire claquer et des bottes marteler les marches et déambuler lourdement dans le couloir. Il s'attendait à entendre la porte de la chambre claquer, mais il n'en fut rien. Il sortit de sa chambre et alla jeter un œil. La porte était légèrement entrouverte, mais seule une faible lumière brillait par l'ouverture. Il fit rouler ses épaules et sa tête pour détendre ses muscles tendus, puis alla voir si Phyl avait besoin d'aide.

Jordan ne dit presque rien pendant le repas et ne croisa jamais le regard de Russ. Il parla à peine à Phyl. Son sourire de mannequin de magazine était de nouveau sur ses lèvres et il repoussa la nourriture dans un coin de son assiette, mangeant avec un appétit de moineau – comme d'habitude –, mais Phyl avait dû lire entre les lignes.

— Tu te sens bien, chéri ? demanda-t-elle.

— Je suis un peu fatigué, je crois, répondit Jordan, son faux sourire disparaissant un peu. Je pense que je vais aller me coucher tôt, si ça ne t'ennuie pas.

— Aucun problème, trésor. Vas-y. Nous finirons tous les deux.

— Merci.

Jordan posa son assiette et son verre dans l'évier, puis sortit de la cuisine. Phyl le regarda faire en fronçant les sourcils, inquiète, mais juste avant que Jordan disparaisse, elle se leva et l'interpella.

— Hé, trésor, attends une seconde. J'aimerais te parler de quelque chose et ça ne peut sans doute pas attendre.

Russ l'entendit ajouter, dans le couloir :

— Allons nous asseoir dehors quelques instants.

Puis, la porte-moustiquaire claqua.

Russ était soulagé. Il n'aurait pas à jouer les innocents avec Phyl. Il pouvait faire la vaisselle en paix et aller se coucher pour faire une bonne nuit de sommeil, enfin, sans être envahi par les yeux de merlan frit de Jordan ou le regard bien trop perspicace de Phyl. Elle le lui lancerait quand même, surtout si Jordan caftait, mais sans doute pas ce soir-là, pas avec Jordan juste à côté, donc il pourrait se coucher tranquillement, s'il se dépêchait de ranger et nettoyer.

X

TOUJOURS ÉBRANLÉ par la claque verbale reçue dans l'écurie, Jordan n'était pas sûr de pouvoir gérer une nouvelle conversation sérieuse ce soir-là, mais comme il ne voulait pas se montrer impoli, il suivit Phyllis jusqu'aux fauteuils à bascule sous le porche et s'assit dans celui qu'elle lui indiqua.

— Je vois bien que tu es fatigué, donc je ne te retiendrai pas longtemps, promis, déclara gentiment Phyllis.

— Oui, merci.

Elle pinça les lèvres et le dévisagea quelques secondes avant de faire une grimace.

— J'imagine que le mieux à faire, c'est de simplement dire ce que j'ai à dire. L'hésitation n'apporte jamais rien de bon.

Elle inspira profondément puis relâcha son souffle.

— J'ai parlé à ta mère, aujourd'hui.

Jordan sentit son visage se départir de toute couleur. Son estomac se retourna et il manqua vomir ce qu'il venait juste de manger. Il ravala sa bile et demanda :

— Ah oui ?

L'expression de Phyllis s'adoucit.

— Oui. Elle m'a envoyé un e-mail plutôt étrange hier. Elle disait qu'elle devait annuler sa visite prévue cet été parce que son fils et elle ne seraient pas en mesure de venir. J'ai trouvé bizarre qu'elle ne parle pas de ta présence ici ou ne demande pas de tes nouvelles, donc je l'ai appelée cet après-midi.

— Qu'a-t-elle dit ?

— Comme tu le sais, ta maman n'a jamais été du genre à… euh… s'épancher – en tout cas, pas en dehors des membres de sa famille –, mais j'ai quand même remarqué qu'elle était bouleversée.

— Tu lui as dit que j'étais ici ?

— Oui. Je ne savais pas que c'était un secret et elle semblait terriblement inquiète à ton sujet.

Jordan esquissa un sourire amer.

63

— Comme si j'allais me laisser berner.

Phyllis fronça les sourcils, désapprobatrice.

— Tu sais, chéri, quoi qu'il se soit passé, elle reste ta mère. Bien sûr qu'elle s'inquiète.

— Elle n'a pas essayé de m'appeler et n'a pas envoyé un seul message, sauf pour demander à mes frères et sœurs de me harceler pour me faire revenir à la maison et m'obliger à m'excuser. Tout ce qu'ils veulent, c'est que je fasse semblant qu'il ne s'est rien passé, mais j'en suis incapable.

Le visage ridé et buriné de Phyllis s'assombrit et elle posa sa main calleuse sur celle de Jordan.

— Je suis désolée. J'ai été obligée de lire entre les lignes, étant donné que ta mère n'a rien avoué directement, mais je pense savoir de quoi nous parlons ici et je suis vraiment désolée que les choses se soient déroulées ainsi. Certaines personnes ont été élevées dans un certain mode de pensée toute leur vie et ont peur de changer d'avis… craignant sans doute que s'ils le faisaient, ça changerait tout et que plus rien n'aurait de sens pour eux. Mais ça ne leur donne pas pour autant le droit de blesser quelqu'un qu'ils aiment.

Jordan détourna la tête quelques instants pour pouvoir se reprendre. Ses yeux le brûlaient et il avait la gorge serrée, mais s'effondrer en public était la dernière chose qu'il désirait.

— Merci Phyllis. *Phyl.* A-t-elle dit quelque chose, après avoir appris où j'étais ?

Ses yeux s'emplirent de regret.

— Je suis désolée, trésor. Elle m'a juste remerciée de le lui avoir dit.

Jordan hocha la tête, la gorge nouée.

Phyl lui serra la main et ajouta :

— Je ne m'y connais pas vraiment en « comingout », puisque Sean et moi n'avons eu qu'une seule fille et qu'elle est heureuse en ménage avec son mari à Tucson, où ils élèvent leurs deux enfants, mais je m'y connais en famille et je sais écouter, si tu veux en parler un jour.

Jordan poussa un long soupir, ferma les yeux et hocha à nouveau la tête. Il voulut la remercier une nouvelle fois et prétexter une excuse quelconque pour partir, mais son estomac choisit cet instant pour se rebeller. Trop de choses arrivaient en même temps et un raz-de-marée de sentiments qu'il ne savait pas gérer menaça de le submerger.

Il se posa une main sur la bouche, jaillit de son fauteuil et monta les escaliers en courant, sous les appels de Phyllis. Il parvint juste à temps à la salle de bain à côté de sa chambre pour rendre son dîner. Il convulsa jusqu'à ne plus cracher que de la bile. Les larmes coulèrent sur ses joues avant qu'il puisse en retenir le flot et reconstruire les murs derrière lesquels il se cachait.

Si seulement il avait un plan, n'importe lequel, il pourrait faire face à ce qui se trouvait de l'autre côté de ces murs, mais il n'était pas encore prêt. Il ne pouvait pas gérer ça maintenant, en particulier après ce qui s'était passé avec Russ. S'il avait été émotionnellement stable, il aurait pu balayer d'un simple geste de la main la claque au visage que Russ lui avait mise, mais il était aussi fragile que du cristal et il le savait. Il ne lui restait plus aucun mécanisme de défense.

Tu es faible. Tu l'as toujours été, dit la voix de son père dans sa tête. *Quelle déception.*

Jordan s'assit sur le carrelage noir et blanc froid et se cala entre l'antique baignoire jaune canari et les toilettes. Il frémit. Il attrapa un essuie-main sur le sèche-serviette et se nettoya la bouche, puis ferma les yeux et posa la tête contre la paroi vitrée.

Deux semaines s'étaient écoulées depuis qu'il avait fait voler en éclat sa vie parfaitement ordonnée à coup de massue et la douleur ne s'était pas estompée du tout. N'était-il pas censé aller mieux, avec le temps ?

Garde tout pour toi. Cache-toi. Sois fier. Sois fort. Ne laisse pas le monde voir que tu es blessé... Voilà les seuls outils que sa famille lui avait donnés pour affronter les situations, tant et si bien qu'il n'avait jamais été complètement honnête avec personne, pas même son thérapeute. Il espérait pouvoir l'être à présent, parce que ces outils ne fonctionnaient plus et les murs qu'il avait érigés se fissuraient à grande vitesse.

RUSS VENAIT juste de finir de remplir le lave-vaisselle quand il entendit quelqu'un monter l'escalier en courant et une porte claquer à l'étage. Il sortit de la cuisine, à temps pour voir Phyl arriver de la terrasse en appelant Jordan. Elle semblait vraiment dans tous ses états.

— Qu'est-ce qu'il a encore fait ? demanda Russ, prêt à démembrer Jordan pour avoir mis Phyllis dans cet état.

Cette dernière lui jeta un regard furieux qui le fit reculer de quelques pas, posa les mains sur les hanches et cria :

— Russell Patrick Niles, tu vas arrêter tout de suite d'embêter ce garçon alors qu'il n'a fait que se montrer gentil, bien élevé et généreux depuis le jour de son arrivée. Tu m'entends ? Arrête tes conneries un instant et fais preuve de la décence et de la compassion dont je te sais capable en allant voir ce garçon pour t'assurer qu'il va bien.

Interloqué, Russ cilla.

— Moi ?

— Oui, toi ! Tu me vois parler à quelqu'un d'autre ? cracha-t-elle en plissant les yeux.

Russ fit la grimace et récupéra le torchon posé sur son épaule pour s'essuyer les mains et essayer de gagner du temps. Il se racla la gorge et, les yeux rivés à ses bottes, dit :

— Je ne crois pas que ce soit une bonne idée. Nous avons eu une petite altercation tout à l'heure. Je ne pense pas qu'il ait très envie de me parler, surtout s'il est bouleversé.

— Qu'est-ce que tu as fait ?

Russ leva la tête un instant et constata que Phyl était toujours énervée. Il haussa les épaules et sentit les poils se dresser sur sa nuque face au regard noir qu'elle lui adressait toujours.

— J'avais juste besoin de mettre certaines choses au clair avec lui, c'est tout.

— Je me fiche de ce que c'était, mais si tu dois t'excuser, fais-le tout de suite. Puis, tu vas puiser au fond de toi et retrouver ce caractère compatissant et attentionné que tu possèdes, je le sais, et tu vas aller voir si ce garçon ne veut pas t'ouvrir son cœur, tu m'as comprise ?

— Phyyylll…

La seule chose qui empêcha sa réplique d'être un geignement fut que sa voix avait pris une octave depuis l'adolescence. Il releva le menton, se racla la gorge et redressa les épaules.

— Pourquoi moi ? demanda-t-il sur un ton légèrement plus adulte.

— Parce que, parmi nous tous, tu es le seul à avoir une petite idée de ce qu'il traverse.

Russ fronça les sourcils, baissa les épaules et croisa les bras.

— Qu'est-ce que tu veux dire ? Qu'est-ce que je peux avoir en commun avec un bébé pourri gâté de vingt ans et quelques, héritier d'un fonds fiduciaire et originaire de la côte est ?

Sa réplique sembla calmer Phyl et Russ crut qu'il allait pouvoir éviter d'accepter sa requête, mais ensuite, Phyllis jeta un coup d'œil en direction de l'étage et soupira. Les choses semblaient gagnées pour Russ, jusqu'à ce qu'elle le regarde de ses doux yeux bleu-gris suppliants et déclare :

— Ce n'est pas vraiment à moi de révéler ce secret, mais je suis à peu près sûre qu'il n'a plus que nous à présent. Il portait ce poids depuis son arrivée ici et aucun de nous ne s'en est rendu compte. Il est visiblement tellement bouleversé qu'il s'en rend malade et j'ai peur que s'il continue à tout refouler, il finisse par exploser.

— De quoi tu parles ?

Elle soupira une nouvelle fois, fit une petite grimace et avoua :

— Il a avoué à ses parents qu'il était gay, d'accord ?

Elle lui laissa quelques instants pour assimiler ses paroles, puis poursuivit :

— Et inutile de te dire que ça ne s'est pas bien passé. De ce que j'ai pu constater, sa mère est dans le déni total, et même si je ne le sais pas avec certitude, je peux te dire que son père n'a jamais été le genre doux et compréhensif. Il vient du même coin que ce prêcheur très conservateur, Jerry Falwell – on en a un certain nombre nous aussi, mais tu vois ce que je veux dire.

Russ ferma les yeux et s'affaissa contre le chambranle.

— Merde.

Dans le silence qui suivit cette exclamation, ils entendirent la chasse d'eau à l'étage. Quand Russ rouvrit les yeux, il vit que Phyl avait repris son expression renfrognée.

— Si tu ne veux pas le faire pour lui, fais-le pour moi. Je veux aller le voir pour m'assurer qu'il va bien. S'il ne veut pas te parler à cause de ce qui s'est passé entre vous tout à l'heure, très bien, mais tu vas devoir faire un effort, à partir de maintenant, compris ?

Résigné, Russ soupira et se dirigea vers l'escalier, remettant son torchon à Phyllis au passage.

— Je m'en occupe, mais je ne te promets rien.

Elle eut un léger sourire.

— C'est déjà ça, j'imagine. Sois gentil. Je sais que tu sais faire. Si tu dois faire semblant que Jordan est un cheval pour y arriver, fais-le.

Devant la porte de la salle de bain, Russ inspira profondément, puis soupira longuement. Il frappa à la porte, mais ne reçut aucune réponse.

— Jordan, c'est Russ. Est-ce que je peux entrer ?

— Va-t'en.

Russ se frotta le menton, poussa un soupir et réessaya.

— Écoute, Phyl ne me laissera pas m'en tirer tant que je n'aurais pas vu comment tu vas. Est-ce que je peux entrer ?

— Je m'en fiche, répondit le gamin d'une voix acerbe.

Jordan était recroquevillé sur le sol, coincé entre les toilettes et la baignoire. Il avait le visage pâle et des gouttes de sueur sur le front et les lèvres. Il avait les yeux rouges et le dévisageait avec méfiance, comme un animal blessé, tandis que Russ entrait dans la pièce. Disparus, ses sourires factices et ses clins d'œil séducteurs. Il ne restait plus que son éreintement et sa vulnérabilité.

Au lieu d'entrer davantage dans la pièce, Russ se laissa tomber au sol et s'adossa au chambranle.

— Elle t'a dit, hein ? demanda Jordan, la voix rauque d'émotion.

— Ouais. Ne lui en veux pas. Elle s'inquiétait pour toi et pensait que je pouvais t'aider.

Jordan renifla de dérision et échangea un sourire ironique avec Russ, qui hocha la tête.

— Ouais. Je lui ai dit que je n'étais sans doute pas ta personne préférée en ce moment, mais elle a pensé que je pouvais sans doute comprendre un peu ce que tu traversais.

— Et c'est le cas ?

— Quoi ?

Jordan se redressa un peu et l'épingla de ses yeux bleus intenses.

— Est-ce que tu comprends ? As-tu foutu toute ta vie en l'air en sortant du placard, comme je l'ai fait, ou bien tes parents se sont-ils mieux comportés en l'apprenant ?

Russ soupira, remonta un genou contre sa poitrine et posa un bras dessus. Il se mordilla la lèvre en se demandant comment répondre à cette question.

— Désolé, ajouta Jordan très vite. Tu n'es pas obligé de m'en parler, bien sûr, si tu ne veux pas. C'est personnel. J'ai compris. Je sais que tu ne veux pas vraiment me parler. Je…

Russ leva la main pour interrompre le flot de paroles. Jordan semblait si blessé en cet instant que s'il continuait à parler, Russ ne pourrait s'empêcher de le prendre dans ses bras.

Il avait trop bon cœur, bon sang.

— Ce n'est pas que je ne veux pas en parler, Jordan. C'est juste que j'ignore comment le faire. Ma situation a été un peu différente de la tienne. Je ne suis pas certain d'avoir véritablement fait mon comingout à quelqu'un, en fait.

Jordan fronça les sourcils, perdu. Russ soupira.

— Mon père n'était pas vraiment le genre d'homme que j'admirais…
Il ne l'a jamais été. Quand j'ai compris qui j'étais et que je n'amènerais
jamais Mary Jo au bal de promo – ni personne d'autre, d'ailleurs –, mon
père n'était plus vraiment dans le paysage et je n'en avais rien à cirer d'avoir
son approbation pour ce que je faisais. Je ne me suis jamais embêté à le lui
dire, parce que je me fichais trop de lui pour l'en informer.

Russ s'interrompit quelques instants et fit une nouvelle grimace.

— Ma mère, c'était une autre histoire, mais pas si différente non plus.
Elle s'est remariée quelques fois après mon père et a eu d'autres enfants,
et comme j'avais quelques années de plus que tous les autres – et que je lui
rappelais constamment ses erreurs de jeunesse –, elle m'a, en quelque sorte,
laissé de côté. J'ai toujours été nourri et j'ai toujours eu un toit au-dessus
de ma tête jusqu'à mes dix-huit ans, mais j'étais plus comme un baby-
sitter à domicile qu'un membre de la famille. Comme elle ne se souciait
pas vraiment de moi, je suis parti dès que j'en ai eu l'occasion. Nous nous
envoyons une carte tous les ans pour Noël, mais c'est tout. Je ne me suis
jamais soucié d'avoir cette conversation avec elle non plus. Je pense qu'elle
sait, puisque je n'ai jamais parlé d'une femme ou d'une copine, mais nous
n'en avons jamais parlé.

— Je suis désolé, souffla Jordan.

— Ne le sois pas, répliqua Russ en haussant une épaule. Moi, je ne
le suis pas.

Jordan étudia son visage comme s'il ne le croyait pas, mais baissa
ensuite les yeux sur le sol et haussa les épaules à son tour.

— J'ai vu toutes ces pubs, tu sais, celles qui te disent que ça va mieux
avec le temps, donc j'imagine que j'avais envie d'entendre une personne
réelle me le dire, pour savoir si c'est vrai. C'est pour ça que je t'ai posé la
question.

Russ fit la grimace et se frotta la mâchoire.

— Je suis sans doute la dernière personne qu'on viendrait voir pour
papoter. Les mots – et les gens, d'ailleurs – n'ont jamais été mon fort. Je
préfère largement les animaux. Mais d'après mon expérience, je peux te
dire que si tu ne trouves pas auprès de ta famille l'amour et l'acceptation
dont tu as besoin, tu peux le trouver n'importe où… tant que tu acceptes de
chercher et que tu supportes quelques embûches en cours de route. Enfin,
regarde Phyl, par exemple. Ça fait à peine deux semaines que tu es là, et
son instinct maternel s'est déjà réveillé avec toi. Ça devrait être révélateur,
pour toi.

Jordan recommença à le regarder avec méfiance.

— Tu m'as dit que Phyl n'était gentille avec moi qu'à cause de l'argent de mes parents. Qu'elle ne m'appréciait pas vraiment.

Russ fit une nouvelle grimace.

— J'ai dit ça ?

Jordan haussa un sourcil et lui adressa un sourire ironique un peu tremblant.

— Ouais. Et tu la connais bien mieux que moi.

Russ fit la moue et balaya cette remarque d'un geste de la main.

— Eh bien, j'avais tort, manifestement, hein ? Elle est en bas, là, à se tordre les mains tant elle s'inquiète pour toi, et elle m'a passé un savon avant que je monte. Ce qu'elle n'aurait pas fait si elle ne se souciait pas de toi.

Jordan soupira et posa le menton sur ses genoux.

— Tu peux lui dire que je vais bien.

— Je ne vais pas lui mentir.

Russ soutint le regard de Jordan quand ce dernier fronça les sourcils, perplexe.

— Je ne te comprends pas du tout, murmura le gamin après un long silence.

Russ grogna en se relevant et tenta de retrouver des sensations dans ses fesses, après être resté assis sur un carrelage froid à la fin d'une longue journée de travail.

— Écoute, dit-il en se raclant la gorge. Je suis désolé d'avoir été dur avec toi depuis ton arrivée. Je ne savais pas ce que tu traversais, sinon, je t'aurais un peu lâché la grappe.

L'expression de Jordan devint indéchiffrable et il ne le quittait pas du regard, ce qui rendit Russ mal à l'aise.

— Je vais aller dire à Phyl que tu ne vas pas faire le grand plongeon ce soir, mais elle a raison aussi, tu vas devoir affronter ce qui t'est arrivé à un moment ou à un autre. Le B STAR peut te permettre de guérir, mais seulement si tu fais un travail sur toi. Ce n'est pas un endroit pour fuir... Mais nous sommes là, si tu veux entreprendre ce travail.

— D'accord, merci, répondit Jordan d'une voix rauque.

Russ sortit de la pièce et referma la porte derrière lui. Il ne pouvait pas regarder Jordan s'effondrer, sinon, il ferait quelque chose de stupide.

En outre, il ne pensait pas que Jordan avait vraiment envie que quelqu'un l'observe en cet instant. En tout cas, pas Russ.

Il se redressa, prit une profonde inspiration et se prépara à affronter à nouveau Phyl. Il espérait en avoir fait assez pour ne plus être sur sa liste noire.

XI

JORDAN PASSA les jours suivants dans un brouillard. Russ et lui avaient apparemment conclu une sorte de trêve. Russ avait arrêté d'être un vrai connard et Jordan avait mis fin à sa campagne pour entrer dans le pantalon de Russ. Le problème, c'était que toute cette tension avec le cowboy avait été une bonne distraction, même si cela malmenait son ego fragile. Cependant, il mettait toujours Russ mal à l'aise, semblait-il, sans doute parce que Russ s'était avéré aussi bon pour gérer ses sentiments que n'importe quel membre de la famille de Jordan. En plus de tout cela, Phyllis avait vraiment embrassé le rôle de mère poule, comme Russ l'avait prédit – un rôle qu'elle jouait avec un déluge de tendresse bien plus abondant que la mère réservée de Jordan. Jordan se sentait alors comme une balle de ping-pong, ballotté entre un mur de granite auquel il était habitué et une montagne de Chamallow.

Russ avait raison, évidemment. Jordan ne pouvait pas éviter ses problèmes éternellement, mais était-ce mal de vouloir le faire encore un peu plus longtemps ? Si Phyllis lui demandait de nouveau comment il allait, il pourrait s'effondrer juste là, en public, ce qui serait une offense impardonnable dans la famille Thorndike.

Comme le fait d'être gay, manifestement.

Les seuls moments où il se sentait en paix, c'était le soir, après le dîner, quand tout le monde était parti ou retourné dans sa chambre et qu'il pouvait s'asseoir au fond de l'écurie avec Marina. Parmi tous les chevaux du ranch, c'était elle qui l'attirait le plus, sans doute parce que c'était elle qui était dans l'état le plus sérieux.

— On forme une sacrée paire, hein, ma belle ? murmura-t-il en lui tendant un morceau de pomme.

Ces derniers soirs, il avait passé des heures assis près d'elle à lui raconter tout et n'importe quoi. Il avait même commencé à chanter des extraits de chansons dont il se souvenait, même s'il s'était senti un peu bête. Cela semblait fonctionner, cela dit, puisqu'elle l'avait enfin récompensé en s'approchant assez près de la porte de son box pour permettre à Jordan de lui caresser l'encolure et les épaules quelques fois.

— Peut-être que je me sers de toi aussi comme d'une excuse pour éviter de penser à ce que je devrais faire, mais je m'en fiche. Au moins, je fais quelque chose de bien pendant que je procrastine.

Il lui tendit le morceau de pomme, mais elle ne s'approcha pas de la porte.

— Viens, ma belle. Tout va bien. Tu me connais.

Elle se trémoussa nerveusement et agita la queue.

— Qu'est-ce qui se passe, ma belle ? Tu veux que je te laisse seule ce soir ?

Elle n'avait pas été aussi nerveuse en sa présence depuis la première fois qu'il l'avait vue. Elle arpenta son box et poussa un cri, entre le couinement et le grognement. Les autres chevaux sortirent la tête de leurs boxes et poussèrent à leur tour de petits bruits inquiets et nerveux.

Inquiet à cause de son comportement étrange, Jordan retourna rapidement à l'entrée de l'écurie et alluma les lumières. Il cilla, ébloui, puis retourna vers le box de Marina.

— Aucune inquiétude à avoir. Je veux juste t'examiner de plus près.

Il ignorait si c'était lui ou elle qu'il tentait de rassurer, mais quand il remarqua qu'elle transpirait et que ses jambes tremblaient légèrement, son anxiété s'accrut.

— Je vais aller chercher Russ. Ce n'est sans doute rien, mais je préfère l'énerver et avoir tort que…

Peu décidé à finir cette phrase, il sortit de l'écurie à grands pas, puis courut jusqu'à la maison.

— Russ ?

Il frappa légèrement à la porte de la chambre du cowboy.

— Russ ?

— Ouais ? lui répondit-il, grincheux.

— Dis, c'est sans doute rien, mais…

Russ ouvrit la porte, complètement habillé et chaussé. Derrière lui, Jordan aperçut un ordinateur ouvert sur le lit et ce qui ressemblait à une vidéosurveillance de l'écurie, en noir et blanc, sur l'écran.

— J'ai vu les lumières s'allumer dans l'écurie, répondit-il, bourru, en réponse au haussement de sourcils de Jordan. Qu'est-ce qui ne va pas ?

— Je ne sais pas. C'est Marina. Elle transpire et est bouleversée. Elle n'a pas voulu la friandise que j'ai voulu lui donner ; or elle adore les pommes.

Russ lui passa devant et descendit les escaliers, Jordan sur les talons.

73

— Merde ! s'exclama Russ après un coup d'œil dans le box.

— Quoi ?

— Tu vois ces sécrétions ? demanda-t-il en indiquant l'arrière-train de Marina.

Un fluide répugnant coulait sur ses jambes, masqué en partie par sa queue, tandis que la jument continuait à se trémousser de nervosité.

— Soit c'est une infection, soit elle a commencé le travail, mais ce n'est pas une bonne chose, car elle est loin du terme. Ses mamelles se remplissent aussi, merde.

Jordan sentit son ventre se serrer et la peur lui comprima la poitrine.

— Qu'est-ce qu'on fait ?

— Reste ici et essaie de la calmer. Je vais appeler le Dr Watney.

De nouveau seul, Jordan s'approcha de la jument et tenta à nouveau de l'amadouer.

— Tout va bien, Marina. Nous allons prendre bien soin de toi.

Il poursuivit sa litanie constante de ce charabia sans intérêt, ce qui sembla marcher. Elle arrêta de faire les cent pas et alla boire de l'eau près de Jordan. Le temps que Russ revienne, elle avait même laissé Jordan lui caresser l'encolure une fois. Elle s'écarta quand Russ s'approcha, mais pas aussi loin qu'avant.

— Le Dr Watney est en route. Elle habite à trente minutes d'ici à peu près, ce qui nous laisse un peu de temps pour lui mettre un licol et la calmer assez pour que le véto puisse s'approcher.

— Elle n'aime vraiment pas être examinée, commenta Jordan, sceptique.

— Je sais, répliqua doucement Russ, sans la rudesse que la remarque évidente de Jordan méritait.

Russ travaillait avec Marina tous les jours. Il la connaissait mieux que personne. Mais Jordan n'avait pas les idées très claires en cet instant.

Quand Russ attrapa le licol, il leur fallut à eux deux presque la demi-heure pour l'amadouer afin qu'elle se laisse harnacher. Jordan réussit à faire manger un petit morceau de pomme à Marina et entendit une voiture se garer. Russ sortit accueillir la vétérinaire.

Le Dr Watney était une femme petite et menue, dont les cheveux bruns étaient tressés et qui avait la peau couleur café, ce qui rendait son âge difficile à deviner.

— Tish, je vous présente Jordan, une nouvelle recrue. Marina s'est entichée de lui, donc nous espérons qu'à nous deux, nous pourrons la garder assez calme pour que vous puissiez faire votre travail. Jordan, voici le Dr Latisha Watney, notre sauveuse en de nombreuses occasions.

— Je vous serrerais bien la main, mais elles sont un peu occupées en ce moment, dit Jordan, qui tenait le licol d'une main leste tandis qu'il caressait gentiment l'encolure de Marina de l'autre.

— Pas de problème, Jordan, répondit le Dr Watney en souriant. Continuez ce que vous faites. J'ai déjà examiné Marina deux ou trois fois depuis son arrivée ici et je peux vous dire que vous avez déjà fait des miracles avec elle. Elle est bien plus calme que la dernière fois et je suis heureuse de voir qu'elle a pris du poids.

Marina écarta légèrement la tête et souffla quand les deux autres entrèrent dans son box, mais Jordan continua à lui murmurer des paroles de réconfort jusqu'à ce qu'elle se calme un peu. Comme elle paraissait toujours tendue, il s'apprêta à le faire remarquer quand le Dr Watney déclara :

— Je pense que Dallas ne craint rien. Ça ne m'a pas l'air d'une infection respiratoire.

Jordan lança un regard perdu à Russ.

— Avoir près d'eux un cheval avec un bon caractère et bien dressé peu parfois calmer les plus nerveux, expliqua Russ en sortant du box. Nous l'avons déjà fait avant et Marina avait l'air d'apprécier Dallas.

Russ installa le cheval en question dans la stalle juste à côté de celle de Marina pour que la jument puisse voir et toucher du nez le vieux hongre. Cela sembla l'aider, la tension quitta un peu le corps de Marina. Jordan s'attendait à ce que Russ prenne les choses en main et le vire du box à coups de pieds, mais le cowboy se contenta de rester à l'extérieur et de laisser Jordan et le Dr Watney avec Marina.

Tandis que la vétérinaire travaillait lentement sur l'arrière-train de la jument, Jordan fit de son mieux pour ne penser à rien d'autre qu'à réconforter Marina. Il se concentra tellement sur son lien avec elle et la nécessité de la garder calme et de bonne humeur qu'il ne remarqua même pas que le Dr Watney avait terminé son auscultation et avait quitté le box.

Ce fut seulement en sentant une large main posée sur son épaule que Jordan leva la tête et sortit de sa transe. Russ dévisagea Jordan d'un regard profond, mais il avait la mine indéchiffrable.

— C'est bon, Jordan, elle a terminé l'examen.

Jordan n'avait jamais entendu Russ s'exprimer d'une voix aussi douce et gentille, mais cette dernière l'effraya davantage que si Russ lui avait aboyé dessus.

— Elle sait ce qui ne va pas ?

— C'est une infection, répondit Russ, la mine sombre. Elle ne sait pas encore laquelle. Elle va ramener les échantillons à son cabinet ce soir pour faire des tests. Quand elle saura ce que c'est, elle reviendra avec le traitement.

— C'est une bonne nouvelle, non ? demanda Jordan, plein d'espoir.

Sauf que Russ n'avait pas l'air soulagé le moins du monde. Il secoua la tête et dit :

— L'infection s'est sans doute propagée jusqu'au placenta. Voilà pourquoi elle a les mamelles gonflées. Ce sont des signes qui indiquent généralement que la jument va sans doute avorter avant terme.

L'estomac noué, Jordan sentit revenir la peur qu'il avait réussi à refouler tandis qu'il calmait Marina. Il s'éloigna d'elle et se rapprocha des autres.

— Il n'y a rien que nous puissions faire ?

— Attendre, répliqua Russ. Elle est trop maigre pour une jument pleine, de toute façon. Il vaut sans doute mieux pour elle qu'elle le perde maintenant. Puis, elle pourra se concentrer sur sa propre guérison sans cette pression supplémentaire.

Jordan comprenait sa logique. Mais il ne se sentait pas mieux pour autant. Marina était malade et allait sans doute perdre son bébé. C'était tout ce qui importait à Jordan.

Le Dr Watney revint en s'essuyant les mains, après les avoir lavées dans l'évier devant l'écurie.

— Je vais ramener les échantillons maintenant et je vous appelle dès que j'ai les résultats, pour savoir s'il s'agit d'une infection fongique ou bactérienne. Nous pourrons alors définir le traitement. Je vous recommande de la surveiller de près. J'ai un mauvais pressentiment. Je pense que nous allons très bientôt savoir si le poulain est touché. Si elle se met en travail, appelez-moi, je reviendrai. Elle n'a pas eu assez de temps pour guérir pour gérer ça sereinement et pourrait avoir besoin d'aide.

— Je la surveillerai, proposa Jordan avant que Russ ait pu répondre quoi que ce soit.

Le cowboy lui adressa l'un de ses petits sourires en coin, qui jusqu'ici avaient été réservés à tout le monde sauf Jordan, avant de reporter son attention sur la vétérinaire.

— Je vous raccompagne.

Russ lança par-dessus son épaule :

— Je peux t'apporter du café et ta tablette, si tu veux.

Jordan hocha la tête et les regarda sortir. Une fois qu'ils furent partis, il se rapprocha de nouveau du box de Marina et déclara :

— Nous allons rester tous les deux ensemble, cette nuit, ma belle. Je vais garder un œil sur toi et nous ferons tout notre possible pour te soigner.

Quinze minutes plus tard, Russ revint avec un thermos de café, un panier rempli de muffins de Phyllis, une boîte de sucre et plusieurs doses de crème. Il avait aussi une couverture sur l'épaule et la tablette de Jordan calée sous le bras.

— Je serais bien resté aussi, s'excusa Russ, mais il faut bien que quelqu'un gère tout le monde demain. En plus, demain, c'est vendredi, donc les *weekenders* vont arriver en un rien de temps. Je crois que nous avons aussi un groupe de Girl Scouts samedi.

— Pas de souci. Pas besoin de deux personnes pour la surveiller. Je te le dirai, s'il y a du changement.

— D'accord, très bien.

Russ s'apprêtait à partir, mais il hésita.

— Mange ces muffins. Je ne veux pas te voir t'effondrer toi aussi.

Jordan se força à sourire et hocha la tête. La dernière chose qu'il avait à l'esprit, en cet instant, c'était la nourriture.

— Bonne nuit.

XII

À LA seconde où Russ entra dans l'écurie, il devina que Jordan avait besoin de dormir. Même à dix mètres de lui, il aperçut le teint cireux du gamin et ses yeux cerclés de rouge.

— Comment va-t-elle ? demanda-t-il dès qu'il fut assez près pour ne pas avoir à crier sa question.

Jordan haussa les épaules.

— Aucun changement... Elle souffre.

De près, il avait l'air dans un état encore pire. Il avait les yeux rougis de fatigue et ses cheveux d'ordinaire parfaitement coiffés étaient ternes et partaient dans toutes les directions.

— D'accord. Maintenant, nous nous en chargeons. Jon et Ernie seront là bientôt, ainsi que quelques volontaires du vendredi, et Phyl viendra dès qu'elle aura fini en cuisine. Je l'ai mise au parfum ce matin.

Un coup d'œil au panier que Russ avait apporté dans la nuit l'informa que Jordan n'avait touché qu'à un seul muffin et n'en avait mangé que la moitié. Il fronça les sourcils. Réprimant son exaspération, il déclara :

— Rentre à la maison, prends le petit déjeuner et va dormir.

Jordan lui adressa un bref hochement de tête, ramassa le panier et le reste de ses affaires, et retourna dans la grande maison d'un pas traînant. Russ espérait que Phyl jetterait un coup d'œil à Jordan, enclencherait son mode hyper mère poule et lui ferait avaler de la nourriture avant de le border.

— Comment vas-tu ce matin, petite demoiselle ? murmura-t-il à Marina en s'approchant de son box.

Elle était retranchée au fond, le plus loin possible. Ses muscles étaient de temps en temps parcourus d'un frisson qui se répandait dans tout son corps et elle gardait la tête basse. Russ fit claquer sa langue et secoua la tête.

— Tiens bon, ma douce. Personne ne t'a jamais materné comme cette chère Phyl le fera avec toi. Attends, tu vas voir.

Moins de deux heures plus tard, Russ ramenait Missy au pâturage, après lui avoir fait faire de l'exercice, quand il aperçut une tête coiffée de cheveux blonds méchés familière pousser une brouette.

— C'est quoi ce bordel ?

78

Il enleva à Missy son harnachement et referma le portail avant de se diriger à grands pas vers Jordan.

— Qu'est-ce que tu fous là ? aboya-t-il dès qu'il fut assez près pour le faire. Tu devrais être au lit.

Jordan le regarda de ses yeux ternes et haussa les épaules.

— Je n'arrivais pas à dormir.

— Je me fiche que tu dormes ou non, mais tu dois t'allonger avant de t'effondrer, grogna-t-il.

— Je n'y arrive pas, répliqua Jordan. Chaque fois que je ferme les yeux, je ne vois que Marina en train de souffrir. J'ai besoin d'une distraction, alors autant travailler.

Russ souffla par le nez et serra les dents. Il aurait voulu dire à Jordan qu'il n'était qu'un foutu imbécile, mais le gamin était toujours fragile et il avait promis à Phyl et Jordan d'être plus gentil à présent. Il prit une nouvelle longue et profonde inspiration qu'il relâcha tout aussi lentement, puis déclara.

— J'ai compris. Mais tu travailles sans avoir dormi et, te connaissant, sans avoir mangé la moitié de ce que tu devrais.

Jordan fronça les sourcils, mais Russ leva une main pour le calmer.

— Va ranger la brouette et reviens ici. Tu vas t'occuper de nos chevaux les moins placides et les faire beaux pour les invités de demain. Lave autant de chevaux prêts à l'adoption que tu peux, mais commence par les moins amicaux. Comme ça, il ne restera que les chevaux à bon caractère pour les volontaires, demain. Ça te va, comme distraction ?

Jordan ne fit même pas la grimace, preuve, s'il en était, de combien il était exténué. Nettoyer les chevaux ne nécessitait pas de qualification particulière, mais laver une montagne de muscles, d'os, de dents et de sabots n'était pas un jeu d'enfant non plus. Jordan allait devoir rester concentré sur sa tâche ou il le regretterait.

Russ passa la journée à surveiller Marina et Jordan, en plus de ses autres corvées. Phyl aurait voulu passer la journée avec Marina, mais il fallait bien que quelqu'un réponde au téléphone et gère tous les petits détails relatifs au refuge, donc tout le monde surveilla la jument à tour de rôle.

Tish appela à quinze heures pour les informer que Marina souffrait d'une infection bactérienne et qu'ils devaient commencer à lui donner les antibiotiques qu'ils possédaient déjà pour d'autres chevaux, en attendant. Elle passerait apporter le reste après le travail. Mais il s'avéra qu'ils eurent besoin d'elle avant.

Marina entra en travail un peu moins d'une heure plus tard. Jordan retourna à ses côtés, accompagné de Phyl, avant même que Russ ait fini son appel à la vétérinaire.

La pauvre jument tremblait et gémissait tant elle était mal et avait les flancs couverts de sueur. Jordan s'approcha d'elle et lui murmura des mots doux. Marina lâcha un souffle tremblant et se rapprocha de Jordan, à la recherche de réconfort dans sa détresse. Russ en eut la gorge serrée quelques instants.

— Tish arrive.

— Pourra-t-elle sauver le poulain ? demanda Jordan, en continuant ses caresses apaisantes sur l'encolure et les épaules de Marina.

Russ fit la grimace, mais ce fut Phyl qui répondit gentiment :

— D'après ce que les bureaux du shérif ont appris des précédents propriétaires, elle n'en est même pas à trois cents jours [7], Jordan. Nous ne pouvons rien faire pour le poulain.

Jordan serra les mâchoires et se retourna vers Marina sans un mot.

Ils furent d'humeur grave pendant les heures qui suivirent. Aucun d'eux ne parla beaucoup, à part Tish pour donner des ordres. Jordan resta près de la tête de Marina pour l'apaiser, tandis qu'ils attendaient que le poulain naisse en siège pour pouvoir lui passer une corde autour du corps et l'aider à finir de sortir. Ils s'étaient tous accordés pour dire que Marina était toujours trop faible à cause de sa malnutrition et des complications qui en avaient découlé pour le faire elle-même, malgré la détresse évidente de la jument, perturbée d'avoir autant de personnes autour d'elle.

Jordan accomplit un petit miracle pendant la manœuvre. Il la garda calme et coopérative tandis qu'ils sortaient le pauvre poulain mort-né du box, puis pendant que Tish nettoyait Marina et la traitait contre les infections, internes et externes. Par chance, le poulain n'avait visiblement pas été infecté, donc Marina non plus en interne, mais ils devaient tout de même continuer à veiller sur elle tant que l'infection n'était pas passée.

Phyl et Russ raccompagnèrent Tish à sa voiture et la saluèrent quand elle s'éloigna, puis Russ retourna dans l'écurie, où il trouva Jordan toujours installé près de la tête de Marina.

7 La gestation de la jument est de 335 jours en moyenne (11 mois environ), mais peut aller jusqu'à 360 jours.

— Viens, Jordan. Nous devrions la laisser se reposer. L'une des volontaires, Michelle, je crois, a proposé de rester jusqu'à huit ou neuf heures ce soir pour que nous puissions manger et nous reposer un peu.

Comme Jordan ne fit pas le moindre mouvement, Russ s'approcha.

— Jordan ?

Il l'appela plusieurs fois, mais ce dernier ne sortit de sa transe que lorsque Russ lui posa une main sur l'épaule.

— Quoi ?

Jordan leva ses yeux vitreux vers lui.

— Nourriture. Lit. Repos, pour nous tous. La journée a été longue.

Jordan caressa une dernière fois Marina sur l'encolure, puis se laissa traîner hors de l'écurie.

— Est-ce que tu crois qu'elle va pleurer son bébé ? marmonna Jordan en mangeant ses mots, tandis qu'il suivait Russ en traînant les pieds.

— Je ne crois pas, répondit gentiment Russ. Elle n'a pas vraiment eu l'opportunité de le voir, encore moins de créer un lien avec lui. Mais nous nous occuperons bien d'elle, et avec un peu de chance, quand elle ira mieux physiquement, son humeur s'améliorera aussi.

— Bien.

Russ ne reçut aucun avertissement. Un instant Jordan marchait à ses côtés, l'instant suivant, il s'effondra comme une masse sur le sol.

— Merde !

Russ s'accroupit à côté de lui et le fit rouler sur le dos. Jordan cligna doucement des yeux.

— Depuis quand n'as-tu pas mangé ou bu ? grogna-t-il.

Jordan fronça les sourcils, mais se contenta de le dévisager comme s'il ne comprenait pas ce que disait Russ.

— Bordel de merde. Jon ! Ernie ! Vous êtes toujours là ? cria-t-il.

Ernie arriva en courant sur sa gauche.

— Aide-moi à monter cet imbécile à l'étage, ordonna Russ en grinçant des dents.

Tandis qu'Ernie et lui passaient les bras sous ceux de Jordan et l'aidaient à se relever, Jon apparut sur la terrasse.

— Jon, tu veux bien trouver du Gatorade pour cet idiot ?

Il installa Jordan sur l'un des fauteuils à bascule de la terrasse. Heureusement, comme le gamin fut un peu plus alerte à ce moment-là, Russ en conclut qu'il n'avait à s'inquiéter que d'une grosse fatigue et d'une petite déshydratation.

— Bois, ordonna-t-il en fourrant dans la main de Jordan la bouteille apportée par Jon.

Par chance, Jordan n'était pas assez stupide pour ne pas obéir aux ordres. Il en but le tiers d'une traite avant d'essayer de la rendre à Russ, mais ce dernier croisa les bras et lui lança un regard noir.

— Tout, grogna-t-il.

Jordan soupira, mais reprit la bouteille. Satisfait que cet imbécile coopère, Russ remercia Jon et Ernie et leur fit signe de s'en aller. Ce crétin n'avait pas besoin d'un public.

Pendant que Jordan buvait, Phyl sortit et rôda un peu autour de lui, mais une fois qu'elle fut satisfaite de constater que Jordan se sentait mieux, elle retourna à l'intérieur pour faire à manger pour tout le monde. Ils étaient tous fatigués et avaient le moral au plus bas, mais Russ lui assura qu'il pouvait s'occuper d'un abruti.

Une fois qu'il eut fini la bouteille, Jordan fit la grimace et la jeta à Russ, assortie d'un regard noir. Mais cela convenait à Russ. Il savait très bien gérer les irascibles.

— Très bien, commenta-t-il. Maintenant, tu as besoin d'aide pour aller te mettre au lit ou tu peux y arriver tout seul ?

Jordan leva les yeux au ciel. Il arborait une expression butée et sa mâchoire, ombrée d'une barbe d'un blond sali par ses activités de la journée, tressaillit comme s'il s'apprêtait à argumenter, mais Russ lui jeta un regard mauvais.

— Il y a juste assez de sucre dans ce Gatorade pour t'aider à tenir pendant que tu te reposes, donc tu vas aller au lit sans discuter. La seule chose que tu peux décider, c'est la manière de t'y rendre.

Jordan soutint son regard avec une expression de défi quelques secondes, puis s'affala dans son fauteuil et leva les mains.

— Très bien. Je vais aller faire une sieste, puisque c'est si important pour toi.

Russ tendit la main pour l'aider à se relever, mais Jordan la repoussa et se leva.

— Je n'ai pas besoin d'être porté. Je peux y arriver seul.

Avec de grands gestes exagérés, Russ tint la moustiquaire ouverte à ce petit con, puis attendit en bas de l'escalier que Jordan disparaisse à l'étage.

— Quelqu'un devrait donner un Snickers à ce gamin. C'est une vraie diva quand il a faim, pouffa Russ tout seul en se dirigeant vers la cuisine pour se nourrir lui-même et aider Phyl à préparer à manger pour les volontaires qui restaient.

Peut-être devrait-il commander et installer une nouvelle caméra de sécurité dans l'un des boxes, pour pouvoir garder un œil sur leurs pensionnaires les plus préoccupants depuis le confort de la maison. Cependant, les caméras ne montraient pas tout, et parfois, rien ne valait la présence d'une personne réelle qui regardait, écoutait et pouvait même sentir les problèmes.

Russ alla porter un plateau à Michelle à l'écurie, puis se rendit à l'étage pour voir comment allait Jordan. La Belle au Bois Dormant s'était effondrée sur son lit. Il devait avoir pris le temps d'une douche rapide avant de sombrer sur le matelas, à voir ses cheveux toujours humides. Et à ce que Russ pouvait en juger, le gamin était nu sous le drap posé sur le bas de son corps.

Il s'attarda plus longtemps sur le pas de la porte qu'il ne l'aurait dû. Jordan Thorndike des Thorndike de Virginie était, sans nul doute, un homme magnifique au corps parfait, de ses cheveux blonds habilement méchés jusqu'à ses élégants pieds manucurés.

Il travaille dur, il est intelligent, drôle et a un cœur en or... au moins avec les chevaux, murmura une voix traîtresse à l'oreille de Russ.

Ouais, mais c'est aussi un gosse de riche pourri gâté et vaniteux qui s'est fait chouchouter tous les jours de sa vie et ne sait pas à quoi ressemble le monde réel, répliqua-t-il. *Et il a tout un tas de problèmes à régler.*

Russ ferma les yeux et s'obligea à quitter la pièce. L'image de Jordan, nu et étalé sur les draps froissés, s'était gravée au fer rouge dans son esprit, mais tout ce qu'il comptait faire à ce sujet, c'était s'en servir pour se faire plaisir de temps en temps... ou sans doute tous les jours jusqu'à ce que Jordan aille voir si l'herbe n'était pas plus verte ailleurs.

XIII

IL FAISAIT noir dans la chambre quand Jordan se réveilla. Son téléphone lui indiqua qu'il était une heure et demie du matin lorsqu'il appuya dessus pour voir. Il gémit et se redressa. Comme le martèlement dans son crâne lui faisait dire qu'il était sans doute toujours déshydraté, il fit un rapide tour aux toilettes, puis se versa un verre d'eau depuis le lavabo de la salle de bain.

Quand il repensa aux événements de l'après-midi, il ne sut plus où se mettre. Il s'était vraiment montré stupide en ne faisant aucune pause et en ne buvant pas alors que le soleil tapait fort. Il s'était tellement inquiété pour Marina qu'il savait qu'il n'aurait pas faim, mais il aurait au moins dû se forcer à boire. S'effondrer dans la poussière devant Russ et tous les autres était vraiment mortifiant. Il allait lui être difficile de les affronter le lendemain matin.

Un rapide coup d'œil au miroir le fit grimacer. Il avait les yeux injectés de sang et soulignés de cernes pourpres, et les joues creuses et cireuses.

— Et dire que tu te demandais pourquoi Russ ne te sautait pas dessus, marmonna-t-il tout bas. Tu devrais déjà t'estimer heureux qu'il n'ait pas fui en hurlant.

Sauf qu'il n'avait pas eu aussi piètre allure quand il avait flirté avec Russ. Il avait passé une éternité devant son miroir pour s'en assurer et, malgré tout, Russ n'avait pas voulu de lui.

Le rejet du cowboy lui avait fait mal, quel que soit le nombre de fois où il avait tenté de se convaincre que Russ n'était qu'un connard qui faisait un complexe face aux gens riches – et que son rejet n'avait donc rien de personnel. Mais cela paraissait personnel, pour Jordan. Tout à fait personnel.

Tu n'es pas assez bien.

Tout se résumait toujours à ça. Il ne se faisait pas d'illusions concernant son apparence, ses aptitudes ou son intelligence. Il était assez beau, doué et intelligent… mais cela ne semblait jamais suffire.

Il ferma les yeux et se passa les mains sur le visage en sortant de la salle de bain. S'il continuait à se regarder dans le miroir, il allait passer le reste de la nuit à s'enfermer dans cette spirale de pensées négatives et ne

84

serait bon à rien le lendemain matin. Or, c'était samedi ; les *weekenders* allaient arriver et Phyllis et Russ l'avaient tous les deux prévenu qu'ils auraient besoin d'aide avec un groupe de Girl Scouts qui devaient venir.

Jordan frémit. Après toutes les émotions de la semaine, il n'était pas certain d'être apte à être disponible toute la journée du lendemain. Peut-être pouvait-il dire à Phyllis qu'il ne se sentait pas bien et voulait rester au lit. Il était tombé dans les pommes, après tout. Elle pouvait difficilement lui en vouloir de prendre un jour de congé. Ce n'était pas comme s'il était payé pour son travail, de toute façon.

L'expression désapprobatrice de Russ apparut dans son esprit et refusa d'en partir. Jordan ne pouvait pas faire cela. Le cowboy ferait sans doute quelques remarques sarcastiques sur le gosse de riche ayant besoin de prendre sa journée ou un truc du genre. Jordan avait assez montré sa faiblesse pour la semaine. Il passerait la journée à se battre contre lui-même et à combattre ce raz-de-marée s'il n'avait pas le travail pour le distraire, donc vu comme cela, il n'avait pas vraiment le choix.

Il traîna son corps las jusqu'à la commode et attrapa quelques habits fraîchement lavés, qu'il enfila. Alors qu'il boutonnait son jean, il se surprit à sourire. Il avait fini par entrer dans le pantalon de Russ… en quelque sorte.

Jordan alla voir Marina dans son box et vit qu'elle semblait se reposer confortablement pour la nuit. Il l'examina de son mieux avec une lampe de poche, mais ne put déceler le moindre problème avec son expérience limitée. Comme il ne voulait pas la déranger, il repartit en sens inverse et caressa les encolures des chevaux curieux qui avaient sorti la tête de leurs boxes.

Cette brève marche jusqu'à l'écurie lui rappela combien il était fatigué. Après avoir mangé des restes de poulet, de riz et de haricots blancs dans la cuisine et avalé un nouveau verre d'eau, il retourna dans sa chambre. Le sommeil revint rapidement et il ne se réveilla qu'en entendant craquer sa porte avant l'aube.

Il cligna des yeux, la vision trouble, dans la semi-obscurité, mais comme sa porte restait fermée, il fut perplexe quelques instants. Puis, il haussa les épaules et sauta du lit pour se préparer.

Après la douche, il passa de longues minutes devant le miroir pour s'examiner. Il n'avait toujours pas l'air au mieux de sa forme, mais après s'être rasé et avoir utilisé les dernières gouttes de sa crème pour le visage horriblement chère et qu'il n'avait pas les moyens de remplacer, il se dit qu'il n'effraierait pas les enfants, au moins.

Il ne se sentait pas assez en forme pour faire du charme, ce jour-là. Vraiment pas. Il se sentait inutile, faible et un peu cassé, mais le spectacle devait continuer. Il était un Thorndike, après tout, même si son père aurait préféré que ce ne soit pas le cas. Les Thorndike étaient bien des choses, mais pas des dégonflés.

Le déjeuner fut aussi pénible qu'il l'avait imaginé. Tout le monde lui tourna autour, veillant à ce qu'il mange, au point qu'il crut qu'il allait vomir. Il garda son sourire plaqué sur ses lèvres et les remercia tous poliment de leur préoccupation. Il parvint, après quelques efforts, à effacer l'inquiétude sur leurs visages et ils recommencèrent à rire et plaisanter. Russ ne comptait pas. Comme le cowboy ne cessa jamais de froncer les sourcils, Jordan ne chercha pas à découvrir si Russ était inquiet ou désapprobateur. Jordan ne voulait pas connaître la réponse, de toute façon.

Comme prévu, il se jeta dans la mêlée avec Phyllis et s'occupa de petites filles excitées et folles des chevaux. Il fit du charme et flatta. Il se montra amusant et enjoué. Son masque ne glissa même pas quand Todd, l'ex de Russ, s'avéra être l'un des chaperons des Girls Scouts et le dévisagea comme s'il était un cadeau de Noël arrivé en avance.

Ce type lui fichait toujours les jetons, à le draguer alors que ses filles n'étaient qu'à quelques mètres de là, en train d'étriller Jasmine, une adorable petite ânesse. Pourtant, Jordan ne pouvait nier qu'il se sentait une certaine curiosité morbide envers l'homme, qu'il étudiait du coin de l'œil. Un peu moins d'un mètre soixante-dix, les cheveux brun clair coiffés avec art, Todd n'était pas mal, mais n'avait rien donnant envie de voir ce qu'il cachait dans son pantalon non plus. Étant donné l'âge de ses filles et le fait que Russ ne lui paraissait pas du genre à aimer se cacher et à sortir avec un homme marié, leur relation avait dû se terminer une dizaine d'années plus tôt. Peut-être Todd s'était-il laissé un peu aller depuis et qu'il avait été vraiment époustouflant à l'époque.

À en juger par son apparence actuelle, Todd aurait été juste bien pour un coup d'un soir, mais les propos de Phyllis avaient donné à Jordan l'impression que Russ et Todd avaient eu une vraie relation. Jordan ne comprenait pas pourquoi. Qu'avait Todd que lui-même n'avait pas ?

Peut-être qu'il cachait un pénis énorme dans son pantalon ?

Et pourquoi, au nom du Ciel, Jordan ne pouvait-il pas laisser tomber ?

Russ était super sexy, mais il n'était pas le seul homme sur Terre. Jordan ne savait même pas combien de temps il resterait au ranch, alors qui se souciait qu'un stupide connard de cowboy sexy le rejette, de toute façon ?

Oh bon sang, il était complètement paumé.

VERS DEUX heures de l'après-midi, le masque de Jordan commença à s'effriter franchement. Les filles du groupe de Girls Scouts commençaient à fatiguer et devenaient geignardes. Quant à lui, il sentait le stress des derniers jours le rattraper. Une fois que les filles eurent fini de manger et qu'elles furent occupées à un projet manuel qu'elles prévoyaient de vendre pour récolter de l'argent pour le ranch, Jordan se précipita dans sa chambre et, sous le coup du désespoir, attrapa sa bouteille de bourbon. Il n'allait pas se saouler. À vrai dire, il en avait à peine bu depuis son arrivée au ranch, mais ce jour-là, juste cette fois-là, il en avait besoin pour alléger sa journée et ses membres. Les gloussements et pleurnicheries perçants de ces petites filles étaient comme des aiguilles s'enfonçant dans son crâne. Il avait besoin de rendre son monde un peu plus cotonneux.

Il avala deux gorgées, puis remit la bouteille dans le placard, se brossa les dents, prit une bouteille d'eau et retourna à l'extérieur. Plusieurs petites filles décoraient de vieux fers à cheval usés, tandis que d'autres confectionnaient des bracelets en cuir et perles. Jordan apporta son aide là où il pouvait, mais les travaux manuels n'étaient pas vraiment son fort. Phyllis finit par prendre pitié de lui et le renvoyer vers l'écurie.

— Nous aurons bientôt fini ici. Va voir comment va Marina, puis va trouver Russ pour savoir s'il a besoin de ton aide. Je suis sûre que tu préfères faire ça, de toute façon.

Le sourire soulagé de Jordan fut son premier sourire sincère de la journée. Il serra brièvement dans ses bras une Phyllis stupéfaite, puis trotta jusqu'à l'écurie. Le bourbon l'avait aidé à se détendre, et une fois libéré de ses devoirs de baby-sitter, il sautilla presque en partant retrouver Marina. Le destin du poulain était certes triste, mais la jument semblait déjà aller bien mieux, même moins d'un jour plus tard, et Jordan dut admettre que l'avortement avait été la meilleure chose à faire pour elle.

Il s'attarda dans l'écurie plutôt que de trouver Russ. Il se sentait toujours un peu étourdi par l'alcool et n'était pas certain que partir à la recherche de cet homme-là en particulier soit une très bonne idée. Il s'était déjà plus qu'embarrassé en présence du cowboy.

Il n'y avait aucun être humain dans l'écurie, malgré l'intense activité sur le ranch. La plupart des chevaux avaient été mis dans le pâturage, dans un enclos ou dans le paddock, pour profiter un peu du soleil et prendre l'air, ou bien pour faire un peu d'exercice avec un bénévole. Jordan décida qu'il avait bien assez travaillé pour la journée et entra dans le box vide qui leur servait à conserver la paille d'avance et s'affala sur une botte de paille pour fermer les yeux quelques minutes. Quand tout le monde serait parti, il aiderait à nettoyer, mais faire une petite sieste, ce n'était pas trop demander, si ?

— Vous voilà.

Jordan commençait à somnoler quand une voix inconnue le réveilla. Il cligna des yeux et découvrit l'ex louche de Russ, Todd, à l'entrée du box ouvert.

Jordan se racla la gorge, se releva et s'écarta les cheveux du visage.

— Je suis désolé. Avez-vous besoin de quelque chose ?

Todd esquissa un sourire nonchalant.

— Je boirais bien de cette eau, si ça ne vous ennuie pas.

Il entra tranquillement dans la stalle et attrapa la bouteille d'eau que Jordan avait posée sur un ballot de paille. Restant assez près pour que son genou effleure Jordan, Todd posa les lèvres sur la bouteille, rejeta la tête en arrière et avala une longue gorgée. Sa pomme d'Adam ressortit et une goutte d'eau s'échappa de sa bouche et coula le long de son menton, puis de son cou. Jordan la regarda faire avec une légère curiosité et une pointe d'intérêt.

L'ange et le démon posés sur chacune de ses épaules entamèrent un petit débat tandis que Todd rendait à Jordan sa bouteille, le regard brûlant, et que Jordan finissait ce qui restait.

D'un côté, Todd était clairement un connard. Il était marié, avait deux enfants, mais cela ne l'empêchait pas de draguer au refuge du coin pour un petit coup en passant. D'un autre côté, Jordan était seul et avait besoin de rebooster un peu son ego, donc quel mal flirter un peu pouvait-il faire ?

— Bon sang, commenta Todd d'une voix rauque, vous êtes l'homme le plus sexy que j'ai vu ici depuis un long moment.

Jordan ne put s'en empêcher. Il se rengorgea sous le compliment. Cela faisait des semaines qu'il n'avait ramassé personne dans un bar ou sur Grindr, cela datait même d'avant sa conversation avec ses parents. Et aussi pitoyable que cela puisse paraître, il avait besoin que quelqu'un lui dise qu'il était désirable, même si le compliment venait d'un fumier.

Il sourit et s'étira, savourant la sensation du regard de Todd sur lui.

— Heureux que vous le pensiez.

— Après vous avoir aperçu la dernière fois, j'avais très envie de vous voir de plus près.

Jordan se lécha les lèvres et inclina la tête.

— Je pensais que vous étiez occupé avec quelqu'un d'autre, la dernière fois.

Todd, qui était en train de s'approcher plus près, s'arrêta.

— Non. Si c'est à Russ que vous pensiez, il pète parfois les plombs et pense avoir le droit de s'immiscer dans les affaires des autres. Crois-moi, bébé, tu es le seul que je regarde.

Comme c'était toujours le petit diable qui gagnait les disputes dans son esprit, Jordan se redressa davantage et se cala contre un tas de ballots de foin, écartant assez les jambes pour que Todd puisse se rapprocher.

— Vous pensez que je vaux le coup d'œil ?

De ses yeux noisette, Todd le dévisagea longuement de haut en bas.

— Tu sais bien que oui, répondit-il, la voix rauque.

Ce fut seulement quand Todd s'approcha assez près pour frotter son érection contre la cuisse de Jordan que ce dernier recouvra la raison.

Qu'est-ce qu'il fichait, bon sang ?

Oui, il était seul. Oui, il était pathétique, en manque d'affection, blessé et excité. Mais depuis quand l'était-il assez pour s'acoquiner avec un type qu'il n'appréciait même pas, et encore plus à quelques mètres à peine des enfants de l'homme en question ?

Pouah.

Jordan décida qu'il avait poussé le jeu assez loin et entreprit de se sortir de cette situation, mais avant qu'il puisse prononcer un mot, Todd empauma le paquet de Jordan à travers son jean... puis l'enfer se déchaîna.

— Qu'est-ce que vous foutez ? cria Russ depuis l'entrée du box.

— Oh, merde.

XIV

Russ était si furieux qu'il ne s'arrêta pas pour réfléchir. Il attrapa Todd par les épaules, le balança hors de la stalle et l'envoya mordre la poussière.

— Russ…

Il reporta son attention sur Jordan, auquel il adressa un regard noir et cracha :

— Ferme-la. Je m'occuperai de toi dans une minute.

Il fit brusquement volte-face et Todd rampa un peu avant de réussir à se redresser. Il leva les mains pour empêcher Russ d'avancer et continua à reculer.

— Calme-toi, Russ, dit Todd qui reprenait peu à peu de sa superbe. Ce ne sont pas tes affaires.

— Putain, bien sûr que… commença-t-il à crier, avant de s'aviser que l'écurie était ouverte et de baisser la voix. Putain, bien sûr que ce sont mes affaires, persifla-t-il. Ici, c'est *mon* ranch, *ma* maison. Je t'ai dit que je ne voulais pas que tu viennes ici causer des problèmes. Je t'ai dit de ne pas revenir. Ce n'est pas un endroit pour trouver des conquêtes. Nous sommes dans un refuge et tes filles sont à quelques mètres à peine. À quoi pensais-tu, bordel ?

Les mains toujours levées, Todd répliqua :

— Très bien. Très bien. Tu as raison. Je n'étais pas venu pour draguer, promis. Je suis venu parce que le groupe avait besoin d'un autre chaperon, et comme Molly avait la migraine ce matin, elle ne pouvait pas s'en occuper. Ton ami, là, a passé la journée à flirter avec moi, alors je me suis laissé emporter.

— Quoi ? s'insurgea Jordan derrière lui, mais Russ l'ignora.

— Sors d'ici, Todd, soupira Russ d'un ton las. Si tu veux tromper ta femme et prendre le risque de gâcher la meilleure chose qui te soit jamais arrivée, ce sont tes affaires. Mais ce ranch est à moi, et tu ne feras pas ça ici. C'est clair ?

Todd leva les yeux au ciel. Il sembla sur le point de répondre, mais se ravisa et regarda Russ et Jordan tour à tour. Il esquissa un petit sourire narquois.

— Oh, j'ai compris, dit-il.

Sur le point de partir, il s'arrêta et sourit par-dessus son épaule.

— Si c'est ça, Russ, alors tu vas devoir resserrer un peu la laisse de ton garçon, parce que tu ne vas pas le garder longtemps, sinon. Je connais ton point de vue sur la loyauté, la fidélité et tout ça, rit-il. Mais avec celui-là, tu as parié sur le mauvais cheval.

Russ fit rouler ses épaules et cracha dans la poussière en direction de Todd. Ce connard lui avait fait une faveur en le larguant quelques années plus tôt pour vivre sa vie d'hétéro avec Molly. Il le prouvait à chaque fois qu'il se montrait. Russ se sentait désolé pour les filles, mais il espérait que Todd était meilleur père que mari.

— Qu'est-ce que c'est censé vouloir dire, bon sang ? cria Jordan sur un ton agressif et la colère de Russ enfla à nouveau.

Il s'en prit à Jordan et le repoussa dans le box.

— Parle doucement, putain, gronda-t-il.

Russ continua à avancer jusqu'à ce que Jordan se retrouve dos au mur et il s'approcha nez à nez.

— Tu es déjà assez con pour baiser l'un des pères là où n'importe qui pourrait te voir, alors pas la peine de jurer assez fort pour que les gamins t'entendent et disent à tout le monde ce que tu faisais.

Jordan s'apprêtait à répliquer, mais il referma brusquement la bouche et grimaça. Russ esquissa un sourire tout sauf agréable.

— Bien. Tu peux arrêter d'être égocentrique rien qu'une fichue minute, assez longtemps pour penser à ces gamins. Tu n'es peut-être pas un cas désespéré, après tout.

— Hé !

— Quoi ? répliqua Russ. J'ai tort ? Todd n'avait-il pas sa main dans ton pantalon il y a moins de deux secondes, alors que ses filles fabriquaient des bracelets à moins de cinquante mètres de là ?

— Il n'avait pas la main dans mon pantalon, argua Jordan d'un ton acerbe, mais sans croiser le regard de Russ.

— OK. Quoi qu'il en soit, il te tenait quand même la queue et qui sait ce que vous auriez fait si je n'étais pas entré à ce moment-là.

— Ça ne serait pas allé plus loin.

— C'est des conneries.

Pour pouvoir essayer de reprendre le contrôle de lui-même, Russ recula de quelques pas, fit rouler ses épaules et desserra les mâchoires. Il inspira et expira, ce qui le calma un peu.

— Écoute. Ce que tu fais sur ton temps libre, ça te regarde. Mais recommence un coup comme celuici et je te ferai quitter ce ranch à coups de pieds au cul, sans me soucier de ton quelconque traumatisme émotionnel ou de qui sont tes fichus parents. Tu m'as compris ?

Russ fit volte-face sans attendre de réponse. Il était trop énervé à l'heure actuelle pour écouter des excuses ou des promesses. Et si Jordan essayait de l'amadouer avec l'une de ses tentatives de charme factices, Russ allait vraiment perdre son sang-froid et dire quelque chose qu'il regretterait plus tard.

Plutôt que d'essayer de se remettre au travail, Russ opta pour une longue balade pour se calmer. Il y avait déjà de moins en moins de monde au ranch, les gens se rendaient chez eux pour préparer le dîner et se détendre après une journée chargée en plein soleil. Il pourrait toujours aider à nettoyer quand tous les visiteurs seraient partis, et en attendant, il n'aurait pas à essayer de tenir une conversation polie avec des étrangers, ce qu'il détestait déjà faire quand il était de bonne humeur.

En haut de la première colline surplombant le ranch, il s'affala à l'ombre de son chêne vert préféré, croisa les bras et les chevilles, posa son chapeau sur son visage et ferma les yeux. Une légère brise se mélangeait à l'air chaud et poussiéreux, faisant frémir l'herbe et les fleurs sauvages. Des insectes bourdonnaient et émettaient de petits sons secs près de lui, mais les bruits et l'agitation du ranch s'étaient estompés, par chance… Du moins, jusqu'à ce que des bottes crissent sur le sol poussiéreux et interrompent son interlude paisible.

Comme les pas s'approchaient, Russ soupira et ouvrit les yeux. Jordan se tenait juste au-dessus de lui et n'avait plus l'air coupable. Il avait plutôt l'air en colère et très séduisant. Le cœur de Russ accéléra sa course.

— Notre conversation n'est pas terminée, lança Jordan.

Russ haussa les épaules.

— En ce qui me concerne, elle l'est. Grandis un peu ou dégage d'ici. Je ne pense pas pouvoir être plus clair.

— Va te faire voir, Russ. Tu n'es même pas resté pour écouter ce que j'avais à dire. Tu as juste présumé que tu savais tout ce que tu avais besoin de savoir, tu m'as jugé et tu t'es cassé, comme d'habitude.

— Tu essaies de me faire croire que je ne vous ai pas vus, Todd et toi, vous peloter dans l'écurie alors que les gamines faisaient leurs travaux manuels juste devant ?

Jordan grogna.

— Oui, d'accord. Je sais. J'ai merdé, déclara-t-il en écartant les bras. Je suis désolé. Pour le cas où tu ne l'aurais pas remarqué, je ne suis pas vraiment au mieux de ma forme actuelle et j'avais un grand besoin d'attention, c'est un crime ? J'ai fait une *monumentale* erreur de jugement momentanée, mais justement, elle n'a été que momentanée. Je te jure que je m'apprêtais à y mettre un terme. Je ne suis pas un connard fini, contrairement à ce que tu sembles croire. Todd venait à l'instant de m'attraper, et j'allais lui dire de reculer quand tu es entré et que tu as déchaîné ta colère divine en nous promettant enfer et damnation avant que je puisse prononcer un mot.

Russ renifla, se releva et ôta la poussière sur son jean avant de reporter son regard sur Jordan.

— Si j'ai quitté l'écurie, c'est parce que tes excuses ne m'intéressaient pas particulièrement et c'est toujours le cas. Si tu cherches une épaule pour pleurer et déverser toute ta détresse émotionnelle, va voir Phyl. Moi, je suis à sec.

Il s'apprêtait à reprendre le chemin de l'écurie, mais Jordan l'attrapa par le bras et le fit pivoter vers lui.

— Mais c'est quoi ton problème, bon sang ?

Russ sauta de nouveau à la gorge de Jordan et grogna :

— Ce sont les types comme toi, mon problème, ceux qui croient pouvoir faire tout ce qu'ils veulent sans rendre de compte à personne, à cause de *qui* ils sont. Mon problème, ce sont les pauvres petits gosses de riches qui pensent que le monde tourne autour d'eux et de leurs problèmes. Oh, pauvre de moi, maman et papa ne m'aiment pas assez. Ils ne m'ont offert qu'une décapotable rouge à cinquante mille dollars pour Noël, au lieu du jet privé que j'avais demandé. Ils veulent me payer une université à plusieurs milliers de dollars pour que je puisse obtenir un diplôme qui m'ouvrira toutes les portes, mais ce n'est pas vraiment ce que je veux dans la vie. Pourquoi ne me comprennent-ils pas ?

Jordan lâcha le bras de Russ et recula comme si ce dernier l'avait frappé. La culpabilité calma un peu la colère de Russ. Il n'avait pas voulu s'en prendre ainsi à Jordan, mais le gamin ne lui avait pas laissé le temps de se calmer.

Jordan le fixa d'un regard blessé quelques instants avant de demander d'une voix rauque :

— C'est vraiment ce que tu crois ?

La colère reparut lentement sur le visage de Jordan tandis que Russ tentait de trouver quelque chose à dire qui n'empirerait pas les choses, mais Jordan se reprit plus vite que lui.

— Va te faire foutre, Russ. Tu sais quoi ? Tu t'es fait ton opinion sur moi à la seconde où je suis arrivé ici, à partir des quelques informations que tu connaissais sur moi et sur lesquelles je n'ai aucune prise. Rien de ce que je fais, peu importe que je sois gentil ou que je bosse dur, ne sera jamais suffisant, n'est-ce pas ? Rien ne pourra te faire changer d'avis, à cause de toutes tes fichues œillères !

Jordan avança vers lui jusqu'à ce qu'ils se retrouvent à nouveau nez à nez.

— Je suis désolé, Russ. C'est ce que tu veux entendre ? cracha-t-il. Je suis désolé d'être né avec une cuillère en argent dans la bouche. Je suis désolé que mes parents soient riches et qu'ils m'aient donné tout ce qu'ils pensaient que je pouvais vouloir. Comme j'ai eu des privilèges dont d'autres ne peuvent que rêver, je n'ai manifestement pas le droit d'être triste, seul ou de me plaindre de quoi que ce soit. Rien ni personne ne pourra jamais me blesser, et évidemment, je ne peux jamais être assez humain pour commettre une erreur, puisque mes parents ont de l'argent, des tonnes d'argent.

Jordan recula et haussa les épaules.

— Après tout, qui se soucie de savoir que je n'ai pas choisi les conditions de ma naissance ? Qui se soucie que cet argent ne soit pas le mien, en réalité ? Qui se soucie que mes parents aient établi des standards pour moi que je ne pourrais jamais atteindre et que chaque centime de cet argent ô combien important m'ait été retiré à la seconde où je les ai déçus… ainsi que tout leur soi-disant amour et soutien, en prime ? Qui se soucie que j'avais tellement peur de perdre tout ça – pas l'argent, non, mais le reste – que j'ai passé l'essentiel de ma vie à faire semblant d'être quelqu'un d'autre ? Manifestement, personne ne devrait s'en soucier, puisque le petit gosse de riche pourri gâté ne le mérite pas.

La voix de Jordan se brisa et il cligna rapidement des yeux. Il avait tombé tous les masques et il n'y avait plus qu'une douleur crue en dessous. C'était Russ qui en était responsable. Il s'en était pris à une personne meurtrie et l'avait blessée encore plus. Il n'était pas ce genre d'homme. Il n'était pas censé être le méchant de l'histoire, mais à cet instant précis, il se sentait vraiment comme tel.

Avant que Jordan retrouve un second souffle, Russ l'attrapa par le tee-shirt et l'attira contre lui. Le gamin sursauta et poussa un cri étranglé de surprise, mais il ne s'écarta pas. Sa poitrine se soulevait lourdement contre le torse de Russ quand ce dernier resserra les bras autour de lui.

— Je suis désolé, murmura Russ tout contre sa tempe en y mettant toute sa sincérité.

Jordan respirait toujours difficilement lorsque Russ recula légèrement pour voir son visage. Le regard blessé et prudent de Jordan chercha celui du cowboy.

— Je suis désolé, répéta ce dernier tout bas.

Cédant à une impulsion – tout, pourvu qu'il puisse effacer cette expression blessée –, Russ prit la joue de Jordan en coupe et posa avec hésitation les lèvres sur le coin de sa bouche. Jordan sursauta une deuxième fois, mais ne recula pas. Au contraire, il lui retourna le baiser et scella leurs lèvres, avant d'ouvrir les siennes à la recherche de la langue de Russ. Il donnait autant qu'il recevait. Le gamin gémit tandis que Russ s'abreuvait des lèvres dont il rêvait depuis l'instant où il avait posé les yeux sur Jordan. Son sang s'échauffa et son sexe s'éveilla lorsque le corps mince et solide de Jordan se fondit dans le sien.

Quand Russ mit finalement fin au baiser pour qu'ils puissent respirer, il baissa les yeux vers Jordan et se raidit, s'attendant à moitié à recevoir un coup de poing en plein visage. Il le méritait. Mais Jordan se contenta de le dévisager, tout en haletant. Ce fut Russ qui rompit le contact visuel, alors que la douleur et la confusion réapparaissaient lentement dans le regard de Jordan. Il posa une main sur la nuque du jeune homme et l'attira contre son torse de nouveau. Jordan soupira et trembla dans les bras de Russ, qui trouva ces réactions encore plus bouleversantes que le précédent regard de Jordan. Russ l'attira plus près de lui et posa les lèvres sur sa tempe.

Le silence s'installa tandis que Russ l'étreignait. Jordan finit par se détendre complètement dans ses bras. Il tourna la tête et posa la joue contre l'épaule de Russ. Ce geste exprimait une telle confiance que Russ en eut le cœur déchiré. Il poussa un soupir à son tour et répéta :

— Je suis désolé.

Jordan expira un souffle tremblotant et hocha la tête.

Russ posa le menton sur le haut de la tête de Jordan et sourit en coin.

— Tu es la deuxième personne à me dire d'enlever mes œillères cette semaine, tu sais.

Comme Jordan pouffa faiblement, Russ sourit.

— Je suppose que je devrais considérer que c'est un signe.

— Peut-être que oui, effectivement, répliqua Jordan sans s'écarter.

Russ ferma les yeux et continua à enlacer longuement Jordan, qui ne faisait aucun geste pour interrompre leur étreinte. Russ lui-même n'était pas pressé d'y mettre un terme, malgré le chaud soleil texan qui leur brûlait la peau. Il entreprit même de caresser le dos et les épaules de Jordan de manière apaisante. Ce dernier baissa les mains pour agripper la ceinture de Russ au niveau de ses hanches.

— Russ ?

— Hummm ?

— Qu'est-ce qu'on fait, là ?

Russ soupira. Malgré tous ses efforts pour s'en tenir à la raison et toutes ses affirmations du contraire, il ne pouvait plus le nier. Il était complètement épris et il n'avait plus de raisons de mentir à ce sujet, à présent.

— Tout ce que tu me laisseras faire, murmura-t-il.

Jordan leva la tête pour le dévisager, fronçant ses sourcils parfaitement dessinés au-dessus de ses yeux bleus si beaux.

— Je ne te comprends vraiment pas. Il y a deux minutes, tu me traitais comme un moins que rien. Et maintenant, tu me tiens comme si tu ne voulais plus jamais me laisser partir et tu me proposes quoi ? Tout ce que je veux ?

Russ soupira de nouveau. Il caressa la joue de Jordan du dos de la main et sourit comme ce dernier ne reculait pas.

— Tu m'as dit d'enlever mes œillères, donc c'est ce que je fais. Tu as raison. Je me suis comporté comme un connard. Je t'ai jugé d'après un homme que j'ai connu il y a longtemps. Ce n'était pas juste pour toi et j'avais tort.

— Je suis moi et personne d'autre.

— Je sais, acquiesça Russ. Je suis désolé.

— Donc maintenant… quoi ?

Russ sourit et lança un regard plein d'espoir à Jordan.

— Maintenant… J'espère que tu vas me pardonner et me laisser te montrer combien je suis désolé.

Il caressa de nouveau le dos de Jordan du bout des doigts. Le jeune homme retint son souffle.

— Juste comme ça ? Tu me veux, maintenant ?

Il retint son sourire et secoua la tête.

— Mon ange, je t'ai désiré à la seconde où tu es descendu de ta voiture de sport rouge étincelante. Je ne voulais juste pas l'admettre.

— C'est vrai ?

Jordan esquissa un sourire, qui disparut rapidement.

— Tu es un homme difficile à comprendre.

— Pas vraiment, non. Je suis plutôt simple, une fois qu'on apprend à me connaître… Veux-tu apprendre à me connaître ?

Jordan lécha ses lèvres roses et pleines, puis hocha la tête.

— Oui. J'ai juste un peu de mal à suivre, déclara-t-il en pouffant. Je n'ai pas l'habitude de tels retournements de situation.

— Prends ton temps, répondit Russ, qui avança ensuite les lèvres. Mais pas trop, par contre.

Il frotta les hanches contre Jordan en pouffant, pour que ce dernier puisse sentir l'évidence de son désir.

Les joues déjà roses de Jordan rougirent davantage, à mesure qu'un brasier s'allumait dans ses yeux.

— D'accord, allons-y.

— Tu es sûr ? le taquina Russ. Je ne veux pas te presser.

— Bouge tes fesses, cowboy. Tu as des excuses à présenter, répliqua Jordan avec un grand sourire.

XV

Pas besoin de le lui dire deux fois, sembla-t-il. Russ saisit Jordan par le poignet et le tira en direction du ranch. Cela convenait très bien à Jordan. Penser et réfléchir de manière logique, c'était surfait, de toute façon.

— Tu sais que je ne suis pas vraiment un cowboy, commenta Russ sur le ton de la conversation.

Il paraissait un peu essoufflé, tandis qu'ils descendaient la colline.

— Quoi ?

— Je n'élève pas de bétail et ne travaille pas avec non plus, à part les quelques bovins que nous avons au refuge.

— Euh… d'accord.

Russ l'aguichait, puis il voulait faire la conversation ? Il se fichait de lui ? Ce n'était plus le moment de penser. Sinon, Jordan réaliserait la folie de cette situation et voudrait y mettre un terme, ou au moins ralentir le rythme… Or, une décélération n'intéressait pas du tout son pénis à l'heure actuelle.

Russ lui lança un sourire par-dessus son épaule et secoua la tête.

Phyllis et quelques personnes – y compris Todd, qui aidait ses filles à rassembler leurs affaires – regardèrent Russ foncer dans la cour du ranch, mais ce dernier ne ralentit pas. Il relâcha le poignet de Jordan – sa seule concession manifeste à leurs spectateurs –, mais il monta rapidement les marches de la terrasse et entra dans la maison sans un regard en arrière, Jordan sur les talons.

La seconde d'après, il était dans la chambre de Russ. Dès que la porte fut refermée, Russ fit volte-face, jeta son chapeau sur une chaise et pressa le dos de Jordan contre la porte. Russ écrasa sa bouche sur la sienne, humide, exigeante et si chaude. Ce corps puissant et cette bouche talentueuse mirent une nouvelle fois sens dessus dessous le cerveau de Jordan, lequel se soumit avec bonheur aux exigences de son sexe.

Ils tirèrent sur leurs tee-shirts, qui atterrirent au sol. Jordan fantasmait sur le torse de Russ depuis le premier jour et il ne fut pas déçu. Quelques poils noirs parsemaient ses pectoraux solides, regroupés autour de ses tétons bruns et formant un chemin sous sa ceinture. Avant que Jordan puisse s'en approcher, Russ s'écarta et l'attira vers le lit.

— Tu veux bien m'aider avec mes bottes ? lui demanda-t-il avec un sourire suffisant.

— J'en serais ravi.

Jordan ôta ses chaussures et ses chaussettes à Russ, puis s'activa sur la boucle de ceinture incrustée de turquoise de ce dernier. Il ouvrit ensuite le bouton et la braguette en toute hâte et écarta brusquement le tissu. Il gémit en découvrant que Russ ne portait rien en dessous. Il enfonça le visage dans les poils bien taillés du pubis et caressa de sa joue le membre qui grossissait à vue d'œil, puis s'imprégna de l'odeur. Il sentait son propre membre pulser dans son pantalon. Jordan était si dur en cet instant qu'il pouvait très certainement jouir juste en suçant Russ. Sans avoir même besoin de se caresser.

Russ posa la main à l'arrière de la tête de Jordan et le fit se relever, pour lui délivrer un nouveau baiser passionné.

— À toi, maintenant, grogna-t-il. Ça fait beaucoup trop longtemps que j'attends de te voir complètement nu.

Jordan essaya de se débarrasser de ses chaussures de marche sans défaire les lacets, mais il avait noué ces derniers trop serrés. Russ pouffa en l'entendant grogner de frustration, puis l'attrapa par le bras et le jeta sur le lit.

— Je m'en occupe, dit-il, avant de se tortiller pour finir d'enlever son pantalon, qu'il repoussa d'un coup de pied.

Puis, il se mit à genoux entre les cuisses de Jordan.

Pendant que Russ dénouait les lacets et ôtait les chaussures de Jordan, ce dernier défit sa ceinture, ainsi que le bouton et la braguette du jean emprunté à Russ. Sa queue palpita à la vue de l'expression de Russ, quand ce dernier vit le boxer moulant rouge qu'il portait.

— Joli, grogna Russ.

—Ah oui ?

— Putain, ouais.

Russ s'allongea sur Jordan, l'enfonçant dans le matelas et frottant leurs membres l'un contre l'autre, tandis que Jordan ôtait du pied son pantalon et son boxer. Enfin peau contre peau, Jordan gémit avec impatience sous les lèvres de Russ et traça du doigt chaque centimètre qu'il pouvait atteindre de ce corps puissant, façonné par le travail. Les muscles de Russ étaient fins et nerveux, pas des muscles gonflés en salle de sport pour faire beau, ce qui l'en rendait encore plus séduisant. À vrai dire, l'odeur de paille, de chevaux et de sueur, combinée à celle musquée propre à Russ, allait rendre Jordan fou de désir. Il ignorait, jusqu'à ce jour, être à ce point attiré par les hommes travaillant dur de leurs mains… À moins que ce soit juste Russ qui le rendait fou.

Jordan glissa une main entre eux pour saisir leurs deux membres et les pomper fiévreusement. Il voulait désespérément jouir, mais avant qu'il réussisse à atteindre un bon rythme, Russ posa une main sur son poing et l'obligea à s'arrêter. Puis Russ saisit Jordan par les poignets et les plaqua contre le matelas, au-dessus de sa tête.

— Reste tranquille un instant, murmura Russ en lui souriant.

— Quoi ? souffla Jordan, frustré. Tu veux autre chose ? Me baiser en m'enfonçant dans ce matelas, peut-être ?

Bien que maintenu, Jordan mordilla le menton de Russ, puis le suça et le lécha avant de le relâcher.

Ce dernier frémit et gémit, mais ne libéra pas les poignets de Jordan.

— Ouais, mon ange, c'est ce que je veux et plus encore, mais il n'y a pas d'urgence. Je veux goûter et toucher chaque parcelle de ton corps. Je veux t'entendre haleter et gémir. Je veux trouver tous les endroits qui vont te rendre fou. Vas-tu me laisser faire avant que nous nous précipitions vers la ligne d'arrivée ?

À chaque mot salace de Russ, le sexe de Jordan palpita, mais le jeune homme ignorait si son membre encourageait Russ à faire ce qu'il disait ou s'il protestait contre le report de la délivrance.

— Bon sang, Russ, tout ce que tu veux. Mais touche-moi, haleta-t-il.

Le sourire de Russ fut démoniaque, mais puisqu'il se pencha sur le torse de Jordan pour l'embrasser et le lécher en direction de son membre, ce dernier supposa qu'il n'avait pas à se plaindre.

Le premier contact brûlant et humide de la langue de Russ sur la queue de Jordan fut une véritable torture, mais Russ ne le fit pas attendre longtemps. Après l'avoir taquiné quelques secondes, il enfonça le sexe de Jordan au fond de sa bouche, faisant gémir d'approbation ce dernier. C'était une bonne chose que le ranch dispose de la climatisation et que toutes les fenêtres soient fermées, sinon tous les enfants à l'extérieur en auraient appris bien plus sur la vie animale qu'ils ne l'auraient souhaité.

Jordan enfonça les doigts dans les épais cheveux bruns de Russ et écarta les jambes pour laisser à ce dernier toute la place nécessaire pour œuvrer. Russ était un homme aux nombreux talents, et la fellation n'en était pas un des moindres. Il joua avec le membre de Jordan pendant une éternité, recensa chaque terminaison nerveuse qui faisait sauter Jordan au plafond et le faisait transpirer et geindre. Russ l'amena tout au bord de nombreuses fois, au point que Jordan se dit qu'il allait devenir fou s'il devait attendre une seconde de plus.

— Punaise, Russ, j'ai besoin de jouir… S'il te plaît !

Russ releva la tête et frotta son chaume contre la cuisse très sensible de Jordan, puis il sourit.

— D'accord, mon ange. Et tu veux faire ça comment ?

— Tu m'embrouilles le cerveau, puis tu me demandes de prendre une décision ? Tu te fiches de moi ?

Russ pouffa, remonta le long du corps de Jordan, puis s'installa sur lui pour un baiser langoureux.

— Alors, que dis-tu de mes propositions ? demanda-t-il sur un ton calme. Veux-tu jouir dans ma bouche ou en chevauchant ma queue ?

— Ça ! La dernière. Baise-moi.

Jordan croisa les jambes derrière les fesses de Russ et se frotta contre le ventre de ce dernier, le distrayant alors qu'il tentait d'ouvrir le tiroir supérieur de la table de nuit.

— Dépêche-toi ou je vais finir sans toi, le taquina Jordan.

— T'as pas intérêt, grommela Russ.

Le lubrifiant et les préservatifs attrapés, Russ recula. Il enfila un préservatif et le lubrifia, tandis que Jordan se léchait les lèvres et ondulait des hanches avec impatience. Lorsque Russ pénétra l'orifice de Jordan de deux doigts humides, ce dernier rejeta la tête en arrière et poussa.

— Ralentis, chéri, laisse-moi te préparer ou tu risques de le regretter.

— Ça fait une demi-heure que je suis prêt, se plaignit Jordan.

— Pas pour ça, rétorqua Russ en entourant d'une main son érection impressionnante.

Jordan leva les yeux au ciel en pouffant.

— D'accord, d'accord. Mais dépêche-toi.

Jordan était habitué à ce que ce soit rapide et obscène, mais cela faisait longtemps qu'il n'avait rien fait. Pour faire remonter un peu de sang dans son cerveau, il s'appliqua à se détendre et à savourer les doigts talentueux de Russ en lui, sans trop gémir de frustration.

— Tu es prêt pour moi ? gronda Russ, après avoir failli faire basculer Jordan une fois de plus avec ses doigts.

— Oui ! Prends-moi !

Russ posa les cuisses de Jordan sur ses bras et s'enfonça lentement en lui jusqu'à la garde. Jordan haleta et gémit, se sentant si incroyablement rempli. Russ s'immobilisa. Il déposa de tendres baisers sur la tempe de Jordan, sa joue, puis sur ses lèvres.

— C'est bon, chéri ? haleta Russ.

— Ouais, souffla Jordan. Bouge. Fais-le.

Russ commença lentement, s'enfonçant profondément en Jordan à chacune de ses poussées prudentes, mais dès que Jordan accompagna son mouvement et enfonça les talons dans les fesses de Russ, ce dernier comprit le message et le prit sauvagement. Jordan s'accrocha d'une main à la tête de lit, qui tapait contre le mur, mais il n'allait pas dire à Russ de s'arrêter. Du liquide pré-séminal s'égouttait de son membre en un flot constant au rythme des martèlements de Russ. Jordan gémit.

— Oui. Baise-moi. Plus fort. Seigneur.

Quand il ne put plus le supporter, il empoigna son sexe et se pompa violemment jusqu'à ce qu'il pousse un dernier cri et se répande sur son ventre et son torse. Puis il retomba sur le matelas, sans force. Russ le martela encore quelques fois avant de jouir à son tour.

Russ pouffa en se retirant, ôta le préservatif et retomba sur le matelas à côté de Jordan.

— Punaise, chéri. Punaise ! haleta-t-il.

Jordan sourit, le souffle court. Russ l'avait si bien pris qu'il était sans force à présent. Il n'était pas certain de pouvoir retourner dans sa chambre, même s'il essayait, alors il espérait que Russ ne lui demanderait pas de le faire. Mais il ne voulait pas non plus prendre sa place dans ce lit pour acquise.

Avant que Jordan ait réussi à trouver comment poser la question, Russ récupéra son tee-shirt au sol et le lui donna pour qu'il se nettoie. Puis il entoura Jordan d'un bras et le pressa contre son torse.

Le ventilateur tournait et cliquetait au plafond, rafraîchissant leurs corps transpirants. Jordan estima qu'il avait la réponse à sa question et ferma les yeux. Il se laissa emporter par sa longue journée et sa béatitude post-orgasmique. Si, à un moment donné, Russ voulait qu'il s'en aille, il pourrait toujours le réveiller.

L'HEURE DU dîner approchait, d'après le réveil usé posé sur la table de chevet de Russ, et Jordan était toujours en partie allongé sur Russ, le menton posé sur les mains pour regarder Russ dormir. Ils avaient encore fait l'amour deux fois après la première et Jordan en avait encore des bourdonnements et des palpitations dans tout le corps. Il avait sans doute l'air d'un idiot, à le fixer ainsi du regard, mais il s'en fichait. Être l'objet de toute l'attention de Russ dans son vieux lit grinçant n'avait vraiment rien à voir avec tous ses coups d'un soir, ses baises dans les toilettes, les ruelles ou les saunas. Une fois que Russ avait décidé de s'atteler à quelque chose, il était d'une intensité incroyable et Jordan n'avait toujours pas eu le temps de reprendre ses esprits.

Malheureusement, une porte claqua au rez-de-chaussée, l'empêchant de poursuivre davantage son observation. Russ ouvrit un œil, encore ensommeillé, et lui adressa un petit sourire sexy.

— Quoi ? demanda-t-il.

Pris en flagrant délit, Jordan rougit et sourit, penaud.

— Rien, répondit-il en secouant la tête.

Russ leva un bras au-dessus de sa tête et s'étira de tout son long, posant l'autre sur le flanc de Jordan. Comme le reste de l'après-midi, Russ commença à explorer et caresser la peau de Jordan, comme s'il ne pouvait pas s'en empêcher. Jordan eut envie de ronronner. Il n'imaginait pas que Russ soit aussi tactile, et maintenant qu'il l'avait découvert, il ressentait l'envie ridicule de faire une petite danse de la joie.

— Tu me regardais bien trop intensément pour qu'il n'y ait rien, commenta Russ en pouffant.

— Désolé.

— Ne t'excuse pas. Je n'ai pas dit que c'était une mauvaise chose. Mais quelque chose te travaille, manifestement.

Jordan se mordilla la lèvre et se tortilla.

— J'ai juste... Tu vas devoir être indulgent avec moi quelque temps. Comme je te l'ai dit, je suis arrivé ici un peu traumatisé. Il va me falloir un peu de temps pour m'y habituer.

— À quoi ?

— À ta gentillesse avec moi. Je veux dire, à ta *véritable* gentillesse, le genre qui me fait totalement fondre.

— Tu veux que j'arrête ? demanda Russ en haussant les sourcils et en interrompant le mouvement de ses doigts sur le dos de Jordan.

— Ouh là, non, je ne veux pas que tu arrêtes. Il va juste me falloir un peu de temps pour me faire aux événements des derniers jours... Non, des

103

dernières semaines. Rien ne s'est passé comme je l'imaginais, je pense. Je ne sais pas.

Il fronça les sourcils, impuissant. Il n'arrivait pas à s'expliquer correctement. Le sourire de Russ disparut. Ce dernier posa les mains sur la taille de Jordan et le souleva un peu. Puis, Russ roula sur le flanc et, une fois Jordan et lui face à face, il l'embrassa, s'empara de la bouche de Jordan jusqu'à ce que ce dernier arrête de s'inquiéter et se laisse aller. Quand ils se séparèrent, Jordan posa la tête sur l'oreiller, juste à côté de celle de Russ, et soutint le regard inquiet de ce dernier.

— Toi, quand tu prends une décision, tu ne la prends pas à moitié, le taquina Jordan, essoufflé.

Russ reprit son sérieux et hocha la tête.

— On devrait peut-être commencer par ça, parce que c'est sans doute quelque chose que tu devrais savoir à mon sujet tout de suite, avant que ça n'aille plus loin.

Une sensation de malaise tordit le ventre de Jordan.

— C'est-à-dire ?

— Tu ne me connais pas assez pour l'avoir constaté par toi-même, mais pour le meilleur ou pour le pire, je suis un homme sans nuance. C'est tout ou rien, avec moi. Soit je suis à fond, soit pas du tout. Il n'y a pas d'entre-deux avec moi. J'ai été ainsi toute ma vie.

Russ laissa à Jordan quelques instants pour assimiler ses paroles avant de poursuivre :

— Je n'en suis pas forcément fier, mais à ce stade de ma vie, je ne pense pas que ça va changer. Donc, si tu ne veux pas, ou si tu ne peux pas me faire la même promesse en retour, autant me laisser tout de suite.

Jordan écarquilla les yeux et haussa les sourcils. Il recula un peu.

— Euh… J'ignore ce que tu veux dire. Je suis un peu perdu, en ce moment. Je ne sais pas du tout ce que je veux faire de ma vie ni où. C'est justement pour le comprendre que je suis venu ici. Si tu veux que je te fasse une promesse pour du long terme, je ne pense pas pouvoir le faire.

Russ pouffa.

— Mon ange, je ne suis pas aveugle. J'avais compris que tu traversais des choses difficiles en ce moment, même si je ne me montrais pas vraiment compréhensif. Tu ne sais pas où tu seras la semaine prochaine, encore moins l'année prochaine. Je sais. Ce n'est pas ce que je te demande.

— Alors, qu'est-ce que tu me demandes ?

— Je te demande de me dire que tu es avec moi à cent pour cent, pour l'instant. Je ne joue pas un jeu. Je ne suis pas du genre à faire l'idiot et les coucheries occasionnelles ne m'intéressent pas. Si tu es avec moi, tu es avec moi. Il n'y aura que nous deux, impliqués dans une relation, sans hésitation. Manifestement, nous allons nous voir tous les jours, donc il n'y aura pas toutes ces conneries de « Est-ce qu'il va appeler ? », « Est-ce qu'il m'apprécie ? » ou « Est-ce qu'il veut passer du temps avec moi ? » parce que la réponse est oui. Et si quelque chose te tracasse, dis-le. Si tu veux quelque chose, demande, et je ferai pareil… Pour le temps que ça durera.

Jordan inspira profondément et étudia le visage de Russ.

— Exclusifs ?

— Yep.

— Plus comme un vrai petit copain que quelques rencards ?

— « Petit copain » fait un peu trop adolescent pour moi, mais ouais, dans l'idée, c'est ça.

— On dort ensemble ? On se tient la main ? On montre notre affection mutuelle en public ? On se câline ? On fait de longues marches sur la plage ?

Russ renifla.

— Nous n'avons pas de plage. Mais nous pouvons faire une longue balade en nous tenant la main où tu veux. Donc, qu'est-ce que tu en dis ?

— Seigneur, tu vas vite en besogne.

Russ fit une grimace et hocha la tête.

— Je sais. Ce n'est pas toujours une bonne chose.

— Je n'ai pas dit non plus que c'était une mauvaise chose, répliqua Jordan.

Les bruits se firent plus nombreux au rez-de-chaussée, le distrayant.

— J'imagine que nous devrions nous lever avant qu'on vienne nous chercher, non ?

— Seulement si tu le veux. Nous avons sans doute déjà manqué le nettoyage de fin de journée, donc il n'y a pas d'urgence. Phyl nous a vus monter ensemble. Si elle a besoin de nous, elle pourra toujours venir à l'étage.

— Nous devrions sans doute aller voir comment va Marina, cela dit, non ? poursuivit Jordan.

Quand il prit conscience qu'il n'avait pas pensé à la jument depuis des heures, il en ressentit un pincement de culpabilité.

Russ s'écarta de lui, plongea la main sous le lit et en ressortit son ordinateur. Il l'alluma et ouvrit une vidéosurveillance de l'écurie, qui montrait, cette fois-ci, uniquement le box de Marina.

— Il y a de grandes chances que Phyl ait envoyé quelqu'un vérifier comment elle allait, mais j'ai quand même déplacé la caméra cet après-midi pour pouvoir la surveiller depuis ici, cette nuit.

La jument avait l'air d'aller bien. Elle mâchouillait tranquillement sa nourriture, repoussant les mouches de sa queue, sans montrer le moindre signe de détresse.

Jordan sourit à Russ.

— Tu penses à tout, hein ? Tu avais tout planifié ?

Russ sourit en coin et secoua la tête.

— Je ne crois pas avoir planifié quoi que ce soit depuis ton arrivée ici.

— Ouais, c'est ça, tu as failli m'avoir.

Le petit sourire de Russ se mua en grand sourire.

— C'est toute l'astuce, justement. Un homme doit savoir préserver sa fierté.

Jordan lui rendit son sourire, puis redevint sérieux.

— C'était donc juste une question de fierté ? Parce que j'avais vraiment le sentiment que tu ne m'aimais pas.

Russ soupira, s'appuya sur un coude et soutint le regard de Jordan.

— Je suis désolé. Comme je te l'ai dit, tu avais raison. Même si tout me disait le contraire, je t'ai jugé d'après des critères que tu ne maîtrisais pas et tu me l'as justement reproché. Le vrai toi est sacrément irrésistible, de ce que j'en sais pour l'instant, et j'avais peur que tu ne t'approches trop près, purement et simplement.

Jordan le dévisagea quelques secondes, incrédule.

— Waouh. Tu as vraiment décidé de tout déballer.

Le rire de Russ résonna dans sa poitrine tandis qu'il esquissait un sourire en coin.

— Je pensais ce que j'ai dit. Quand je m'engage, je m'engage. Je ne joue pas à des jeux stupides. Je suis même presque trop honnête avec les gens que j'apprécie. Je déballe tout… Peut-être que tu pourras comprendre à présent pourquoi je me montre très prudent avant de laisser entrer quelqu'un dans ma bulle. Pourquoi je suis plein d'épines à l'extérieur.

— Pour ne pas être blessé, en déduisit Jordan. Parce que tu as été blessé par le passé.

Russ hocha la tête et esquissa un petit sourire, tout en passant les doigts sur les cheveux de Jordan, le long de sa gorge, ses clavicules, faisant frissonner ce dernier. Il ferma les yeux et se laissa aller à ces caresses, mais fit de son mieux pour ne pas perdre le fil de ses pensées. Cette conversation était importante.

— Est-ce que c'est Todd qui t'a blessé ?

Russ interrompit sa caresse quelques instants avant de la reprendre.

— Nan, il... Enfin, ouais, j'imagine que oui. Sa façon d'agir maintenant me donne l'impression qu'il m'a fait une faveur il y a quelques années, en me larguant pour avoir une vie « normale » avec Molly Shelton. Mais je te mentirais si je te disais qu'à l'époque ça ne m'a pas blessé.

— Tu avais l'air plutôt en colère contre lui, dans l'écurie, rétorqua Jordan.

— J'étais agacé et déçu par lui, mais ce n'était pas à cause de lui que j'étais énervé.

Jordan se tortilla, mal à l'aise face au sourire en coin de Russ. Il se racla la gorge et poursuivit :

— Ce n'est pas lui non plus qui t'a fait détester les gens riches, supposa-t-il.

Comme Russ leva un sourcil, Jordan haussa les épaules.

— Je ne sais pas ce qu'il fait comme boulot ou sa femme, mais il n'a pas l'air de manquer d'argent. Cela dit, je n'ai pas le sentiment qu'il vient d'une famille riche.

— Et tu peux le deviner rien qu'en le regardant ?

Jordan leva les yeux au ciel.

— Je sais, je sais. Je vais contredire tout ce que je t'ai dit tout à l'heure à propos des stéréotypes, mais parfois, c'est juste évident. Donc ce n'était pas lui, si ?

— Non. Ce n'était pas lui. C'était Theo. J'étais plus jeune que toi maintenant... Nous l'étions tous les deux. Je travaillais sur le ranch de son père un été.

Russ balaya sa remarque de la main, comme si le contexte n'avait pas d'importance, puis la reposa sur la peau de Jordan.

— Il était lumineux et enjoué, et moi, trop jeune et stupide pour voir au-delà de la surface avant qu'il ne soit trop tard. Il m'a jeté comme une vieille chaussette dès que de la chair fraîche est arrivée au ranch.

— Je suis désolé.

Russ lui sourit et l'embrassa tendrement.

107

— Ce n'est pas de ta faute. Il a été mon premier amour. Et tu n'es pas comme lui.

Jordan fit la grimace.

— Je ne suis pas non plus la personne la plus stable du monde, en ce moment, admit-il à contrecœur. Tu as dit que tu ne voulais pas jouer à des jeux et que nous devrions être honnêtes l'un avec l'autre, donc pour l'être, je devrais sans doute te dire que je suis plutôt bousillé, en ce moment... Pour le cas où tu ne t'en serais pas encore rendu compte.

Russ lui sourit gentiment et l'embrassa sur la tempe.

— Je sais que tu as beaucoup de choses à résoudre. Je t'aiderai, si je peux, et surtout, dis-moi si je rends les choses pires pour toi. Sois honnête avec moi. C'est tout ce que je te demande. Je ne vais pas te forcer à faire des promesses que tu n'es pas en mesure de faire. C'est tout nouveau et nous verrons où ça nous mène. Tout ce que je te demande, c'est d'être à cent pour cent avec moi, ici et maintenant. C'est tout, d'accord ?

Jordan hocha la tête. Il était de nouveau étranglé par l'émotion, comme le sentimental qu'il était. Être adulte et donner à Russ les mêmes assurances que lui en retour était apparemment au-dessus de ses forces.

— Allez, viens, dit Russ en sortant du lit. Allons voir en bas s'il y a quelque chose à manger. Je meurs de faim, et je pense que toi aussi.

Manger était la dernière chose que Jordan avait à l'esprit, mais comme Russ enfilait déjà son jean, il se leva à contrecœur et ramassa ses vêtements éparpillés.

XVI

Avant l'aube, Russ sortit de sa chambre et descendit l'escalier à pas de loup pour ne pas réveiller Jordan. Ils étaient allés se coucher tôt, après que Russ s'était assuré que Jordan mange autant qu'un homme adulte actif devrait le faire, mais ils n'avaient pas dormi pendant toute la nuit. Certains moments avaient été plus amusants, sauf ceux où Jordan s'était tourné et retourné dans son sommeil à cause de ses cauchemars.

Au moins, faire manger Jordan n'avait pas été aussi difficile que Russ l'avait craint, donc peut-être que les problèmes que Jordan avait avec la nourriture étaient plus liés au stress qu'il subissait qu'à quelque chose de plus permanent. Russ s'était sans doute inquiété pour rien. Après tout, le corps de Jordan ne montrait pas le moindre signe de sous-nutrition, à part quand il s'était brièvement évanoui. Jordan était aussi beau qu'un mannequin de magazine, de la tête au pied.

Phyl n'était pas dans la cuisine, mais la cafetière était pleine et chaude. Russ se versa une tasse et s'installa à sa place, sur la terrasse couverte. Il grogna en s'asseyant sur le fauteuil à bascule de Sean et en posant les jambes sur la rambarde. Tous ses muscles se rebellèrent contre cet étirement, mais il avait besoin de relâcher un peu de tension. Il n'était plus aussi jeune qu'avant et n'avait pas eu d'amant digne de ce nom – c'est-à-dire, un homme digne de ce nom avec lequel il pouvait prendre son temps et faire les choses correctement – depuis près de trois ans. Apparemment, il y avait quelques muscles que le travail au ranch et ses occasionnels coups d'un soir à Dallas, rencontrés en ligne, ne faisaient pas travailler.

Comme la moustiquaire grinçait, il cacha rapidement son sourire derrière sa tasse.

— Ne cherche pas à la cacher, attaqua Phyl en s'asseyant sur son fauteuil. J'ai déjà vu cette expression avant et je sais parfaitement ce qu'elle signifie.

— Phyl chérie, je n'ai pas la moindre idée de ce dont tu parles.

Elle leva les yeux au ciel et sourit.

— N'essaie pas non plus de me faire du charme, ce n'est pas ton fort.

Russ pouffa et sirota son café, abandonnant ses tentatives de paraître innocent.

— Tu sais bien que c'est ce que j'essaie de te faire comprendre depuis des années. C'est toi qui n'arrêtes pas d'essayer de m'entraîner à faire ça pour pouvoir charmer les donateurs comme tu le fais si bien.

— J'imagine que notre garçon dort toujours ? demanda-t-elle en changeant de sujet.

— Quand je suis parti, oui, en tout cas, répondit Russ, qui ne voyait pas l'utilité de tourner autour du pot.

— Pour être honnête, j'ai été un peu surprise, vu comment tu te comportes avec lui depuis son arrivée. J'imagine que vous avez aplani vos différends ?

Russ ne put s'empêcher de sourire.

— On peut dire ça comme ça.

Phyl garda le silence quelques instants, mais Russ voyait bien qu'elle avait quelque chose à l'esprit, alors il sirota son café et attendit.

— Je sais que ce ne sont pas vraiment mes affaires, commença-t-elle, hésitante. Tu es un adulte, tout comme lui. Mais es-tu sûr que ce soit une bonne idée ? Ce jeune homme a beaucoup de choses sur le feu, à l'heure actuelle. Je ne crois pas qu'il sache même où il en est, s'il va s'attarder ou rentrer, si tu vois ce que je veux dire.

Russ s'étouffa en entendant la blague involontaire. Il s'essuya la bouche du dos de la main et se racla la gorge.

— Je sais qu'il a des problèmes. Je vois bien que tu t'inquiètes pour lui. Mais crois-moi, nous en avons parlé. Je ne vais pas le blesser, Phyl.

— Ce n'est pas pour lui que je m'inquiète.

Russ fronça les sourcils, perplexe. Phyl leva les yeux au ciel.

— Bon, d'accord, je m'inquiète un peu pour lui aussi. Il a l'air d'être un jeune homme adorable et a été visiblement blessé.

— Je me souviens très clairement de t'avoir entendu me dire d'enlever mes œillères et d'être gentil avec lui… et me rappeler à de nombreuses occasions l'importance de la contribution financière de ses parents à ce ranch.

— Oui, et je le pensais, mais il y a une différence entre être gentil avec une personne en détresse et craquer pour elle, souffla-t-elle. Tu oublies que Sean et moi étions là quand Isaiah est parti. Je ne veux plus te voir aussi meurtri que ce jour-là. Tu sais bien que ton bonheur sera toujours plus important pour moi que n'importe quelle donation. Et tu devrais savoir, depuis le temps, que je sais bien que tu n'es pas aussi dur que tu le prétends. Le garçon à l'étage va s'en aller, un jour. Il n'est pas à sa place ici.

— Je sais, soupira Russ. Ne t'inquiète pas, je le sais. Isaiah, ça m'a surpris. Même si, avec le recul, ça n'aurait pas dû. Il avait bien trop de rêves pour cette petite partie du monde, même si sa famille venait d'ici. Avec Jordan, je sais à quoi m'attendre. Quand il aura démêlé ce qu'il a à démêler, je serai prêt à le regarder s'en aller.

Russ sourit en réponse au regard de pur scepticisme que lui envoya Phyl.

— Je ne dis pas que j'en serais heureux, précisa-t-il, mais je le fais en toute connaissance de cause, cette fois-ci. Cette histoire n'est que temporaire. Et pour être honnête, je pense que nous pouvons nous faire mutuellement du bien entre-temps, donc…

Il haussa les épaules. Phyl soupira et se releva.

— Je vais essayer de te croire, sur ce coup-là. Je vais préparer le petit déjeuner.

Jordan arriva dans la cuisine d'un pas traînant une demi-heure plus tard, presque aussi apprêté que lors de sa première semaine au ranch, mais beaucoup plus beau dans le vieux jean de Russ et ce tee-shirt.

— J'aime voir mes vêtements sur toi, murmura Russ d'une voix rauque, tout en s'approchant de lui pour lui donner un bref baiser.

Jordan écarquilla les yeux et lança un regard nerveux à Phyl. Russ pouffa.

— Je t'ai promis de te montrer mon affection en public, non ?

Jordan lui renvoya un sourire hésitant, certes, mais adorable. Russ était impatient de se retrouver seul avec lui dans l'écurie.

— Arrêtez de roucouler comme des colombes et mangez, ordonna Phyl en posant une énorme assiette garnie de toasts, de saucisses et de bacon sur la table. On est dimanche, pour le cas où vous l'auriez oublié. Vous avez un peu de temps devant vous, mais quand la messe sera terminée, nous serons envahis par les habitués et des petits nouveaux gonflés à bloc, mourant d'envie de faire une « bonne action ». Prenez des forces maintenant, tant que vous en avez l'occasion.

Sceptique, Jordan fixa l'assiette du regard, mais Russ parvint à lui faire avaler une portion correcte en plus des œufs cuits par Phyl, en le menaçant de le nourrir avec ses doigts en présence de Phyl.

Comme annoncé par cette dernière, une foule de bénévoles et de visiteurs débarqua juste après le brunch du dimanche. En règle générale,

Russ adorait rencontrer de futurs adoptants potentiels, discuter des avantages et des inconvénients, déterminer si une famille conviendrait à tel animal. Voir son dur labeur porter ses fruits quand les animaux maltraités ou négligés à une époque trouvaient leur foyer définitif lui faisait toujours chaud au cœur. Mais c'étaient tous les autres qui usaient sa patience. À la fin de chaque week-end, il en avait sa claque de côtoyer les visiteurs et était tout à fait prêt à s'asseoir au calme avec quelques bières. Ce dimanche ne fit pas exception à la règle. Même si certaines parties de son corps frémissaient encore de tout ce que Jordan et lui avaient fait, sa patience s'amenuisait dangereusement en fin d'après-midi.

— Nous avons besoin d'eux… D'eux *tous*, de chaque centime, de toute la publicité qu'ils peuvent nous faire, y compris sur les réseaux sociaux, de tous les enfants découvrant la manière correcte de traiter un animal, se répéta-t-il tout bas, comme un mantra, alors que deux petits garçons apparemment sans surveillance lui rentraient dedans en criant et gloussant, effrayant les ânes dans leur enclos.

Les bénévoles habituels, Phyl ou encore Jordan, maintenant, étaient plutôt doués pour gérer les enfants les plus turbulents, mais ils ne pouvaient pas être partout à la fois non plus. De nos jours, comme les parents prêtaient plus d'attention à leur portable qu'à leurs enfants, tout le monde devait se montrer vigilant.

Les deux garçons sans surveillance poussèrent de nouveaux cris perçants en courant et l'irritation de Russ fut à son comble. Il poussa un grognement et commença à leur courir après pour les ramener où ils devraient se trouver, mais il ne fut pas assez rapide. Ils se glissèrent sous les cordes entourant l'enclos de Calliope, ignorant manifestement les panneaux avertissant « N'approchez pas ! Elle mord ! ». Un élan de pure peur fit accroître son irritation et il les coursa. Le ranch n'avait pas besoin d'être poursuivi en justice ou de voir leur prime d'assurance grimper en flèche.

Russ se mit entre les garçons et Calliope et hurla :

— Sortez ! Sortez d'ici ! Vous ne savez pas lire ?

Les deux enfants le dévisagèrent dans un silence stupéfait pendant deux secondes environ, avant de s'éloigner de lui en hurlant. Il dut se pencher pour éviter un coup de bec de Calliope, mais elle parvint quand même à le pincer à l'épaule. Russ poussa des jurons et jeta un regard noir au volatile qui se moquait de lui, il en était certain. Il frotta la partie concernée et suivit les deux garçons à grands pas pour leur passer un savon ainsi qu'à leurs parents, mais Jordan lui posa une main sur l'épaule et frotta la zone douloureuse, ce qui l'interrompit dans son élan, juste après qu'il eut franchi les cordes.

— La journée est presque terminée. Plus que deux heures à tenir, puis ils seront tous partis, murmura Jordan.

Puis, il s'approcha et baissa la voix pour que seul Russ puisse l'entendre, son souffle chaud effleurant l'oreille sensible de Russ.

— Et encore juste deux heures de plus avant que je me retrouve dans le lit, sous toi... ou sur toi, ou en toi, comme tu veux.

Stupéfait, Russ dévisagea Jordan, qui sourit lentement, puis commença à s'écarter. Mais Russ l'attrapa par le bras pour l'interrompre. Il tourna le dos aux gens et murmura tout bas :

— Je préfère être sur toi pour pouvoir te regarder. Tu es magnifique tout le temps, mais quand tu jouis, tu es époustouflant.

Ce fut Russ qui repartit d'un pas nonchalant, cette fois-ci, mais il prit un ton beaucoup plus raisonnable pour mettre en garde les deux garçons et leurs parents et leur faire un sermon sur les dangers que représentaient les animaux même « domestiqués » pour les enfants sans surveillance.

Lorsqu'il surprit le sourire chaleureux de Jordan, qui se trouvait dans l'enclos des chèvres à ce moment-là, Russ se rengorgea malgré lui. Il accompagna même la famille jusqu'à Calliope et leur fit un discours sur tout ce qu'il avait appris sur les autruches depuis qu'elle était arrivée au ranch.

— On peut l'adopter aussi ? demanda l'un des petits garçons quand Russ en termina.

Russ avait vu les yeux du gamin s'illuminer quand il avait comparé Calliope à un dinosaure des temps modernes. L'expression horrifiée des parents du petit garçon fit pouffer la petite foule qui s'était rassemblée autour d'eux pendant que Russ parlait. Ce dernier rit à son tour.

— Désolé, mais elle va sans doute rester toute sa vie avec nous. Son ancien maître l'adorait plus que tout, mais n'a un jour plus été en mesure de s'occuper d'elle. Ce ne serait pas juste, à notre avis, de l'envoyer dans une exploitation à présent, et peu de gens voudraient d'elle, vu son âge. Mais ne t'inquiète pas, nous allons bien nous occuper d'elle, ici, et tu pourras venir lui rendre visite. Mais ne t'approche pas trop près. Crois-moi sur parole quand je te dis qu'elle peut être sacrément grincheuse.

Dès que la foule se dispersa, Russ se rendit à l'écurie, quand son léger élan de sociabilité retomba. Les familles se dirigeaient déjà vers leurs voitures. Il ne faudrait plus longtemps pour que revienne son silence béni.

— Sacrée petite conférence que tu as donnée. J'étais impressionné, commenta Jordan derrière lui.

Russ ne s'embarrassa pas d'une réponse verbale. Il saisit Jordan par le bras et l'attira dans un box vide, hors de vue. Le jeune homme poussa une exclamation de surprise, qui se perdit dans le baiser enfiévré que Russ mourait d'envie de lui donner depuis le petit déjeuner. Quand il laissa enfin Jordan s'écarter, ce dernier jeta un regard inquiet autour de lui.

— Qu'est-il arrivé au type d'hier qui se révoltait contre les comportements inappropriés en présence des gamins ? bouda Jordan.

— Aucun de ces gosses n'est à moi et nous ne faisons que nous embrasser.

Jordan se lécha les lèvres et jeta un regard brûlant à Russ.

— Tu rends très difficile de sortir d'ici sans montrer quelque chose de très inapproprié aux enfants, commenta-t-il en grimaçant et en rajustant son pantalon.

— Je te proposerais bien de t'aider, mais ça ne ferait sans doute qu'empirer les choses, répliqua Russ avec un grand sourire.

Jordan jeta un faux regard noir à Russ, lissa son tee-shirt bien repassé et soupira.

— À moins que tu n'aies par ici une pièce se fermant à clé et dont j'ignorais l'existence, je te prendrais bien au mot, mais puisque ce n'est pas le cas et que je dois toujours aller aider Phyl, j'ai besoin que tu gardes tes mains et tes lèvres pour toi pendant que j'essaie de me rendre de nouveau présentable.

Russ se serait bien excusé, mais il ne se sentait pas vraiment désolé. Il lui faudrait un peu de temps pour lui-même faire baisser la vapeur avant d'être décent en public, mais il avait égoïstement voulu évacuer un peu de la tension de la journée, et Jordan n'en semblait pas trop bouleversé.

— Après le dîner – ou peut-être avant, si on arrive à s'échapper –, je m'occuperai de toi, promit-il.

Jordan poussa un grognement douloureux, ferma les yeux et se cogna littéralement la tête contre le mur en bois le plus proche.

— Russ, gémit-il. Maintenant, je ne vais penser qu'à ça, sauf que je dois encore faire du charme à certaines familles.

Russ prit pitié de lui. Il sortit du box et se dirigea vers la sortie.

— Je vais aller voir Missy, entre autres. Plusieurs familles ont rempli des demandes d'adoption aujourd'hui, alors je dois m'assurer que les chevaux qui les intéressent soient aussi prêts que possible. Tu n'as qu'à rester quelques minutes avec Marina pour te calmer, suggéra-t-il avant de partir.

XVII

SE CONCENTRER sur faire du charme à des étrangers et leur faire parler du ranch autour d'eux et de tout le bien qui y était fait fut un véritable défi pour Jordan, qui n'avait qu'une seule envie : monter sur le lit de Russ et y passer le reste de sa vie. Même les dégâts qu'il avait laissés en Virginie ne lui paraissaient plus aussi insurmontables alors que son cœur et son corps bourdonnaient sous l'effet des hormones du bonheur. Le raz-de-marée avait un peu reflué pour l'instant et il allait profiter de ce cadeau sans chipoter.

Était-ce agir en adulte responsable ?

Non.

Allait-il le faire malgré tout ?

Oh que oui.

— Jordan, c'est fini ? demanda Phyllis quand le dernier SUV se dirigea vers la route.

— Je crois bien que oui.

Elle poussa un soupir et secoua la tête.

— Un nouveau dimanche de terminé. La journée s'est très bien passée à mon avis.

— Je suis d'accord.

Phyllis se posa une main sur les reins, s'étira et grogna.

— Tu veux bien aller vérifier tous les portails pour moi ? Pour t'assurer que personne n'a oublié de fermer ? Je vais aller préparer le dîner.

Elle marcha lentement vers la maison et s'appuya lourdement à la rambarde en montant les marches de la terrasse.

— Hé, Phyl, l'interpella Jordan.

— Oui ?

— Et si tu allais te reposer ? La journée a été longue. Russ et moi pouvons nous trouver de quoi dîner. Tu n'as pas besoin de nous faire à manger.

Cela ne faisait pas longtemps qu'il était au ranch, mais Jordan s'attendait pourtant à ce qu'elle proteste. Cependant, elle eut un sourire las et hocha la tête.

— Merci, trésor. Pour ne rien te cacher, je ferais bien une petite sieste.

— Est-ce que tu veux que nous t'apportions quelque chose à manger tout à l'heure ?

— Merci, Jordan, c'est gentil, mais je vais prendre quelque chose en passant. Il y a plein de restes dans le frigo.

Elle médita une seconde, puis lui adressa un grand sourire.

— Je pense que je vais rester toute la soirée dans ma chambre, donc profitez-en bien tous les deux, d'accord ?

Jordan n'était pas certain qu'elle parlait de ce qu'il croyait, mais il rougit malgré tout. Il se racla la gorge et dit :

— Bonne nuit, Phyllis.

— Bon-ne nuiiiiiiit, chantonna-t-elle en rentrant dans la maison.

Jordan vérifia tous les enclos et s'assura que tous les animaux avaient de la nourriture, à boire et étaient prêts pour la nuit, puis il trotta jusqu'à la maison et monta les marches quatre à quatre. Dans la salle de bain, il ôta ses vêtements sales et trempés de sueur et sauta dans la douche pour un récurage en profondeur. Si la nuit à venir était à l'image de la nuit précédente, il devait s'assurer que chaque centimètre de son corps était propre et prêt. Son sexe se mit à palpiter et à gonfler à mesure qu'il se rejouait les images de tout ce que Russ lui avait fait, mais il résista à son envie de s'en occuper. S'il avait bien appris une chose, la veille, c'était combien une jouissance différée était gratifiante. Avec tous ses coups d'un soir, il avait été question de jouir vite, ce qui était toujours bien en soi, mais insatisfaisant au bout du compte. Apparemment, il était romantique, au fond de lui... ou au moins sensuel.

— Qui l'aurait cru ?

Son reflet dans le miroir ne lui répondit pas.

— Merde, jura-t-il en se regardant de tous côtés, les sourcils froncés.

Ses muscles n'étaient plus aussi bien dessinés qu'avant. Il travaillait dur au ranch, donc il n'avait pas pris de poids, mais apparemment, ses tablettes de chocolat et son fessier ferme n'étaient dus qu'à ses séances en salle de sport. Il devrait en trouver une très bientôt. Maintenant qu'il avait trouvé quelqu'un désirant se familiariser avec chaque parcelle de son être, il ne pouvait pas se permettre de se laisser aller.

Mais repenser à la salle de sport fit revenir le raz-de-marée de tout ce à quoi il essayait d'éviter de penser. Il ne pouvait pas payer l'abonnement en salle de sport, à l'heure actuelle. Jusqu'où devrait-il aller pour en trouver une ? Il ne pouvait même pas payer un abonnement à long terme – moins cher – puisqu'il ne savait pas combien de temps il resterait ici. Et même s'il s'y rendait, il n'avait pas de quoi payer l'essence. Et l'assurance ? Il ne pouvait pas payer l'assurance du cabriolet.

Jordan ferma les yeux et se secoua pour repousser ces pensées le plus loin possible. Il n'était pas encore prêt pour l'instant, et quelque part, au rez-de-chaussée, l'attendait un cowboy excité et chaud comme la braise.

Il se sécha rapidement les cheveux et les coiffa au gel, puis revêtit un pantalon cargo de marque et un polo. Avec un peu de chance, il serait nu pour ses activités nocturnes, donc il pouvait porter ses propres vêtements en attendant.

Le claquement de la porte en bas fut l'indication qu'il devait se dépêcher. Après un dernier regard rapide dans le miroir pour s'assurer qu'il n'avait rien oublié, il se précipita au rez-de-chaussée pour accueillir Russ.

— Salut, toi, dit-il en dévalant les dernières marches.

Les yeux de Russ s'illuminèrent tandis qu'il admirait Jordan de la tête au pied.

— Eh bien, tu t'es fait beau.

Jordan s'approcha de Russ, mais il recula.

— Je suis couvert de poussière. Je viens juste de monter. Je ne veux pas te salir, pas quand tu es aussi apprêté.

Il regarda derrière Jordan et fronça les sourcils.

— Où est Phyl ?

Le sourire de Jordan s'agrandit.

— Comme elle était fatiguée, je lui ai dit que nous pouvions nous débrouiller seuls. Elle m'a dit qu'elle allait passer la soirée dans sa chambre.

— Ah oui ?

Un sourire en coin apparut sur le visage de Russ. Les mains toujours dans les poches, il se pencha pour embrasser Jordan sur la nuque, juste sous son oreille.

— Je suppose que nous pourrons facilement trouver quoi faire de nous-mêmes, murmura-t-il entre deux mordillements et caresses de son nez ou de sa langue, sur une peau que Jordan ne connaissait pas aussi sensible. J'ai d'ailleurs quelque chose en tête que j'aimerais bien avaler, là, maintenant.

Jordan en eut la chair de poule sur les bras et la nuque et il frémit. Il allait encore avoir besoin d'un peu de temps pour s'y faire, mais ce truc de petit copain instantané avait ses avantages. Russ ne tergiversait pas et n'hésitait pas. Il agissait comme s'ils sortaient ensemble depuis des mois, et non des heures – d'après l'image que Jordan se faisait d'une relation. S'il ne les avait pas tenus dans ses mains et n'avait pas senti combien ils étaient doux, il aurait juré que ce dernier avait des testicules en acier. Il trouvait cette confiance en lui sacrément sexy.

Sans autre avertissement, Russ recula, passa un doigt dans sa ceinture et le tira jusque dans le salon. Il plaqua Jordan contre un mur, se mit à genoux et ouvrit la ceinture, le bouton et la fermeture éclair du pantalon. Le cerveau de Jordan n'eut pas l'opportunité de se mettre à jour avant que Russ l'avale jusqu'à la garde en une seule prise, le prenant jusqu'au fond de sa gorge.

— Seigneur, Russ !

Quand Russ ronronna, Jordan en eut les genoux tremblants. Russ relâcha son membre dans un bruit de succion, lui fit un clin d'œil et dit :

— Surveille le bruit de la porte de Phyl, juste au cas où.

Jordan n'eut pas l'occasion de formuler une réponse que Russ le reprenait tout au fond de sa bouche fantastique et divine. Jordan décolla. Phyllis aurait pu sortir de sa chambre accompagnée d'une fanfare, il ne l'aurait pas entendue et il s'en serait encore moins soucié. Rien ne lui ferait demander à Russ d'arrêter.

Il écarta les jambes aussi grand que son pantalon le lui permettait et inclina le bassin vers l'avant. Il fit une première poussée hésitante, puis Russ, qui avait jusque-là la main à la base du sexe de Jordan, la décala sur la hanche de ce dernier et l'incita d'un geste à continuer. Jordan réprima un gémissement et commença à baiser la bouche de Russ, les yeux grands ouverts, de crainte de rater une seule seconde de ce spectacle envoûtant, de son sexe entrant et sortant de cette bouche superbe et talentueuse.

— Je vais jouir, prévint-il en haletant.

Russ le suça plus fort et enfonça les doigts dans sa hanche pour l'encourager. Les testicules de Jordan se resserrèrent. Il attrapa les cheveux de Russ à pleine main et se vida dans sa bouche en se mordillant la lèvre pour retenir son cri. Russ avala jusqu'à la dernière goutte. Puis il recula et posa un doux baiser sur le méat de Jordan, puis un autre à l'intérieur de sa cuisse, avant de le regarder en souriant.

— Je suis un homme de parole, haleta Russ.

— Viens là, ordonna paresseusement Jordan.

Il fit remonter le cowboy pour pouvoir l'embrasser, mais Russ l'empêcha de frotter son corps au sien.

— Je ne veux pas que tu sois sale.

Jordan pouffa et leva les yeux au ciel.

— Tu viens de me sucer la queue à moins de dix mètres de la chambre de Phyllis. Je pense que je viens déjà d'être un peu sale.

Russ passa le dos de la main sur la joue de Jordan, qui le regardait dans une brume post-orgasmique.

— Je vais aller me laver à l'étage. Tu veux bien voir si tu peux nous trouver quelque chose à manger ? Je dois reprendre des forces pour tenir le rythme avec toi.

— D'accord, répliqua Jordan, qui avait plutôt le sentiment que c'était lui qui avait des difficultés à suivre le rythme. Hé ! le rappela-t-il quand Russ atteignit l'escalier.

— Oui ?

— Et toi ? Il me semble qu'un peu de réciprocité est à l'ordre du jour.

— Pas besoin, sourit Russ. Je me suis déchargé en même temps que toi.

Il leva les deux mains et agita les doigts.

— Je suis multitâche, et comme je te l'ai dit, tu es vraiment magnifique quand tu jouis.

Jordan fixa les fesses de Russ pendant toute la montée des marches, mais attendit que ce dernier soit hors de vue pour pousser un soupir amoureux.

Il se rendit dans la cuisine, pendant que Russ se douchait, et regarda dans le frigo, perdu. Des boîtes en plastique contenant les restes des précédents repas étaient proprement empilées, et les clayettes et les tiroirs étaient eux aussi remplis d'ingrédients. Si seulement Jordan savait cuisiner… Toute sa vie, il avait pu compter sur des gouvernantes et des cuisiniers et ne savait donc pas du tout se débrouiller en cuisine. À la fac, il mangeait toujours à l'extérieur. Sans vouloir insulter la cuisine de Phyllis – au contraire, ses plats étaient plutôt savoureux –, tous les mets texans étaient sacrément gras. Même les salades contenaient du fromage et des croûtons de pain, et cela faisait des semaines que Jordan n'avait pas vu une feuille de chou kale ou du quinoa.

Il serait bien allé lui-même à l'épicerie, sauf qu'il fallait non seulement de l'argent pour cela – ce qu'il n'avait qu'en quantité limitée pour l'instant –, mais il fallait aussi savoir quoi faire de la nourriture une fois ramenée. Cette seule idée lui fila la chair de poule et lui noua l'estomac. En plus, il ne voulait pas insulter Phyl en apportant sa propre nourriture. Or, il était certain que c'était ce qui se passerait s'il essayait. Il était assez bien éduqué pour savoir au moins comment se comporter en bon invité.

Il fixait toujours le réfrigérateur en se mordillant la lèvre quand Russ entra à grands pas dans la cuisine. Il portait un boxer et un tee-shirt si usés qu'on pouvait presque voir à travers, et ses cheveux étaient encore humides et rebiquaient sur son front.

— Tu as trouvé quelque chose ?

Jordan fit la grimace et haussa les épaules.

— Je ne savais pas ce que tu voudrais.

Russ eut un instant d'hésitation, pendant lequel il fronça brièvement les sourcils, puis il sourit et tapa des mains en rejoignant Jordan devant le réfrigérateur.

— Je mange à peu près de tout. Nous pourrions prendre un peu de poulet d'hier ou nous préparer quelques sandwiches. De quoi aurais-tu envie ?

De sexe.

Avec Russ aussi séduisant et sentant si bon qu'il avait envie de le dévorer, c'était la seule chose à laquelle Jordan pouvait penser, mais il se dit que Russ n'était peut-être pas du même avis à l'instant même. Il avait une sorte de fétichisme qui le poussait à veiller à ce que Jordan mange. Peut-être avait-il une grand-mère italienne, même s'il ne donnait pas l'impression d'avoir eu un membre de sa famille aussi traditionnel et aimant.

— Choisis ce que tu veux. J'ai bien mangé à midi.

Russ attrapa bien trop de boîtes au goût de Jordan et posa bien trop de nourriture sur deux assiettes, avant de les mettre au micro-ondes. Tout en mangeant, assis à un bout de l'énorme table en bois rustique et éraflée, ils échangèrent des anecdotes sur la journée et des effleurements doux et tendres. Russ ne semblait même pas conscient qu'il les faisait, mais Jordan, lui, ressentait chaque caresse des doigts calleux de Russ ou chaque effleurement sur sa cuisse sous la table. Pour Jordan, qui venait d'une famille qui s'étreignait à peine pour les anniversaires, les Noëls et après de longues absences, ce genre d'intimité ne venait pas naturellement. Il devait réfléchir consciemment pour lui rendre la pareille, mais il adorait chaque contact et en redemandait.

— J'en peux plus, déclara Russ en s'essuyant la bouche avec une serviette. Dépêche-toi de finir, pour que nous puissions poursuivre cette conversation à l'étage.

— J'ai terminé, répliqua Jordan avec impatience, en saisissant son assiette pour la porter dans l'évier.

— Attends, dit Russ en l'attrapant par le bras. Tu n'as même pas mangé la moitié du contenu de ton assiette.

Jordan s'apprêtait à rire et à balayer sa remarque de la main, mais Russ eut de nouveau ce rapide froncement de sourcils qui incita Jordan à reposer ses fesses sur le banc. Il dévisagea Russ quelques instants, puis déclara :

— Tu as l'air extrêmement soucieux de mes habitudes alimentaires. As-tu quelque chose à me dire ?

— Je veux juste être sûr que tu ingères assez de calories, c'est tout. Le travail au ranch en brûle bien plus que ce dont tu as sans doute l'habitude. Je ne veux pas que tu tombes de nouveau dans les pommes.

Jordan leva les yeux au ciel.

— J'étais déshydraté. Je n'avais pas bu assez et j'étais fatigué de n'avoir pas assez dormi. Je ne suis pas une mauviette. Je ne m'étais encore jamais évanoui.

Le froncement de sourcils inquiet de Russ ne s'effaça pas autant que Jordan l'aurait voulu, mais Russ dit :

— Je sais que tu n'es pas une mauviette. Je n'ai jamais dit que tu en étais une. Mais je sais, sur un plan scientifique, que tu brûles plus de calories que tu n'en ingères et que ça va laisser des traces un jour.

Ce fut au tour de Jordan de froncer les sourcils en lissant son tee-shirt et en se tortillant.

— J'aime surveiller ce que je mange. Tout le monde le fait là d'où je viens. Ce n'est pas un crime de vouloir être séduisant.

— Je n'ai pas dit ça. N'interprète pas mal mes paroles.

Russ saisit la main de Jordan, qu'il agitait dans tous les sens.

— Regarde-moi, dit-il.

Quand Jordan croisa son regard, Russ sourit tendrement.

— Ça fait longtemps que je fais ce métier, alors tu devrais peut-être me faire confiance quand je te dis que je sais ce que ce travail fait à un homme. Tout chez toi est formidable, aussi bien ton caractère que ton apparence, juste comme tu es. Je n'arrive pas à en croire ma chance et à croire que tu veuilles passer du temps avec un vieil homme grisonnant comme moi.

Jordan pouffa et leva les yeux au ciel.

— Tu n'es ni vieux ni grisonnant, et tu le sais.

— Ah ouais ? sourit Russ. Tu aimes ce que tu vois ?

— Tu sais bien que oui.

— Alors peut-être que je sais un peu de quoi je parle ?

Jordan plissa les yeux et souffla.

— Très bien. Tu vois ? Je mange.

Il se força à avaler plusieurs bouchées supplémentaires de son assiette.

— Heureux ?

— En extase, acquiesça Russ. Mange encore un peu pendant que je nettoie. Puis, nous irons en haut, jetterons un rapide coup d'œil à Marina sur l'ordinateur et verrons ce que nous apportera le reste de la soirée. Qu'est-ce que tu en dis ?

— Que ça ressemble à du chantage. Me promettre du sexe ne suffira pas à me faire accepter de grossir.

Russ éclata de rire en se dirigeant vers l'évier.

— Je suis sûr que nous pouvons trouver comment brûler ces calories. Et si cela t'inquiète vraiment, nous pouvons mettre au point un programme d'entraînement rigoureux que nous pourrions faire ensemble, où et quand tu veux.

Jordan gémit et sentit son sexe tressaillir en réaction à la blague ringarde de Russ. Il jeta sa serviette vers ce dernier.

Ce n'était pas une mauvaise idée, cependant. Au lieu d'aller en salle de sport, il pouvait peut-être chercher sur Internet les meilleures positions sexuelles pour faire travailler ses abdominaux et ses fessiers. S'accroupir pour faire des squats pouvait être torride, selon sur quoi il s'accroupissait.

Il avala quelques bouchées supplémentaires, puis recula sa chaise. Il n'était pas un enfant qui montrerait qu'il avait fini son assiette pour avoir droit à son dessert. Il se sentait peut-être un peu pathétique et impuissant dans tous les domaines de sa vie à l'heure actuelle, mais il était un adulte et il ne mangerait que parce qu'il avait faim, pas parce que quelqu'un lui disait qu'il devrait le faire.

Il jeta dans la poubelle ce qui restait et remit son assiette à Russ, qui tendait la main. Comme ce dernier ne dit pas un mot en la rinçant et en l'ajoutant avec les autres dans le lave-vaisselle, Jordan ne put s'empêcher de rester à ses côtés, nerveux. Malgré ses affirmations de maturité et d'indépendance, il détestait décevoir les attentes des gens à son sujet, même si ces attentes étaient mauvaises ou injustes. Il en avait parlé avec son thérapeute en long et en travers – non pas que cela ait fait du bien, comme l'avait clairement démontré sa vie jusqu'à quelques semaines auparavant. L'expression déçue sur le visage de ses parents hantait toujours ses cauchemars, quels que soient ses efforts pour essayer de ne pas y penser la journée.

Jordan carra les épaules et plissa les yeux, décidant que si Russ décidait de le juger sur quelque chose d'aussi stupide que la nourriture qu'il ingérait, il aurait une explication avec lui, comme le samedi précédent. Mais leur désaccord n'était manifestement que dans sa tête, puisqu'après s'être essuyé les mains dans un torchon, Russ se tourna vers lui, lui passa un bras autour de la taille et l'attira contre lui. Il pressa leurs corps l'un contre l'autre, du ventre aux genoux, et sourit avec paresse :

— Tu es prêt à aller au lit ?

— Il n'est que six heures passées.

Russ se lécha les lèvres et son sourire s'agrandit.

— Je pense que nous pouvons trouver un moyen de passer le temps. Pas toi ?

— Peut-être, répondit Jordan en lui rendant son sourire.

Cette fois-ci, ce fut Jordan qui passa devant, tout en restant extrêmement conscient de la présence de Russ juste derrière lui. La nuit précédente était un peu trouble dans son esprit. Il n'avait pas vraiment eu le temps de réfléchir avant de se retrouver dans le lit de Russ. Tout ce qu'il voulait à présent, c'était que son cerveau se mette en veille et savourer son « deuxième rencard » avec un homme.

Heureusement, pour ce qui était de mettre le cerveau de Jordan en veille, Russ semblait un maître en la matière. Il avait même des pouvoirs surnaturels dans ce domaine. Jordan n'eut même pas l'opportunité de s'inquiéter de ses performances que Russ posait déjà ses mains magiques sur lui et lui murmurait des compliments à l'oreille, avec son accent texan traînant qui faisait fondre Jordan et faisait durcir son sexe dans le même temps.

Bon sang, Russ savait déjà tout ce qui l'excitait. Comment était-ce possible ?

Jordan détestait se sentir autant en manque d'affection, mais il s'abreuva malgré tout de chaque caresse et de chaque parole comme s'il mourait de soif. Cependant, il aimait aussi se dire qu'il donnait autant qu'il recevait.

Nu, chevauchant Russ, les genoux enfoncés dans le matelas, Jordan s'installa sur le membre de Russ en poussant un long gémissement bas. Il n'avait jamais autant pris son temps, jamais eu l'opportunité d'en faire un véritable show. Mais Russ lui avait dit qu'il aimait regarder et Jordan était plus qu'heureux de le satisfaire. La lumière du jour entrait toujours à flots par la fenêtre de la chambre quand Jordan ondula des hanches avec hésitation, tout en arquant le dos. Il sentait le regard brûlant de Russ aussi sûrement que si ce dernier l'avait touché. Le cowboy avait le regard assombri par la passion, presque noir, tandis qu'il observait Jordan comme s'il était la chose la plus importante au monde.

— Dans cette position aussi, tu peux me regarder, haleta Jordan en s'empalant sur le membre épais de Russ.

— Oh putain oui, je peux, gémit Russ.

Lorsque Russ rejeta la tête en arrière, les muscles de son cou et ses veines ressortirent sous sa peau tannée, puis il saisit Jordan par les hanches et plongea vers le haut, pour aller à l'encontre des mouvements de Jordan.

Comme ce dernier accéléra le rythme, Russ empoigna son membre et le pompa.

— Merde, soupira Jordan, je ne vais pas tenir longtemps.

Russ sourit et se redressa sur un bras.

— Vas-y. Jouis. Nous avons toute la nuit devant nous, tu te souviens ?

Russ resserra sa prise sur le membre de Jordan, qui en vit des étoiles. Il se répandit entre les doigts épais et perdit le rythme. Il eut à peine le temps de reprendre brièvement son souffle que Russ le soulevait et le mettait sur le dos. Puis, il s'agenouilla entre les cuisses de Jordan, retira le préservatif et se masturba jusqu'à la délivrance, jouissant sur la queue débandée de Jordan et son ventre.

— Tu es sacrément beau toi aussi, quand tu jouis, haleta Jordan en dévisageant Russ.

Ce dernier lui fit un sourire en coin, avant de s'affaler sur le matelas à ses côtés.

— Ravi que tu le penses, dit-il entre deux respirations saccadées.

Il se tourna sur le côté et embrassa tendrement Jordan.

— Pas mal pour un vieil homme, hein ?

Jordan leva les yeux au ciel.

— Tu n'es pas vieux.

— J'ai plus de quarante ans. Dans certains milieux, je serais à deux doigts d'être mis au rebut.

— Eh bien, tu as de la chance, je n'ai pas passé beaucoup de temps dans les milieux que tu évoques, donc je n'ai pas développé le moindre préjugé stupide à ce sujet, rétorqua Jordan.

Russ se redressa sur un coude et se mordilla la lèvre.

— Par curiosité, tu y as passé combien de temps ?

Jordan haussa un sourcil.

— Tu me questionnes sur mes exploits sexuels ?

Russ fit la grimace.

— Non. C'est évident que tu as de l'expérience. Mais tu m'as dit que tu venais juste de faire ton comingout, alors je me demandais…

Lorsqu'il devint évident que Russ n'allait pas terminer sa phrase, Jordan haussa les épaules :

— Je suis allé dans des clubs près de Dartmouth et à deux ou trois autres endroits, mais j'étais complètement dans le placard, donc je ne pouvais pas vraiment me faire d'amis gays ni fréquenter la « communauté ». C'est pour ça qu'il va me falloir un peu de temps pour m'habituer à toute cette histoire de petit ami, parce que je n'en ai jamais eu avant.

Russ avança les lèvres.

— Est-ce que je vais trop vite pour toi ? Est-ce que je te force trop tôt à en faire trop ? Tu peux me le dire… Tu ne serais pas le premier.

Impuissant, Jordan haussa les épaules et secoua la tête.

— Honnêtement, je ne saurais même pas si tu vas trop vite. Mais je ne veux pas que tu ralentisses. Tu me fais me sentir bien, désiré et… heureux. J'en ai besoin. Je le veux. Je ne m'étais jamais senti comme ça avant. Je ne veux pas que tu changes quoi que ce soit.

Le sourire que lui renvoya Russ lui donna l'impression d'avoir accompli de grandes choses dans la vie. Russ passa le bout des doigts sur le torse de Jordan, puis dans ses cheveux, et déclara :

— J'en suis ravi. J'aime te voir heureux. Mais je vais te laisser les rênes, sur ce coup-là, car tu as bien plus de choses à gérer que moi à l'heure actuelle. N'hésite pas à tirer dessus pour me faire ralentir, si tu as besoin, d'accord ? Tu me le promets ?

— Oui, d'accord. Promis.

XVIII

JORDAN S'ÉTIRA et gémit quand la lumière vive du lever de soleil embrasa la pièce depuis la fenêtre de la chambre de Russ. Ce dernier allait devoir trouver au plus vite des rideaux occultants… ou au moins un store.

Jordan était seul, mais ce n'était pas une surprise. Un jour, il devrait convaincre Russ de se lever plus tard pour qu'ils puissent se réveiller ensemble, mais il n'était pas encore assez à l'aise pour l'instant pour aborder le sujet. Il était déjà sûr que Russ le considérait comme un homme avec un sérieux manque d'affection. Il ne voulait pas lui en fournir encore plus la preuve.

Cependant, même seul, il se réveillait étourdi chaque jour en prenant conscience que Russ voulait de lui dans sa vie. Il n'avait pas dormi une seule nuit dans son propre lit depuis plus d'une semaine et Russ ne semblait pas pressé de le virer de là. À vrai dire, Russ ne cessait jamais de lui prodiguer toutes ces caresses affectueuses et ces mots tendres dont Jordan avait tant besoin.

C'était surréaliste.

Comme il sortait du lit et se frottait les yeux pour tenter de se réveiller, il entendit Jon et Ernesto s'arrêter devant la maison en faisant crisser les pneus sur le gravier. Il devait descendre en vitesse s'il ne voulait pas se faire chambrer sur le fait d'être le dernier à table. Au début, il avait pris les plaisanteries contre lui, mais Russ lui avait finalement expliqué que les autres l'avaient pris en affection et le traitaient comme un membre de la famille. Il ne se sentait pas encore assez à l'aise pour leur renvoyer la pareille, pour l'instant, mais il avait un grand frère. Il savait comment faire dans la provocation et rendre coup pour coup, donc Ernie et Jon étaient juste en sursis, le temps qu'il franchisse cet obstacle et se détende.

Concernant les réactions suscitées par le fait que Russ et lui étaient en couple, Ernesto s'était comporté un peu étrangement le premier lundi matin, lorsqu'ils s'étaient assis ensemble à la table du petit déjeuner et que Russ s'était montré aussi affectueux que d'habitude, à sa manière merveilleusement décomplexée, mais Ernie avait été le seul. Phyllis avait même pris Jordan à part après le petit déjeuner pour s'assurer qu'il allait bien et, finalement, c'était lui qui l'avait inquiétée elle, et non l'inverse.

— Ne t'en fais pas pour Ernie, lui avait-elle dit.

— Comment ça ?

— Tu as soudain perdu le sourire radieux plaqué sur ton visage depuis samedi. J'essaie de te dire que ce n'est pas la peine.

— Je suis donc si transparent ?

Elle avait souri.

— Disons que je te conseille de te tenir à l'écart des tables de poker, même si je sais que tu cachais bien plus de choses que ce que tu nous montrais, à ton arrivée ici. Et tu devais être plutôt doué chez toi pour cacher tes sentiments, si tes parents ne se sont rendu compte de rien avant que tu leur annonces la couleur.

— C'est parce que j'en avais marre de me cacher que j'ai fini par le leur dire, avait-il admis.

Phyllis avait hoché la tête et lui avait tapoté l'épaule.

— Et tu ne devrais pas avoir à le faire. En tout cas, pas avec tes amis. Mais comme je t'ai vu t'écarter un peu de Russ, je me suis dit que j'allais me mêler de vos affaires et te dire que tu n'as pas à le faire. Nous sommes peut-être des gens plus campagnards que ceux que tu as l'habitude de fréquenter, mais nous ne sommes pas pour autant aussi étroits d'esprit que tes parents. Jon est plutôt aveugle dans tout ce qui concerne les affaires de cœur, mais il n'a jamais eu de problème avec Russ.

Elle s'interrompit et fit la grimace.

— Avec Ernie, c'est une autre histoire. Il a été élevé dans la foi catholique, donc Russ et lui ont eu quelques problèmes au début. Je pense même qu'ils ont échangé quelques coups à un moment donné. Si j'avais été présente, je leur aurais mis une bonne fessée à tous les deux et Sean leur aurait plongé la tête dans un abreuvoir pour les calmer. Bref, j'ignore ce qui s'est passé, mais ils sont parvenus à une certaine compréhension mutuelle, et quand Isaiah est apparu dans le paysage, eh bien...

— Qui est Isaiah ?

Elle avait cillé un instant, puis avait agité les mains en l'air.

— Oh, juste un garçon avec lequel Russ est sorti, il y a quelques années. Ce que je voulais te dire, c'est qu'Ernie a trouvé une sorte de compromis entre sa foi et ses amis, donc tu n'as pas à te sentir mal à l'aise près de lui. D'accord ? Tu as assez de choses à l'esprit pour ne pas ajouter ça à tes soucis.

— OK, avait-il acquiescé distraitement.

— Bien. Maintenant, au travail. Je dois nettoyer la cuisine et vérifier les papiers d'adoption, puis apporter les dons du week-end à la banque.

Elle l'avait chassé de la maison et il était resté sur la terrasse couverte à se demander combien de relations Russ avait eues. Le ranch avait beau se trouver au milieu de nulle part, Russ semblait plutôt populaire.

Une semaine s'était écoulée et Jordan avait toujours la trouille de l'interroger. La réponse lui provoquerait sans doute une crise de panique, puisqu'il était déjà fou amoureux de Russ, aussi stupide que cela puisse être dans sa situation actuelle.

— Tu es si paumé que ce n'est même plus drôle, déclara-t-il à son reflet dans le miroir de la salle de bain, avant de se dépêcher de rejoindre les autres pour le petit déjeuner.

APRÈS LE repas de midi et une petite session de tripotage en douce avec Russ dans la sellerie, Jordan mena Marina dans l'un des pâturages extérieurs pour qu'elle prenne le soleil et un peu d'air frais pendant qu'il nettoyait son box. Une nouvelle semaine d'antibiotiques et d'un régime riche en calories lui avait fait reprendre du poil de la bête. En outre, Russ lui avait assuré qu'il avait si bien réussi à apprivoiser Marina qu'ils allaient pouvoir commencer son dressage bientôt. Bien sûr, cela voulait dire aussi qu'elle se rapprochait du moment où elle pourrait être adoptée, ce qui briserait le cœur de Jordan, mais peut-être serait-elle adoptée par un voisin du ranch et qu'il pourrait lui rendre visite.

Il se figea au milieu de l'écurie, la brouette toujours à la main. À quoi pensait-il ? Il ne serait peut-être plus au B STAR dans quelques mois. Il ne serait sans doute même plus au Texas, donc en quoi l'endroit où atterrissait Marina le concernait-il ?

Il sortit de sa transe et recommença à pousser la brouette jusqu'au tas de compost pour la vider. La pensée de partir du ranch lui tordait le ventre à peu près autant que le raz-de-marée émotionnel qu'il avait subi en Virginie. C'était sans doute lâche de sa part, mais il n'était pas prêt à y songer non plus. La procrastination n'était pas le pire péché qui soit, si ? Il ne blessait personne en repoussant un peu plus longtemps le moment de gérer ses conneries.

Le crissement de pneus sur le gravier à l'extérieur de l'écurie lui offrit une distraction bienvenue et il alla voir de qui il s'agissait. Des camions et des voitures ne cessaient de venir, pour livrer du matériel ou pour emmener des adoptants potentiels ou des visiteurs curieux. Comme Russ, Jon et Ernie avaient tendance à se cacher de ces derniers, c'était Jordan qui les accueillait, si Phyl était occupée. En sortant de l'écurie, il aperçut une décapotable blanche se garer à côté de la sienne. Lorsque la poussière retomba et que Jordan aperçut une chevelure blonde agitée par le vent, son ventre se noua.

— Gemma, croassa-t-il.

Sa sœur – qui portait des lunettes de soleil Dolce & Gabbana incrustées de strass, un minuscule short blanc et un débardeur rose portant la mention « Dure à cuir » imprimée en gris argent – sortit de voiture. Dans un premier temps, elle ne le vit pas, trop occupée à parler à quelqu'un au téléphone, mais dès qu'elle l'aperçut, elle agita la main et cria.

— Lacey, je dois te laisser. On se rappelle plus tard, d'accord ? dit-elle dans le téléphone, avant d'agiter à nouveau les bras et de trottiner vers Jordan dans ses sandales en cuir blanc.

Dérouté, Jordan ne put que lui adresser un faible sourire quand elle l'attrapa par le bras pour lui faire la bise. Il aurait dû être enchanté d'avoir affaire à un membre de sa famille aussi heureux de le voir, mais elle détonnait au ranch.

— Gemma, quelle surprise. Je ne m'attendais pas à te voir, déclara-t-il sans conviction.

Elle repoussa ses lunettes sur son front et leva les yeux au ciel. Comme toujours, elle était maquillée avec art.

— C'est parce que tu es stupide… Comme toute la famille, en ce moment, d'ailleurs.

L'arrivée de Phyllis le sauva avant qu'il ait à chercher une réponse. D'un coup d'œil autour de lui, il découvrit que Russ arrivait du pâturage des chevaux et que Jon et Ernie les observaient depuis l'enclos des autres animaux.

— Euh, Phyllis. Tu te souviens de ma sœur, Gemma ? bégaya-t-il comme Phyl les rejoignait.

Cette dernière arborait son habituel sourire ouvert et accueillant, mais il s'élargit encore davantage quand elle reconnut Gemma.

— Ma parole, regarde-toi ! Tu as tellement changé que j'ai eu du mal à te reconnaître. Comment vas-tu, ma chérie ?

— Phyllis ! s'exclama Gemma avec un cri perçant.

Elle sautilla jusqu'à Phyllis et l'entoura de ses bras, avant de lui poser un vrai bisou sur la joue. Puis, elle recula.

— Ça fait une éternité que je ne suis pas venue, mais vous n'avez pas du tout changé.

Jordan sentit Russ arriver derrière lui. Russ ne le touchait pas, mais il restait très près de lui, comme s'il se retenait de le faire. Jordan était si dérouté en cet instant qu'il ignorait s'il devait se sentir reconnaissant envers Russ pour sa retenue ou bien lui en vouloir.

Il était vraiment paumé et pas du tout prêt à affronter sa petite sœur. Elle était bien trop pomponnée et tape-à-l'œil pour cet endroit.

Phyl lui lança un regard perçant, le sortant de sa petite crise de panique intérieure.

— Oh, euh, Gemma, je te présente Russ, le bras droit de Phyllis. Russ, voici ma sœur, Gemma, balbutia-t-il.

— Enchanté, dit Russ en la saluant d'un hochement de tête.

Sa voix fut comme du miel liquide sur les nerfs à vif de Jordan, qui ressentit le besoin de s'appuyer contre Russ. Il se reprit à temps.

Gemma scruta Russ du regard et rejeta ses cheveux derrière ses épaules. Elle lui tendit mollement sa main aux ongles roses parfaitement manucurés et lui adressa un sourire aguicheur.

— Moi de même.

Comme Russ lui prenait la main et la serrait gentiment, Jordan fronça les sourcils. La jalousie n'était pas un sentiment qu'il avait souvent expérimenté, mais au moins, elle le sortit de sa spirale mentale infernale.

Avant qu'il n'ait l'opportunité de dire à Gemma de garder ses yeux et ses mains pour elle-même, Phyl intervint :

— Tu as fait un long trajet, ma chérie. Et si tu venais à l'intérieur pour boire quelque chose, au frais ? Jordan et toi avez sans doute beaucoup de choses à vous dire.

À ces mots, Jordan sentit son estomac bouillonner et sa tension revenir ; il en oublia sa jalousie. Sa sœur n'était pas là pour une visite amicale. Elle n'était même pas là pour lui piquer son petit ami. Elle était là pour parler de leur famille et de tout ce que Jordan s'était efforcé d'éviter. Il jeta un regard paniqué à Russ, qui se contenta d'un demi-sourire rassurant en retour.

— Occupe-toi de ta famille, je me charge de l'écurie, déclara-t-il.

Une boule dans la gorge, Jordan hocha la tête.

— Merci, murmura-t-il, même s'il ne le pensait pas vraiment.

Il suivit Phyl et Gemma jusque dans la maison, l'estomac en vrac.

Froussard.

Sois un homme, un peu. Ce n'est que ta petite sœur, pour l'amour du Ciel.

C'était de nouveau la voix de son père et Jordan se redressa un peu, même s'il en voulait à ce dernier.

Dans la cuisine, Phyllis s'activa près des meubles, puis du réfrigérateur.

— Veux-tu de la limonade, mon chou ?

— Oui, merci beaucoup.

Gemma adressa à Jordan un sourire qui disait combien elle trouvait tout ici pittoresque, tandis qu'elle étudiait la cuisine de style campagnard. Jordan fit la grimace. Il avait eu une réaction similaire à son arrivée au ranch. Cela lui paraissait bien loin, maintenant, car en quelques semaines à peine, le ranch était devenu comme une seconde maison à ses yeux – voire sa seule maison, d'ailleurs.

— Tenez, leur dit Phyllis en leur tendant deux verres pleins, déjà humides de condensation. As-tu faim, Gemma ? Est-ce que tu veux que je te prépare quelque chose ?

— Oh, non, merci, Phyllis. J'ai déjeuné à l'aéroport en attendant qu'ils me trouvent la voiture que je désirais.

— Très bien, répondit Phyllis sans sourciller. Comme je pense que vous avez beaucoup de choses à vous dire, je vais vous laisser. Jordan sait se débrouiller ici, maintenant, si tu as besoin de quoi que ce soit, et j'espère que tu pourras rester pour le dîner, pour que je puisse tout savoir sur toi.

En véritable Thorndike, Gemma répondit d'un sourire radieux. Il illuminait son visage et donnait à la personne à laquelle il s'adressait l'impression de recevoir un cadeau.

Bon sang, c'est à ça que ça ressemble, de l'autre côté ? Il n'y avait jamais fait très attention jusqu'à présent.

— Merci infiniment, Phyllis, s'exclama Gemma avec effusion.

Jordan en eut une légère nausée.

Est-ce que les gens se disaient « noblesse oblige » en les voyant faire ça, mais étaient trop polis pour dire quoi que ce soit ? Pas étonnant que Russ se soit comporté comme un con avec moi. Il avait dû me prendre pour un crétin dès mon arrivée ici.

Dès que Phyllis sortit de la cuisine, le sourire de Gemma disparut et elle plissa les yeux.

— Je suis en colère contre toi, déclara-t-elle en lui enfonçant un ongle dans le torse.

— D'accord.

— D'accord ? C'est tout ce que tu as à dire ? souffla-t-elle, une main sur la hanche. Personne ne m'a rien dit, à part que Maman et Papa ne te parlent plus et qu'ils t'ont fichu dehors. Tu n'as pas répondu à mes messages, à part pour dire « Demande à Papa et Maman ». Maman m'a appelée en pleurs. Je suis revenue de mon voyage entre filles à West Palm Beach pour l'entendre me dire que tu as désormais décidé d'être gay et qu'elle venait de découvrir que tu séjournais au ranch de bienfaisance où nous avions l'habitude d'aller quand nous étions enfants. Et tout ce que tu as à me dire, c'est « D'accord » ?

Jordan soupira et se frotta les tempes pour essayer de soulager son mal de tête grandissant. Il n'était pas prêt pour cela. Pourquoi n'avait-il pas pu avoir quelques semaines de plus ? Au moins, c'était Gemma qui avait débarqué et non Will Jr. – ou, pire, ses parents. Il aurait alors complètement perdu les pédales.

Il fit signe à sa sœur de s'asseoir sur le banc de la table de la cuisine et s'installa en face d'elle, sa boisson devant lui.

— Qu'est-ce que tu veux que je te dise ? Ils ont pété les plombs. Et je n'avais pas vraiment d'endroit où aller, puisque Père a annulé toutes mes cartes de crédit et vidé mes comptes. Je suis désolé que tu te sois sentie exclue, Gemma, mais pour le cas où tu ne l'aurais pas remarqué, je traverse une période difficile, là. Toute ma vie vient d'éclater en morceaux, alors excuse-moi de ne pas être capable de ménager tes sentiments.

Sa sœur croisa les bras sur son tee-shirt étincelant et fit la moue.

— Eh bien, j'aurais pu t'aider, si tu m'en avais laissé l'opportunité.

— Qu'est-ce que tu aurais fait, au juste ?

— Je ne sais pas, mais personne ne m'a laissé la chance de le savoir, si ? Je suis un membre de cette famille, tu sais, tout autant que Will et toi, même si tout le monde trouve plus pratique de l'oublier.

Jordan s'apprêtait à riposter, mais il referma la bouche et inspira calmement. Il n'était plus un enfant. Il ne devait vraiment pas agir comme tel s'il ne voulait pas que les gens le prennent pour un gamin. Ils se disputaient pour quelque chose de stupide, parce qu'il était certain de ne pas vouloir entendre ce qu'elle avait à dire d'autre.

Lorsqu'un cheval hennit dans le pâturage, Jordan jeta un coup d'œil par la fenêtre avec envie. Il ne désirait rien tant que de sortir d'ici, retrouver Russ et laisser sa famille pénible derrière lui, mais il ne pouvait pas vraiment traiter de haut l'immaturité de sa sœur en refusant de se comporter lui-même comme un adulte.

— Je suis désolé, d'accord ? Si ça peut te faire te sentir mieux, sache que je n'ai pas répondu aux SMS de Will Jr. non plus.

Elle leva les yeux au ciel.

— Non, je ne me sens pas mieux. C'est évident que tu ne lui as pas répondu. C'est un connard. Mais pas moi.

Jordan éclata de rire et secoua la tête.

— Qui êtes-vous et qu'avez-vous fait de ma petite sœur agaçante qui me suivait partout sous peine de me faire vivre un enfer et de rapporter tous les gros mots que je prononçais ?

— Je viens juste de finir ma première année à Brown, au cas où tu l'aurais oublié. Je ne suis plus une petite fille, même si tout le monde a l'air de le croire dans cette famille, souffla-t-elle en plissant de nouveau les yeux.

Jordan leva les mains en signe de reddition et déclara :

— D'accord. Tu as raison. Ma petite sœur est devenue adulte sans que je m'en rende compte.

— Un peu, oui, rétorqua-t-elle, en rejetant une mèche de cheveux derrière son épaule.

Ils échangèrent un sourire, mais celui de Jordan disparut vite. Il inspira pour garder son calme.

— Très bien, Gemma l'adulte, que suggères-tu ?

Le sourire confiant de cette dernière disparut. Elle le fixa du regard et se mordilla la lèvre.

— Je ne sais pas, admit-elle piteusement.

Confuse, elle fronça les sourcils.

— Donc, tu es vraiment gay maintenant ? Tu n'as pas dit ça pour te venger de Papa et Maman pour je ne sais quoi ?

Il hocha la tête et étudia prudemment le visage de sa sœur.

— Ouais.

Il s'obligea à émettre un petit rire et ajouta :

— En fait, je suis gay depuis très longtemps. Ce n'est pas nouveau. Je n'ai juste jamais eu le courage de l'avouer à qui que ce soit.

— Tu n'as jamais agi comme un gay, répliqua-t-elle en se mâchouillant toujours la lèvre.

Apparemment, l'horizon de sa sœur ne s'était pas non plus trop agrandi pendant sa première année d'université. Elle jouait avec le pendentif or et diamant de sa sororité, qui étincelait au bout de la chaîne de quatorze carats qu'elle portait autour du cou, ce qui lui rappela que tout le monde pouvait choisir d'être rétrograde ou ouvert d'esprit, quel que soit l'endroit où il avait grandi.

Il soupira, prit la main de sa sœur et la serra.

— Agir comme un gay, ça n'existe pas, tu sais ? Sauf pour ce qui est du sexe gay, là, oui, je suppose que c'est « agir comme un gay ». Mais tu as raison. Je suis sorti avec plein de femmes et ai fait toutes les choses qu'un bon fils est censé faire. J'ai fait semblant d'être quelqu'un d'autre parce que j'avais peur de décevoir tout le monde. Vu la réaction de Père et Mère, j'avais raison de m'inquiéter, n'est-ce pas ?

— Ils sont au courant ? demanda-t-elle en indiquant du pouce le reste du ranch.

— Oui. Ils l'ont compris quand Phyllis a appelé Maman.

Elle récupéra sa main et tapota son verre avec ses ongles, sourcils froncés.

— Tout le monde est contrarié à la maison. Papa reste dans son bureau et ne fait que grogner. Maman et lui se disputent tout le temps. Will Jr., Sherryl et les enfants sont venus un jour où j'étais là, mais personne n'a vraiment parlé. Puis Papa et Will se sont enfermés dans le bureau après le dîner. Tout est bizarre, tout le monde est mal à l'aise et se comporte méchamment.

Jordan fit la grimace et s'adossa au banc.

— Tout est de ma faute, j'imagine, hein ?

— Eh bien, non... Enfin, si, mais je suppose que tu n'y peux rien, exact ? Je veux juste que tout redevienne comme avant.

— Tout ? Comme le fait d'être traitée comme le bébé de la famille ?

Elle lui jeta un regard noir.

— Bien sûr que non.

— Parce que tu as changé et veux que tout le monde respecte ça, exact ?

— Oui.

Il attendit quelques instants. Sa sœur souffla et leva les yeux au ciel.

— Je comprends ce que tu essaies de me dire. Je ne suis pas idiote. Mais c'est différent. Je ne leur demande pas de changer leur foi et tout leur système de croyance, moi. Tu ne peux pas t'attendre à ce qu'ils acceptent ça du jour au lendemain.

— Ce n'est pas ce que je leur demande. Ce que je leur demandais.

— Eh bien, tu as fui au milieu de nulle part. Tu ne leur as même pas laissé une chance.

— Je n'ai pas fui, Gemma. Père m'a jeté dehors et Mère l'a juste regardé faire.

Sa voix se brisa et il referma les lèvres avant de trop s'épancher sur ses blessures. Il refusait catégoriquement de pleurer devant sa petite sœur.

Elle ne parut pas le remarquer et balaya son commentaire d'un geste de la main.

— Il ne le pensait pas.

— Depuis quand Père dit quelque chose qu'il ne pense pas ? Il m'a coupé les vivres, Gemma. Il a annulé mes cartes de crédit. Tout ce qu'il me reste, c'est ma voiture et ce que j'ai pris en quittant la maison. C'est tout. Et ni l'un ni l'autre ne m'a appelé ni envoyé de message depuis ce jour-là. Maman sait même où je suis, mais elle n'a pas demandé à me parler pour autant.

— Non. Elle m'a envoyée, à la place, contra Gemma.

Jordan cilla, surpris. Plein d'espoir, il demanda :

— Elle t'a envoyée ? C'est vrai ?

Elle fit la grimace.

— Eh bien… pas tout à fait. Disons que je n'arrêtais pas d'insister pour avoir des réponses et elle m'a dit où tu étais… Mais je sais qu'elle s'inquiète pour toi et il est clair que si elle était d'accord avec Papa, ils ne se disputeraient pas autant, exact ? Ils ne se disputent jamais, pas comme ça, en tout cas.

— Comme quoi ?

— Ils ne jouent pas à qui hurle le plus fort, en tout cas, pas quand l'un de nous est présent, mais ils ne se parlent plus du tout. Et lorsqu'ils n'ont pas le choix, ils sont à peine polis.

Waouh, tu gères, Mère. Quel beau moyen de prendre ma défense, songea-t-il d'un ton aigre.

Il était injuste. Il ignorait ce qui se passait entre ses parents, mais puisqu'il n'avait pas eu de nouvelles ni de l'un ni de l'autre, cela ne faisait pas grande différence.

— C'est déjà ça, j'imagine, répliqua-t-il, sans grand enthousiasme.

— Seigneur, Jordan, quelle ferveur !

Il jeta un regard noir à sa sœur, se leva et fit les cent pas dans la pièce.

— Qu'est-ce que tu veux que je te dise ? Père m'a jeté dehors et coupé les vivres. Je suis désolé d'en être un peu mal luné. Sans autre information, je dois planifier le reste de ma vie avec ce que j'ai à l'heure actuelle. Je n'ai pas d'autre choix.

— Je pourrais te donner un peu d'argent, proposa Gemma avec espoir. Je viens de recevoir mon argent de poche. Je peux t'en donner un peu pour te dépanner jusqu'à…

Elle laissa sa phrase en suspens. Jordan soupira.

— Jusqu'à quoi ? Jusqu'à ce que Père change complètement de personnalité et renie son système de croyance ?

— Et donc, quoi ? Tu envisages de t'éloigner de nous ? demanda-t-elle en lui adressant son regard de chien battu brillant de larmes, comme la petite sœur de son souvenir avait l'habitude de le faire.

Il grogna et leva les mains en l'air.

— Ce n'est pas ce que je veux, Gemma. Mais je ne peux pas être le fils qu'ils veulent que je sois. Je ne vais pas épouser une femme et leur donner des petits-enfants. Je n'ai même jamais vraiment voulu être avocat. Je ne peux pas faire semblant d'être l'homme que je ne suis pas toute ma vie. J'en suis incapable. Donc, s'ils ne peuvent pas m'accepter tel que je suis, je ne sais pas quoi te dire.

Elle continua à le dévisager, le cœur brisé, à en juger par la lueur dans ses yeux bleus. Jordan soupira et s'assit à côté d'elle.

— Je serai toujours ton grand frère, si tu m'y autorises. Mais le reste ne dépend pas vraiment de moi, d'accord ? J'aime Maman. Je vous aimerai toujours, tous les quatre… oui, même Père. Quant au reste, je n'en ai aucune idée. Je ne sais pas vraiment ce que je fais ici, si tu ne t'en étais pas encore rendu compte.

Elle lui adressa un sourire tremblant et hocha la tête.

Comme il ne pouvait plus supporter de discussion sur sa famille sans se mettre à pleurer comme un bébé, Jordan demanda :

— Hé, au fait, est-ce que tu as pris un pantalon et des chaussures correctes ?

— Quoi ?

— Allons faire du cheval ensemble… Comme au bon vieux temps.

— On peut ?

— Oui, on peut. Viens. Je suis sûr que Russ peut nous trouver deux montures et que Phyl aura des vêtements pour toi, en cas de besoin.

Les lèvres de sa sœur s'incurvèrent et elle se passa la main dans les cheveux.

— Russ ?

Il leva les yeux au ciel.

— Oui, Russ, qui est gay aussi, pour info… et à moi.

Comme elle le dévisageait, bouche bée, Jordan sourit et se leva, les jambes un peu tremblantes.

— Viens.

XIX

DE RETOUR de leur balade, comme la sœur de Jordan indiqua être fatiguée, Jordan lui montra sa chambre, à l'étage, pour qu'elle puisse se reposer, tandis que les autres habitants du ranch traînaient à l'extérieur, curieux. Lorsque Jordan revint vers eux, il arborait ce faux sourire que Russ détestait et balaya l'inquiétude de tout le monde d'un geste de la main, avant de retourner à son travail dans l'écurie.

Phyl, au bas de la véranda, fronça les sourcils. Russ lui posa une main sur l'épaule et la serra.

— Je vais lui parler.

— Bien.

Il trouva Jordan dans la sellerie, en train de s'acharner à nettoyer des selles qui n'étaient pas vraiment sales.

— Tu as déjà tout fait, se plaignit Jordan sans se détourner de sa tâche.

Russ s'appuya au chambranle, bras et chevilles croisés.

— Il y a plein de travail à faire, si tu veux, va demander à Ernie ou Jon... Il faut aussi nettoyer le seau d'eau de Calliope.

Jordan releva enfin la tête et mima un haut-le-cœur.

— Tu rêves. Je cherche à m'occuper, mais je ne suis pas aussi désespéré pour autant. En plus, je l'ai fait la semaine dernière. Ce n'est pas mon tour. Pas tant qu'Ernie ne l'aura pas fait.

Il posa les ustensiles qu'il tenait à la main et se leva.

— Mais je peux aller leur demander s'ils ont besoin d'aide.

Au moment où Jordan s'apprêtait à le dépasser, Russ lui posa une main sur le torse.

— C'est presque la fin de la journée, de toute façon, et je pense que tu as plus important en tête que nettoyer la merde des chèvres et des ânes.

Jordan ferma les yeux et laissa retomber sa tête.

— Non. Je ne peux pas pour l'instant, Russ.

Russ caressa le cou de Jordan et l'attira vers lui, puis posa le front contre le sien.

139

— Tu es plus tendu qu'un arc, murmura-t-il tout contre lui. Si tu ne relâches pas un peu de tension, tu vas t'effondrer. Tu préfères le faire ici avec moi, ou là-bas, devant ta petite sœur et tous les autres ?

Jordan serra les mâchoires et respira fort par le nez.

— Je ne veux pas le faire tout court, rétorqua-t-il en grinçant des dents.

— Ça arrivera quand même, que tu le veuilles ou non, murmura Russ avec compassion.

Jordan soupira et tenta de s'écarter, mais Russ ne le laissa pas faire.

— Je ne veux pas le faire devant toi.

— Pourquoi ?

— Je ne veux pas te décevoir.

— Ça n'arrivera pas.

Lorsque Jordan recula cette fois-ci, Russ le laissa faire. Jordan lui jeta un coup d'œil sceptique.

— On ne peut pas dire que je t'aie vraiment impressionné depuis mon premier jour ici, fit-il remarquer.

Russ fit la grimace.

— Je pensais que nous en avions parlé et que c'était réglé. Je t'ai dit que j'étais désolé pour mes préjugés. Je t'ai dit que je t'avais voulu tout ce temps. Qu'est-ce que tu veux que je te dise de plus ?

Jordan s'entoura de ses bras, en un geste protecteur, et recula davantage.

— Il y a une grande différence entre vouloir baiser quelqu'un et être impressionné par lui.

— Chercher à te disputer avec moi ne va pas faire disparaître tes soucis de famille, contra Russ en avançant d'un pas. Je t'ai dit depuis le début que les mots n'étaient pas mon fort, mais si tu veux que je te le redise maintenant – même si je croyais t'avoir donné assez de preuves la semaine dernière pour t'en convaincre –, je vais le faire.

Russ avança sur Jordan jusqu'à ce que ce dernier heurte le mur. Il coinça Jordan en posant les mains de chaque côté de son visage et déclara :

— Tu es gentil. Tu es intelligent. Tu es généreux et sensible. Tu es beau… et plus fort que tu ne le crois. Même avec tout ce que tu traverses, je vois ta volonté de te battre. Mais personne ne peut rester fort tout le temps. Personne ne peut tenir toute sa vie sans aide.

— Même pas toi ? demanda Jordan avec un rictus ironique qui fit sourire Russ.

— Surtout pas moi. Un de ces jours, tu découvriras quel grand sentimental je suis au fond de moi et tout sera terminé. Tu ne me regarderas plus jamais de la même manière. Maintenant, arrête de te comporter comme un idiot et parle-moi.

Jordan fit la grimace et reposa la tête contre le mur derrière lui.

— Je suis désolé d'être une telle épave. Je suis sûr que tu n'avais pas besoin d'une autre âme à sauver.

Russ leva les yeux au ciel, posa une main sur la nuque de Jordan et l'attira vers lui pour l'embrasser.

— Ce n'est pas de ta faute si la vie t'a joué un sale tour. Ce qui compte, c'est comment tu vas gérer ça. Mais tu vas retomber sur tes pieds. J'en suis certain.

— J'aimerais pouvoir en être aussi sûr, murmura Jordan, le souffle saccadé, avant de cacher son visage dans l'épaule de Russ.

Ce dernier le serra fort contre lui tandis qu'il tremblait et luttait pour ne pas pleurer.

— Il n'y a que moi, ici, mon ange. Laisse tout sortir.

— Ça ne va pas me soulager, rétorqua Jordan en reniflant.

— C'est possible que si. As-tu essayé ?

Jordan poussa un grognement sceptique, s'écarta et secoua la tête.

— Bon sang, je dois vraiment avoir une sale tête.

Il se recoiffa et lissa ses vêtements jusqu'à ce que Russ lui prenne les mains.

— Tu as l'air d'un homme blessé, ce qui est le cas. Maintenant, dis-moi ce qui s'est passé avec ta sœur. Tout va bien ? Elle avait l'air plutôt heureuse de te voir, au moins.

Jordan poussa un soupir las, contourna Russ et s'affala sur le banc de la sellerie.

— Je crois, oui. Elle ne m'a pas dit que j'allais aller en enfer et ne m'a pas non plus traité de pervers ou d'autre chose, donc c'est déjà ça, répondit-il, comme Russ s'asseyait à ses côtés. Mais elle ne m'a rien dit que je ne savais pas déjà, à part que mes parents se disputent beaucoup… Ce qui pourrait vouloir dire que ma mère n'est pas prête à me sortir de sa vie aussi facilement que mon père l'a fait.

— C'est déjà ça, non ? Un parent, c'est mieux qu'aucun.

Jordan fit la grimace.

— Désolé. Tu dois trouver que ce ne sont que des pleurnicheries, vu tout ce que tu m'as dit sur ta famille.

141

Russ fronça les sourcils, attrapa Jordan par la nuque et le secoua légèrement.

— Ne sois pas bête. Ce n'est pas parce que mes problèmes de famille sont différents des tiens que ça signifie que tu n'as pas le droit d'être blessé. Si je me souviens bien, tu m'as dit la même chose, l'autre nuit, et tu avais raison, comme je te l'ai dit.

Jordan inspira profondément et relâcha son souffle, puis hocha la tête.

— Ouais. Désolé.

— Si tu t'excuses encore une seule fois, je vais être obligé de t'embrasser jusqu'à ce que tu arrêtes, gronda Russ.

Jordan le dévisagea quelques instants en clignant des yeux, puis esquissa un petit sourire.

— Désolé ?

Russ fut fier de dire qu'il fut un homme de parole, mais il mit un terme au baiser avant qu'ils ne finissent nus dans la sellerie grande ouverte.

— Bien. Finies les distractions, le réprimanda-t-il, essoufflé. Ça va aller ? Vraiment ?

— Bien mieux maintenant, sourit Jordan. Je me sens stupide d'avoir pété un plomb à cause d'une visite de ma petite sœur. Elle a pris l'avion jusqu'ici pour venir me voir. Elle m'a même proposé de m'aider, si elle le pouvait. Mais je commençais tout juste à m'installer ici, tu vois ? J'essayais de me remettre les idées en place, puis elle est arrivée et a fait remonter tout ça. Je ne savais toujours pas ce que j'allais faire du reste de ma vie, mais au moins, je savais ce que je faisais pour l'instant.

Il poussa un grognement et fit rouler ses épaules pour se détendre, puis il inclina la tête en arrière et regarda le plafond.

— J'ai l'impression qu'il va me falloir retrouver mon équilibre avant d'avoir assez d'énergie pour gérer l'autre truc. C'est comme dans mon vieux manuel de psychologie, en première année de fac – comment il s'appelait, ce type, déjà ? Maslove ? Maslow ? Le gars de la hiérarchie des besoins ?

Russ fit la moue et haussa les épaules, impuissant.

— Désolé, tu m'as perdu. Le nom m'est familier, mais je ne suis pas allé à l'université et les manuels de psychologie ne sont pas mes livres de chevet préférés.

Jordan balaya sa remarque d'un geste de la main pour signifier que cela n'avait pas d'importance et poursuivit :

— Enfin, peu importe comment ça s'appelle. C'est comme une pyramide, avec à la base les besoins primaires comme l'air, l'eau, un toit au-dessus de ta tête, de la nourriture et ce genre de trucs. Tu as besoin d'avoir tout ça ainsi que d'autres trucs comme être en sécurité et financièrement stable avant de pouvoir gérer autre chose. C'était donc mon plan, en quelque sorte. Peut-être… Je ne sais pas. Ça a l'air vraiment bête, maintenant. Arrête-moi, s'il te plaît. Bon sang, une seule visite de ma petite sœur et je suis paumé. Je ne sais pas comment tu fais pour me supporter.

Jordan fit mine de se lever, mais Russ lui prit la main et le fit se rasseoir.

— Calme-toi. Respire et laisse-moi quelques secondes, d'accord ? Je crois que je comprends ce que tu essaies de me dire. Tu te concentres sur les choses que tu peux contrôler et tu repousses les trucs que tu ne peux pas.

— C'est ce que je fais ? demanda Jordan avec un sourire d'autodérision.

Russ pouffa.

— Oui. C'est bonne chose, d'ailleurs. C'est intelligent. Mais la présence de ta sœur ici pourrait aussi être une bonne chose. Ta relation avec elle, c'est quelque chose que tu peux contrôler… ou au moins, tu peux faire de ton mieux pour communiquer avec elle, pour rester toujours en lien avec elle. Tu l'aimes. Elle t'aime. Il n'y a rien de mal à ça. Vois-la pour la personne qu'elle est, non pour ce qu'elle représente.

— Sauf qu'elle me fait penser à tout ce que j'ai perdu. Elle veut de moi quelque chose que je ne peux pas lui donner. Elle veut que sa famille redevienne comme avant.

— Mais elle ne veut pas non plus perdre son frère, n'est-ce pas ? Tu peux lui donner ça.

Jordan posa les coudes sur ses genoux et se cacha la tête entre ses mains.

— Je ne suis pas prêt à gérer ça à l'heure actuelle, grommela-t-il.

Russ passa les doigts dans les cheveux de Jordan et les caressa doucement.

— J'avais compris.

Jordan tourna la tête vers Russ et émit un rire étouffé, puis déclara :

— Tu sais, pour un type qui prétend ne pas être doué avec les mots, tu fais du très bon travail.

— Je t'avertis, j'utilise mes dernières cartouches, là.

Jordan laissa retomber ses mains entre ses jambes et lui sourit.

— Pas encore.

Russ leva les yeux au ciel, se releva et se dirigea vers la sortie.

— Viens. Assez de bavardage pour aujourd'hui. Allons voir si Ernie ou Jon peuvent te trouver un boulot merdique pour te garder occupé jusqu'à ce que Phyl sonne la cloche pour le repas.

Lorsque Jordan le rejoignit, ce petit salaud glissa la main dans l'une des poches arrière du jean de Russ et serra sa fesse.

— Je pourrais aussi me mettre à cheval sur la clôture et te regarder dresser l'un des chevaux, murmura-t-il dans l'oreille de Russ. Vois ça comme un approfondissement de ma formation... Une façon d'absorber ton génie.

— Calme-toi ou je t'obligerai à nettoyer tout le fumier sur lequel tu es actuellement, répliqua Russ en s'écartant et en poussant joyeusement Jordan vers le pâturage des ânes. Allez, va trouver Jon. Sinon, nous ne serons pas décents pour nous asseoir à table avec d'autres personnes.

Le rire rauque de Jordan retentit longtemps tandis que ce dernier s'éloignait. Russ, de son côté, rajusta son pantalon et essaya de trouver de quoi se distraire.

144

XX

GEMMA RESTA une journée de plus et repartit le jeudi matin pour prendre son vol. Même s'il se sentait coupable de le penser, Jordan était soulagé de la voir partir. Non pas que Russ et lui aient été constamment collés l'un à l'autre devant tous les autres auparavant. Mais Russ avait cessé ses petits attouchements que Jordan aimait – parce qu'ils mettaient visiblement Gemma mal à l'aise – et ils manquaient terriblement à Jordan.

Russ et lui avaient quand même passé leurs nuits ensemble. Jordan n'avait pas voulu y renoncer pour le seul confort de sa sœur, mais il admettait être assez en manque d'affection pour ne pas apprécier la perte des petites attentions de Russ. Il promit à son amour-propre que l'un de ces jours, il se reprendrait. Mais il n'était pas encore prêt.

Même si sa sœur et lui n'avaient jamais autant parlé que pendant le séjour de cette dernière, elle avait toujours eu l'air détonnant, au ranch, dans ses vêtements et ses chaussures, certes onéreux, mais complètement incommodes, et qui rappelaient douloureusement à Jordan la vie qu'il avait quittée. Jordan et Gemma avaient en commun leur amour pour les chevaux et leur enfance, mais c'était tout ou presque. Et même si elle avait usé de son charme Thorndike comme une pro avec tous les habitants du ranch, elle leur était restée étrangère – encore un rappel à Jordan qu'il n'était lui-même que de passage, que tout ce qu'il avait à présent n'était que temporaire, même Russ.

Il avait été plus qu'heureux de vivre dans le paradis du déni, mais sa sœur avait percé sa bulle. Le raz-de-marée était bien plus dur à repousser à présent. Une petite partie de sa conscience le démangeait aussi, le poussant à prendre des décisions concernant sa vie. Ses excuses pour repousser l'échéance lui paraissaient de plus en plus pathétiques.

Pendant les deux jours qui suivirent le départ de Gemma, tout le monde continua à le traiter comme s'il était à deux doigts de se briser. Mais heureusement, une fois que le week-end battit son plein, Russ et Phyllis se retrouvèrent bien trop occupés pour le traiter avec des pincettes. À la fin de la journée, Russ était aussi grincheux que d'habitude et Phyllis trop fatiguée pour le materner. Chaque fois que Russ aboya un ordre ou grommela quelque chose tout bas, Jordan dut cacher son sourire. Les choses revenaient à la normale et il en était plus qu'heureux, même s'il se sentait un peu coupable de s'accrocher à toutes les distractions possibles comme à une bouée de sauvetage.

LE MARDI matin, Jon et Ernie vinrent voir Russ et reprirent leurs taquineries envers Jordan à la table du petit déjeuner. Lorsque Russ posa, de manière absente, une main sur la cuisse de Jordan sous la table tout en taquinant Phyllis à propos de quelque chose, Jordan ferma les yeux, poussa un soupir heureux et sirota son café.

La normale. C'était tout ce qu'il désirait.

La santé de Marina s'améliorait de jour en jour. Missy et Daisy avaient été récupérées par leurs nouvelles familles en fin de semaine. Trois chèvres avaient été adoptées par une famille de Waco. Pendant le week-end, un rancher de Clifton avait accepté de faire don de deux cents ballots de paille qu'il avait en plus, après que Jordan lui avait fait faire le grand tour ainsi qu'à sa femme et ses enfants – et il les avait peut-être même convaincus de prendre un cheval ou un poney, par la même occasion.

La vie était plutôt belle.

Russ lui serra la cuisse, le sortant de ses pensées.

— Jordan, trésor, tu te sens bien ? demanda Phyllis en débarrassant la table.

— Oui. Mes pensées ont juste dérivé quelques instants, répondit-il en rougissant d'embarras.

Phyllis lui sourit gentiment et rassembla les assiettes.

— Eh bien, au moins, ton appétit est revenu. Tu n'as presque rien mangé quand ta sœur était là. Elle mange comme une souris, elle aussi, d'ailleurs. Ça doit être un truc de famille.

Russ fronça les sourcils, inquiet, mais Jordan serra sa main sous la table pour le rassurer.

— Je vais bien, vraiment. J'étais juste en train de me dire que le week-end avait été plutôt bon, tout bien considéré.

Le sourire de Phyllis s'agrandit.

— Oui. Tu as fait du très bon travail avec la femme de ce Barton, de Clifton. Je pense que tu viens de nous trouver une nouvelle donatrice. Nous allons avoir besoin de cette nourriture en plus. Je voulais d'ailleurs vous en parler.

Russ et Jordan, qui rassemblaient les derniers restes du petit déjeuner, s'interrompirent.

— Qu'est-ce qu'il y a ? demanda Russ.

— J'ai reçu un e-mail ce matin du refuge Bailey, aux environs de Muskogee. Il semblerait qu'ils s'occupent d'un « refuge » qui n'en était pas vraiment un, en Arkansas, et qu'ils aient besoin d'aide. Ils contactent tous les bons refuges qu'ils connaissent pour obtenir de l'aide. C'est un gros travail, il y a des dizaines de chevaux victimes de négligence. Ils espéraient que nous puissions en prendre au moins trois ou quatre, peut-être davantage plus tard. Russ, nous pourrions en parler tous les deux, mais vu que je vous avais Jordan et toi ensemble, je me suis dit que je pourrais vous demander si vous souhaitiez faire un petit voyage dans le nord.

— On devrait pouvoir s'en sortir, je pense. Et toi ? demanda Russ, dont le sourire s'élargit tandis qu'il dévisageait Jordan en haussant un sourcil.

— Il faut huit heures pour se rendre là-bas, autant pour en revenir, donc si tu préfères, je peux demander à Jon d'y aller avec Russ… plaisanta Phyllis.

— Non.

Jordan rougit lorsque le sourire de Phyl devint plus grand.

— Non, je suis heureux d'aider.

— Bien, répondit-elle en hochant la tête. Va à l'écurie et commence à travailler, pendant que Russ et moi appelons certaines personnes. Puis, je passerai quelques coups de fil pour avoir de l'aide mercredi et jeudi, jusqu'à votre retour.

Russ le rejoignit à l'écurie une heure plus tard.

— Phyl a réussi à avoir Michelle et un autre bénévole. Ils s'arrêteront dès qu'ils auront un moment, attaqua Russ sans préambule. Tu es sûr de vouloir faire ça ? Tu n'as jamais conduit aussi longtemps depuis ton arrivée ici.

Jordan fit un grand sourire et se tapota le menton.

— Hummmm. Laisse-moi réfléchir. Presque deux jours rien que nous deux et une nuit seul dans un hôtel avec toi ? Je dois pouvoir faire ce sacrifice pour le bien des chevaux.

Russ l'attira contre lui et l'embrassa langoureusement.

— Je t'avais bien dit que tu étais généreux.

Il pouffa.

— Nous allons quand même passer seize heures dans un pick-up, donc ce ne sera pas toujours drôle.

— Je peux gérer.

Russ gratifia l'arrière-train de Jordan d'une petite tape, puis s'éloigna.

— Très bien. Retourne travailler, pour que nous ayons le temps de préparer le van après. Nous partons demain à la première heure, lança-t-il par-dessus son épaule.

— J'adore quand tu es autoritaire, répliqua Jordan en souriant.

MÊME SI Jordan était au ranch depuis plusieurs semaines à présent, le lendemain matin, il se traîna comme un zombie. Russ dut pratiquement le tirer jusqu'au camion et il lui mit un mug de voyage entre les mains. Ce serait à Russ de conduire tout le long, puisque Jordan n'avait jamais tracté de van de toute sa vie, mais c'était sans doute l'option la plus sûre pour toutes les parties concernées.

— Fichues personnes matinales, grommela Jordan tandis que Phyllis leur disait au revoir d'un joyeux geste de la main.

— Je me lève en même temps que les animaux, répliqua Russ en souriant. Ne t'en fais pas, mon ange. Je sais que tu n'as pas l'habitude encore. Je peux me taire, si tu veux te rendormir.

— Je ne serais pas un bon copilote si je te laissais seul, marmonna Jordan en bâillant.

— À cette heure, je suis en forme. Par contre, quand le soleil se couche, c'est une autre histoire.

— Tu es plus qu'en forme après le coucher du soleil aussi. Je parle d'expérience.

Russ sourit et battit des cils.

— Eh bien, merci, mon bon monsieur.

Jordan faillit en recracher son café. Avoir affaire à un Russ taquin et joueur pouvait valoir le coup de se lever à point d'heure.

Une fois que Jordan eut cessé de tousser et de s'essuyer la bouche, Russ attrapa son téléphone, le déverrouilla et le lui tendit.

— Il y a quelques livres audio sur mon application Audible, et quelques autres encore sur Overdrive, si tu veux en choisir un que nous pourrions écouter.

Le sourire de Russ devint un peu penaud.

148

— Je me suis dit que ce serait plus facile que de trouver un terrain d'entente pour la musique.

— Quoi ? Tu ne veux pas que je te divertisse avec mes réparties spirituelles pendant les huit prochaines heures ? Je suis vexé.

— Si tu veux parler de quoi que ce soit, tu sais que je t'écouterai, répliqua Russ, sur un ton et avec un regard bien trop sérieux.

— Non, ça va, s'empressa de répondre Jordan.

Ils n'avaient plus eu de conversation à cœur ouvert depuis celle dans l'écurie, ce qui convenait très bien à Jordan pour l'instant. Il était encore beaucoup trop embarrassé suite à la fois précédente.

— Arrête de penser ça, murmura Russ en jetant un regard et un sourire en coin à Jordan.

Ce dernier garda la tête baissée et parcourut les titres sur le téléphone de Russ, surpris par sa bibliothèque impressionnante.

— Je ne savais pas que tu lisais autant. J'ai bien vu les livres sur les étagères, dans ta chambre, mais ça, c'est impressionnant.

Russ haussa les épaules.

— J'ai découvert les livres numériques et audio quand j'ai commencé à travailler au B STAR. Donc, quand j'ai déménagé, je n'ai emballé que les exemplaires papier de mes livres préférés et donné les autres. Tu as plein de temps pour écouter un livre quand tu nettoies les boxes et que tu fais des tâches ingrates et je lis beaucoup avant d'aller me coucher, mais en numérique, la plupart du temps.

— Je t'avais seulement vu prendre un livre deux ou trois fois, le soir. Je ne savais même pas que tu avais une liseuse.

— C'est parce que j'ai été occupé par quelque chose de très différent.

Jordan lui rendit son sourire et leva les yeux au ciel.

— Désolé. Je n'avais pas conscience de t'éloigner de ton passe-temps favori.

Russ lâcha le volant pour lui serrer la cuisse.

— Ça en vaut la peine.

Jordan masqua son frisson de plaisir et parcourut l'écran jusqu'à trouver un John Grisham au résumé intéressant. Il avait lu tellement pour les cours que lire n'était plus vraiment un plaisir, mais peut-être qu'il suivrait l'exemple de Russ à partir de maintenant et chercherait des livres audio, surtout s'il pouvait les emprunter gratuitement à la bibliothèque.

Regardez-moi, me voilà devenu économe.

À l'heure du déjeuner, Jordan était convaincu que les livres audio étaient la meilleure idée du monde pour les road-trips. Sa famille n'avait jamais été adepte des road-trips. Comme la banque de son père possédait un jet privé, ils s'en servaient en général ou voyageaient dans des vols commerciaux en première classe pour se rendre là où ils devaient aller. Après quatre heures de voiture et encore quatre à effectuer, Jordan comprenait cependant pourquoi.

— J'ai les fesses endolories, gémit-il.

— C'est pour ça qu'on s'arrête. Et aussi parce que je meurs de faim. Ne t'inquiète pas. Je te les masserai ce soir à l'hôtel.

— Promis ?

— Je suis un homme de parole, tu te souviens ?

À l'extérieur du restaurant, Russ fixa la salade de Jordan, dubitatif, lorsqu'ils se dirigèrent vers une table, mais il ne releva pas. Très vite, ils retournèrent en voiture.

Juste avant d'arriver au refuge, à en croire le GPS, Russ demanda à Jordan de mettre le livre sur pause.

— Nous allons bientôt arriver, donc j'imagine qu'il faut que je te prévienne. Nous ignorons dans quel état sont les chevaux. Certains n'ont peut-être pas survécu au voyage. Ce ne sera pas aussi horrible que si nous nous étions rendus à l'endroit où ils ont été négligés. Bailey est un homme bon et dirige un bon refuge. Mais il fallait que je te prévienne avant que nous arrivions. La vue de tous ces animaux en si mauvaise forme me brise encore le cœur à chaque fois, même après dix années passées au B STAR.

Russ le regarda d'un air grave jusqu'à ce que Jordan hoche la tête. Jordan inspira profondément, souffla et dit :

— Je comprends. Merci de me l'avoir rappelé.

Le refuge Bailey possédait un joli panneau en bois à l'entrée du ranch, niché au milieu de grandes fleurs sauvages jaunes et blanches. À mi-chemin du ranch, ils durent attendre qu'une maman oie et ses oisons aient fini de traverser. Une vache des Highlands à poils longs ruminait paresseusement dans un champ sur leur droite et les fixa d'un regard curieux sous sa frange brun-roux lorsqu'ils se garèrent près de la maison.

Le ranch lui-même était bien plus petit que le B STAR. Lorsque Jordan fit part de sa réflexion à Russ, ce dernier répondit :

— Bailey s'occupe surtout de chevaux. Il a peut-être un ou deux ânes, peut-être quelques autres animaux fermiers, mais le refuge est consacré aux chevaux.

— Bien l'bonjour ! s'exclama un homme au crâne dégarni, vêtu d'une salopette étirée sur son ventre impressionnant et son torse corpulent, en descendant les marches de la maison.

La lumière du soleil se refléta sur la peau brune de son crâne tandis qu'il se l'essuyait avec un chiffon.

— Vous avez fait bonne route ? Russ, c'est ça ?

Ce dernier sourit, inclina son Stetson en feutre brun clair – qu'il réservait aux moments où il « s'habillait bien » quand il sortait du ranch pour rencontrer du monde – et serra la main de l'homme.

— C'est moi. Et je vous présente Jordan.

— Enchanté, Jordan. Moi, c'est Jedediah, mais tout le monde m'appelle Bailey. Fait plus chaud qu'en Enfer, ici. Entrez. Naomi va nous trouver une boisson fraîche.

Naomi était la fille de Bailey, âgée de dix-sept ans. Elle prit le temps de rassembler les papiers étalés sur le bureau de fortune, pensé à l'origine comme une salle à manger, sans doute, puis les salua et aida son père à servir le thé glacé.

La maison était petite et le mobilier, les parquets et les tapis vieux et usés. Quelques semaines plus tôt à peine, Jordan aurait considéré avec mépris cette maison et le canapé défraîchi sur lequel ils étaient assis pendant qu'ils échangeaient des banalités – tout comme sa sœur l'avait fait. Mais à présent, tout ce qu'il se disait, c'était combien ces gens étaient bons, pour donner chaque centime à une cause plus importante. Les parents de Jordan avaient, certes, toujours donné beaucoup d'argent à des œuvres de charité, mais sans se sacrifier pour autant. Ils n'avaient jamais ressenti le moindre pincement au cœur de partir sans aider personne. Donner, lorsque l'on n'avait que très peu d'argent, était très noble.

Russ était payé pour son travail, mais il aurait sans doute pu obtenir un meilleur salaire n'importe où ailleurs, et il était évident qu'il faisait bien plus d'heures que ne l'exigerait un boulot normal. Il le faisait par amour, tout comme Bailey.

Jordan adressa un regard attendri et un sourire énamouré à Russ, qui fronça les sourcils.

— Ça va ? articula-t-il quand Bailey partit remplir leurs verres.

Jordan se retint de soupirer et de battre des cils.

— Oui, je vais bien.

— D'aaaaccord.

Russ le prenait sans doute pour un fou, mais Jordan n'en avait cure. Il avait toute la nuit à l'hôtel – et sans Phyllis à portée de voix – pour convaincre Russ du contraire et lui montrer combien il l'admirait.

Après plusieurs minutes de conversation, Bailey les guida jusqu'au pâturage où étaient gardés les nouveaux venus. Jordan eut le ventre noué en voyant les animaux émaciés et épuisés.

— Nous les avons mis sous un régime hypercalorique et donnons des antibios aux plus malades. Nous ne pouvions en prendre qu'une dizaine, même temporairement. Les autres ont été éparpillés dans tous les refuges qui avaient de la place. Phyllis m'a dit que vous pouviez en ramener quatre ?

Russ hocha la tête.

— Oui. Nous pouvons en prendre quatre dans le van. Une fois qu'ils seront installés et que nous saurons plus précisément ce dont ils peuvent avoir besoin, nous pourrons venir en prendre plus. Tout dépend si les adoptions se passent bien cette semaine et la semaine prochaine.

— Nous vous sommes reconnaissants de votre aide, dans tous les cas, dit Bailey en souriant. Naomi a rempli les papiers pour quatre chevaux. Nous pouvons déjà les mettre à l'écart des autres ce soir. Ce s'ra plus facile demain pour les charger dans l'van.

— Ça nous aiderait beaucoup, merci bien.

À eux trois, ils repérèrent les chevaux correspondant aux numéros notés par Naomi et les déplacèrent dans un enclos. Russ les examina et décida qu'ils étaient assez gentils pour qu'il puisse tailler leurs sabots trop longs et dont la fourchette [8] était pourrie pour qu'ils soient plus à l'aise pendant le trajet. Jordan n'avait jamais vu d'aussi longs sabots de toute sa vie. Certains rebiquaient même comme des chaussures d'elfes. Ils étaient horribles et sentaient extrêmement mauvais, quand Russ commença à couper les zones infectées.

Quand Russ eut fini sa rapide coupe d'ongles des quatre chevaux qu'ils prenaient avec eux, le soleil commençait à se coucher et Jordan était bien plus fatigué qu'il ne l'aurait dû après avoir passé la journée assis sur ses fesses. Mais Russ proposa malgré tout de s'occuper de certains autres chevaux, tant que la luminosité était suffisante. Heureusement, Bailey secoua la tête.

8 Le « creux » dans les sabots des chevaux, en très schématisé.

— J'ai un gars qui doit venir après-demain. Vous avez fait une longue route et le retour sera tout aussi long demain. Reposez-vous, on se revoit demain matin.

Ils détachèrent le van du pick-up et le laissèrent dans le champ de Bailey. Ils remontèrent en voiture et se dirigèrent vers l'autoroute. Comme Russ avait l'air de ne plus tenir debout, Jordan insista pour conduire cette fois-ci.

— Je suis désolé, mon ange, murmura Russ alors que Jordan s'engageait dans la voie menant à la petite ville de Summit, dans la banlieue de Muskogee.

— À quel propos ?

Russ bâilla et appuya sa tête contre son siège.

— J'avais de grands projets pour ce soir. Je voulais t'emmener dîner au restaurant, comme dans un vrai rencard, avant que nous retournions à l'hôtel, mais je suis mort. Je m'endormirais sans doute avant même que nous ayons fini l'entrée.

Jordan adressa un sourire juste à peine énamouré à Russ, tout en lui jetant un regard en coin.

— Ah oui ? Tu voulais me proposer un rendez-vous ?

— J'aurais dû le faire plus tôt, mais les choix sont plutôt limités autour du ranch, si tu veux éviter les chaînes de fastfood – qui ne conviennent pas vraiment à des palais raffinés, si tu vois ce que je veux dire. Je m'étais dit que je trouverais bien un endroit près d'ici pittoresque et douillet, même si ça n'aurait pas été une cuisine cinq étoiles.

— Je me fiche de l'endroit où on va, Russ, vraiment. Et ne t'inquiète pas pour ce soir. Tu as passé des heures à couper et limer les sabots, même après avoir fait huit heures de route. C'est évident que tu es fatigué. Moi aussi, je suis fatigué, alors que je n'ai pas fait grand-chose aujourd'hui… Trouvons-nous un hôtel, et pendant que tu prendras ta douche et te détendras, j'irai chercher quelque chose à manger.

Le sourire de Russ fut légèrement sentimental, lui aussi. Il était vraiment adorable quand il était somnolent comme cela, très mignon, vraiment, mais Jordan ne l'aurait jamais dit à haute voix.

— Mon héros, murmura Russ, à moitié endormi.

XXI

JORDAN OPTA pour de la nourriture tex-mex à emporter, parce que *Chili's* fut la première enseigne qu'il reconnut. Il n'était pas d'humeur à se montrer aventureux avec la cuisine locale, même s'il l'aurait fait volontiers si Russ avait été d'attaque pour un rencard. Pour être honnête, Jordan n'avait jamais réfléchi au fait que Russ et lui n'avaient jamais eu de vrai rendez-vous, mais Russ si, manifestement.

Se mordillant la lèvre, Jordan coupa le moteur et descendit du pick-up. Le B STAR était sa façon d'échapper à la réalité – comme une île en pleine tempête, détachée de tout le reste –, mais était-ce juste vis-à-vis de Russ ? Le ranch était en revanche toute la vie de ce dernier. Russ avait dit qu'il comprenait, mais est-ce que Jordan ne faisait que jouer au petit couple, là où Russ était tout à fait sérieux ?

— Seigneur, Jordan, reprends-toi, marmonna-t-il. C'était censé n'être qu'un rendez-vous. Il ne t'a pas demandé en mariage.

Il attrapa les sacs de nourriture et referma la portière de la voiture, avant de se diriger vers leur chambre.

— Hé, mon ange, l'interpella Russ, allongé sur le lit, à moitié endormi, quand Jordan entra.

— J'ai apporté le ravitaillement, annonça Jordan en posant les boîtes sur la petite table, tandis que Russ allumait la lumière.

— Mon héros, répéta ce dernier.

Jordan découvrit qu'il avait étonnamment faim, pour quelqu'un n'ayant presque rien fait de toute la journée. Il termina tous les plats que Russ ne finit pas, et pourtant, il n'avait pas lésiné sur les quantités en achetant à manger. Lorsqu'il avait tendu sa carte bleue, au restaurant, il avait eu un flashback du jour de son départ de chez lui et de la mortification ressentie à la station-service. Mais, à son grand soulagement, il avait pu payer sans problème.

Cette carte débitait son compte privé et il s'en était à peine servi depuis son arrivée au ranch, donc il n'aurait pas dû s'en inquiéter, mais c'était nouveau pour lui de compter chaque dollar qu'il dépensait. Dans son ancienne vie, ses dépenses mensuelles étaient de quelques milliers de

154

dollars et il savait qu'il pouvait en avoir davantage s'il dépensait trop. Mais à présent, l'argent sur son compte personnel était tout ce qu'il possédait, tant qu'il n'aurait pas trouvé ce qu'il allait faire. Cette pensée était terrifiante.

Il se sentait démuni. Il ne pouvait même pas commander de la nourriture sans être nerveux. Il n'avait jamais compris à quel point il était dépendant de ses parents, pas avant que toutes les petites choses auxquelles il avait à penser actuellement ne commencent à s'accumuler. Ces petites choses dont d'autres s'étaient chargés pour lui, sans qu'il ait besoin de savoir comment. Le monde réel se rapprochait de plus en plus et il ne pourrait plus l'ignorer longtemps.

Une fois leur repas terminé, Russ l'aida à ramasser les boîtes vides et à les remettre dans les sacs. La table nettoyée et les sacs mis à la poubelle, Russ s'approcha et l'embrassa. La langue de Russ avait un goût d'ail et de sauce barbecue et Jordan lui rendit son baiser avec ferveur.

— Comme je t'ai acheté à manger, tu te sens obligé de passer à la casserole ? demanda Jordan entre deux baisers.

Russ sourit.

— Obligé ? Non. Est-ce que je le veux ? Toujours.

— Même si tu es épuisé et que tu vas devoir te lever tôt pour tout recommencer demain ? demanda Jordan en haussant un sourcil.

— Chéri, il faudrait que je sois mort pour te dire non, rétorqua Russ en attrapant Jordan par la ceinture. Bon, je ne vais peut-être pas tenir plus d'un round, mais je vais faire en sorte que ce round-là en vaille la peine.

— Alors, autant nous activer, le taquina Jordan.

Il repoussa Russ et commença à se déchausser. Lorsqu'il fit passer son tee-shirt par-dessus sa tête, il remarqua que Russ se contentait de l'observer.

— Qu'est-ce que tu fais ?

— Je savoure le spectacle, répondit Russ avec un grand sourire.

Jordan fronça les sourcils, même s'il se rengorgea, au fond de lui.

— Arrête de me regarder et commence à te déshabiller. Si nous n'avons que peu de temps avant que tu t'écroules, alors chaque seconde compte.

Le sourire en coin de Russ s'agrandit encore.

— Oui, monsieur.

Étant donné qu'après sa douche, Russ n'avait remis qu'un tee-shirt et un boxer, il apparut dans toute sa glorieuse nudité devant Jordan bien avant que ce dernier n'ait terminé de se déshabiller. Russ nu était un spectacle dont Jordan ne se lasserait jamais. Mince et tanné par le soleil, tout son corps était façonné par le travail. Ses tétons bruns ressortaient entre ses poils noirs clairsemés, suppliant d'être touchés et goûtés.

Russ avait dévisagé Jordan comme s'il avait perdu l'esprit, la première fois qu'il avait demandé où il pouvait trouver un endroit pour se faire épiler, mais même Russ était assez vaniteux pour se raser le torse de temps en temps. Comme il lui avait proposé son aide la fois précédente, Jordan savait ce qu'il affirmait. D'ailleurs, cela avait conduit à une sympathique soirée de batifolages après coup.

— Qui est-ce qui traîne, maintenant ? demanda Russ en souriant.

— Je me contente d'admirer le spectacle… De savourer.

— Eh bien, viens un peu plus près et je m'assurerai que tu savoures vraiment.

La blague vraiment affreuse de Russ fit grogner Jordan, mais son membre s'agita avec envie lorsqu'il se rapprocha de son amant.

— Tu as de la chance d'être mignon, parce que tes blagues sont horribles, plaisanta Jordan en passant un bras autour de la taille fine de Russ pour le presser contre lui.

— Je fais des blagues, moi ? répliqua Russ en frottant son membre contre celui de Jordan.

Comme plaisanter leur faisait perdre un temps précieux, Jordan posa sa bouche sur celle de Russ. Ce dernier les tira vers le lit, tandis que Jordan embrassait et caressait toutes les parties du corps de Russ à sa portée. Russ était frais et sentait le propre après sa douche, ce qui mit Jordan mal à l'aise quand il réalisa qu'il n'en avait pas pris depuis le matin. Heureusement, il n'avait pas fait grand-chose de plus que rester assis dans une voiture et maintenir les chevaux pendant que Russ faisait tout le travail. En outre, Russ semblait aimer quand Jordan était un peu dépenaillé et sale. C'était un réel changement par rapport aux hommes trop pomponnés, recouverts de crèmes et propres sur eux avec lesquels Jordan avait couché jusque-là.

Russ grogna et poussa Jordan sur le lit.

— Ouille, dit ce dernier, le matelas n'ayant pas amorti sa chute autant qu'il l'aurait voulu.

Il fit la grimace, roula sur le ventre et se passa une main sur les fesses.

Les ressorts grincèrent quand Russ s'agenouilla sur le lit et au-dessus de lui. Il repoussa la main de Jordan et lui embrassa une fesse, puis l'autre.

— Désolé, mon ange. J'avais oublié que le matelas était fait en silex. Laisse-moi embrasser ça et te faire te sentir mieux.

Sur un geste de Russ, Jordan se retourna avec bonheur. Les mots ne furent plus vraiment nécessaires après cela, même si Jordan avait pu prononcer autre chose que « putain », « ouais », « Seigneur » ou bredouiller n'importe quoi. La bouche et la langue de Russ étaient de véritables magiciennes, ce que Jordan avait découvert au cours des dernières semaines – et ajoutez-y ce soupçon de barbe, et Jordan était au paradis. Coucher avec un homme plus vieux et plus expérimenté avait vraiment ses avantages. Même si la journée avait été longue pour Russ et qu'il ne devrait sans doute pas faire tout le travail, Jordan était incapable de formuler cette pensée.

Tout ce qu'il parvint à dire fut :

— Bon sang, Russ, baise-moi avant que je perde pied et que je te laisse te débrouiller seul.

Ce ne fut pas la déclaration la plus généreuse ni romantique au monde, mais elle fonctionna. Il y eut un bruissement, puis un sachet de préservatif déchiré et l'ouverture d'un pot de lubrifiant, avant que Russ ne l'emplisse en une seule longue poussée.

Jordan se cambra, posa une main sur la planche en bois posée au mur tenant lieu de tête de lit, l'autre sur la hanche de Russ et commença à bouger. Russ parut comprendre que leur étreinte n'allait pas être du genre lente et douce. Il ressortit et martela Jordan, qui remuait des hanches pour aller à la rencontre de chaque coup de boutoir. Russ le chevaucha passionnément, grognant et transpirant, d'après les gouttes de sueur qui tombaient sur le dos de Jordan. Comme Jordan ne plaisantait pas en disant qu'il était à deux doigts de perdre pied, il ne fallut pas longtemps à ses testicules pour se serrer. Il arqua le dos et cria en jouissant sur les draps. Russ gémit, le martela quelques fois supplémentaires et se figea. Il serrait assez fort la hanche de Jordan pour lui laisser des marques, mais ce dernier se contenta de soupirer de bonheur tandis que Russ posait de petits baisers paresseux sur ses épaules et sa nuque, entre deux souffles saccadés.

En grognant, Russ se dégagea et retomba sur le matelas. Après avoir enlevé le préservatif et l'avoir jeté, il ferma les yeux, mais Jordan le secoua légèrement.

— Pas encore, l'endormi. Viens. Hors de question que je dorme sur les draps humides.

Il traîna un Russ à peine conscient jusqu'au second lit de la chambre. Il ôta le dessus-de-lit brillant et immonde, repoussa la couette en polyester et coucha Russ, avant de le suivre sous les draps.

LE RÉVEIL sur la table de chevet posée entre les lits lui indiqua qu'il était à peine vingt-trois heures, quand il s'éveilla de sa petite sieste post-sexe. Russ était toujours profondément endormi, mais comme il était la quintessence de l'homme matinal, Jordan y était habitué à présent.

Un sourire tendre aux lèvres, il se redressa sur un coude, la tête appuyée contre son poing, et observa l'homme endormi à ses côtés. Il ne connaissait pas grand-chose en matière de relations de couples et de petits amis, mais Russ devait être l'un des meilleurs. Russ pouvait être revêche et irascible, mais parce qu'il s'inquiétait beaucoup. Toute sa vie, Jordan s'était vu répéter qu'il devait cacher ses sentiments derrière un masque de froideur et un certain détachement, donc il n'était pas habitué à ce type de caractères passionnés. Mais bon sang, il était sacrément beau à regarder. Ses parents considéreraient Russ comme un homme bruyant et ordinaire – donc sans valeur. Mais Jordan aimait ces traits de caractère. À vrai dire, il ignorait s'il aurait survécu ces dernières semaines sans Russ.

Il se trouvait dans une chambre d'hôtel merdique, humide et sentant le renfermé et le tabac froid. La climatisation faisait autant de bruit qu'un avion de chasse au décollage. Les draps étaient bon marché et grattaient la peau. Il y avait autour de lui les pires peintures d'hôtel couleur pastel qu'il n'avait jamais vues. Il était allongé sur un matelas qui lui aurait sans doute détaché quelques disques et vertèbres de sa colonne d'ici le matin – sans même parler de la salle de bain… Et pourtant, il était heureux comme jamais.

Ça ne me dérangerait pas de passer le reste de ma vie comme ça.

Il se figea. Son souffle se bloqua dans sa gorge et il écarquilla les yeux.

Bordel de merde.

Il était heureux – véritablement heureux – plus heureux qu'il ne se rappelait l'avoir été depuis son enfance. Il tournait peut-être en rond depuis des semaines, effrayé de prendre la moindre décision concernant son avenir, mais aujourd'hui, il avait fait quelque chose de bien, quelque chose dont il pouvait être fier.

Il n'avait pas de travail, pas de maison et n'avait plus de famille ou presque, mais il avait Russ… et Phyllis, et Jon et Ernesto. Ils étaient tous des gens bien qui se souciaient de lui.

158

La gorge nouée, Jordan essaya de respirer alors que les pensées et les sentiments prenaient forme en lui. Il s'assit et rapprocha ses genoux de son torse, le regard dans le vague.

La vie ne signifiait peut-être pas avoir un grand avenir avec tout un tas de diplômes, de titres et une carrière dont son père serait fier. Même après le coup dévastateur porté par son père, Jordan avait toujours été tellement intimidé par la grande question de « Quoi faire de sa vie » qu'il l'avait fuie, même en pensée. Il avait continué à réfléchir selon les critères de son père, dans sa tête, à considérer son avenir en fonction des attentes de ce dernier – une carrière, un bureau dans un grand bâtiment et un appartement ou une maison chic, dans un quartier tendance, pour sortir les soirs et les week-ends. Mais il avait vu juste un peu plus tôt aussi. Le ranch était toute la vie de Russ… et de Phyllis, de Jon et d'Ernesto, et de tout un tas d'autres personnes. C'était leur maison et leur carrière et Jordan ne les mésestimaient pas à cause de ce choix. À vrai dire, il les admirait de l'avoir fait. Pourquoi, alors, ne pourrait-il pas choisir cette vie-là, lui aussi ? Il n'aurait pas de salaire à six chiffres avec son nom gravé sur une plaque en laiton, mais c'était une vie, et une bonne vie ; une vie qui le rendait plus heureux que n'importe quelle autre.

Il inspira profondément et souffla longuement pour tenter de calmer son cœur qui battait la chamade.

Ne t'égare pas trop non plus.

Personne ne lui avait demandé de rester pour toujours au ranch, en fait, pas même Russ. Jordan n'avait pas caché qu'il n'était là que temporairement. Mais il pouvait en parler à Phyllis, non ? Il l'avait assez aidée avec ses papiers pour savoir que le ranch ne pouvait se permettre de payer un autre employé à plein temps, mais il pouvait travailler à côté. Il était plutôt doué pour faire du relationnel et gérer les levées de fonds. Il connaissait beaucoup de familles riches et influentes qu'il pouvait contacter pour trouver encore plus de donateurs et il pourrait toujours prendre un emploi de bureau dans l'intervalle. Deux années de fac de droit devraient lui permettre de trouver un boulot d'assistant juridique ou de clerc de notaire. Même si la seule idée de se retrouver à nouveau derrière un bureau le fit frémir, il pouvait le faire, sur une brève période, si cela signifiait qu'il pouvait rester au ranch.

Une boule dans la gorge, Jordan essaya de penser aux détails pratiques – comme l'avait dit Russ : les choses qu'il pouvait contrôler plutôt que celles qu'il ne pouvait pas. Tout ce qu'il avait fui ne lui paraissait plus aussi effrayant maintenant qu'il avait le sentiment de fuir *vers* quelque chose plutôt que de fuir *quelque chose*. Les demi-pensées qu'il avait eues et mises de côté n'étaient plus aussi effrayantes, quand il les regardait à la lumière de la possibilité de rester avec Russ et ses nouveaux amis.

S'ils veulent de moi.

Jordan repoussa sa nervosité et se concentra sur les bases. Dès qu'il pourrait s'absenter brièvement après leur retour, il irait à Dallas pour vendre sa voiture. Il ne pouvait plus en payer l'assurance. Il s'offrirait une berline bon marché pour se dépanner. Il mettrait aussi sa Rolex et ses bijoux au clou. Avec l'argent qu'il lui resterait de la vente de sa voiture, cela devrait lui offrir un matelas confortable jusqu'à ce qu'il se trouve un travail rémunéré. Il pourrait aussi déplacer le reste de ses affaires dans la chambre de Russ, si Phyllis avait besoin d'espace pour concrétiser son idée de Bed and Breakfast. Il ne passait plus beaucoup de temps dans sa propre chambre, de toute façon.

Russ avait dit que leur relation perdurerait jusqu'au départ de Jordan. Il n'avait sans doute pas anticipé que ce départ ne viendrait jamais, mais les choses se passaient plutôt bien entre eux, non ?

Et si jamais Russ ne voulait pas de toi à long terme ? Il supporte peut-être ton petit drame personnel de névrosé parce qu'il sait que ce n'est pas permanent.

Jordan secoua la tête et s'étendit à côté de son copain toujours endormi.

Va te faire voir, dit-il à la voix de son père.

Il ne pouvait pas laisser cette dernière l'arrêter. Russ, Phyllis et tous les autres avaient patiemment attendu qu'il fasse des projets. Il ne pouvait pas les décevoir pour toujours.

Le voilà. Son plan. Il s'en était caché depuis des semaines, mais il en avait un, à présent. Ce n'était peut-être pas le meilleur plan du monde et il l'avait presque trouvé par hasard. Sa réussite dépendait beaucoup de la gentillesse et de la générosité des autres, mais il était désireux de travailler dur pour les remercier de leur générosité. Il adorait travailler avec les chevaux et il était doué. Tout le monde le disait. Il pouvait le faire.

SA CONFIANCE en lui, déjà faible, s'ébranla un peu plus au fil des heures, le lendemain, pendant le retour. Jordan ne pouvait pas en parler à Russ, pas encore. Il devait voir Phyl d'abord. Le ranch lui appartenait, même si Russ était son bras droit. C'était à Phyl de décider s'il pouvait rester ou non, et elle devait se baser uniquement sur ses mérites.

Il se répéta si souvent ce qu'il allait lui dire, puis à Russ ensuite, qu'il entendit à peine un mot du livre audio qu'il avait choisi.

— Ça va ? demanda Russ après quelques heures de trajet.

— Oui. Je suis juste pensif.

— Est-ce que je peux t'aider ?

Jordan lui serra la cuisse.

— Je te le dirai, si c'est le cas.

— D'accord, répondit Russ avec un regard en coin, avant de reporter son attention sur la route et de garder le silence.

Lorsqu'ils arrivèrent au ranch, Jordan était trop fatigué pour penser, encore moins pour faire son grand discours devant Phyl. Ils étaient partis un peu plus tard dans la matinée que la veille, puis avaient chargé les chevaux et s'étaient arrêtés bien plus souvent que la veille pour s'assurer qu'ils allaient bien, si bien qu'il leur fallut bien plus longtemps pour faire le trajet retour que le trajet aller. Lorsqu'ils se garèrent, la journée de travail était presque terminée, mais Jon et Ernie étaient restés pour les aider à décharger et installer les nouveaux chevaux dans leur box. Ils resteraient à l'écart des autres tant que le Dr Watney ne les aurait pas examinés, et après cela, ils seraient peut-être autorisés à rejoindre l'enclos clôturé, d'où ils pourraient être présentés au reste du troupeau.

Jon et Ernie s'attardèrent un peu, pour parler du ranch de Bailey et du voyage, mais comme il devint vite évident que ni Jordan ni Russ n'étaient d'attaque pour une conversation brillante, les hommes rentrèrent chez eux. Dès que Jordan et Russ eurent fini leurs assiettes, Phyl les vira de la cuisine.

— Allez vous reposer. Lisez un livre si vous n'êtes pas encore prêts à dormir, mais vous avez l'air de dormir debout.

— Merci, Phyl, murmura Russ avec un sourire las.

— Je suis épaté d'être aussi fatigué alors que je suis resté assis toute la journée. Franchement, je n'ai rien fait et j'arrive pourtant à peine à garder les yeux ouverts, se plaignit Jordan en montant l'escalier.

— C'est à cause de toutes ces réflexions que tu t'es faites. Ça peut être dur pour un mec, quand il n'y est pas habitué.

À l'étage, Jordan s'arrêta pour lancer un regard noir à Russ, qui arborait un immense sourire et donna un coup d'épaule joueur à Jordan en passant. Renfrogné, Jordan souffla et le suivit jusque dans la chambre.

— Tu as de la chance que je sois trop fatigué pour te faire ravaler tes paroles, déclara Jordan avant de s'affaler tête la première sur le matelas.

Les draps étaient toujours en désordre, puisqu'ils n'avaient pas fait le lit la veille, et sentaient Russ et son foyer. Jordan gémit et se blottit davantage.

— Non, ne fais pas ça. Être fatigué n'est pas une bonne excuse pour porter tes chaussures au lit... Ce qui me fait penser que nous devrions vraiment te trouver une paire de bottes de cowboy correctes.

Jordan se mit sur le dos et commença à défaire ses lacets.

— Ah oui ? Tu crois que je serais sexy dans une paire comme les tiennes ?

Le sourire de Russ était toujours las, mais passionné.

— Mon ange, tu es sexy quoi que tu portes... et même quand tu ne portes rien, et tu le sais.

Après avoir jeté ses chaussures, Jordan se tortilla pour ôter son pantalon sans s'asseoir. Encore un dernier effort et son tee-shirt rejoignit son pantalon et ses chaussettes par terre.

— Il y a une panière dans le coin, tu sais, grommela Russ sans conviction.

— Je les mettrai dedans demain matin, promis, répondit Jordan en bâillant.

— Bien.

Russ bâilla à son tour.

— Parce qu'il n'y a pas de femme de chambre ici et il est hors de question que je passe après toi.

Russ s'affala sur le matelas à ses côtés et Jordan se blottit contre lui. Phyllis ne réglait pas la climatisation à vingt-deux degrés, comme il en avait l'habitude chez lui, mais il voulait bien être un peu collant si cela lui permettait un contact peau à peau. Heureusement, cela ne paraissait pas déranger Russ, et ils finissaient toujours par se séparer pendant la nuit.

D'ordinaire, il fallait une éternité à Jordan pour s'endormir, tandis que Russ s'effondrait en une seconde. Ce soir-là, cependant, Jordan se souvint à peine d'avoir fermé les yeux avant que Russ fasse trembler le lit en se levant à l'aube le lendemain matin, comme d'habitude.

XXII

Après le petit déjeuner, il y eut beaucoup trop de choses à faire pour que Jordan puisse parler avec Phyl ; du moins s'en convainquit-il. Il voulait aller voir Marina et certains animaux à problèmes. En plus, ils devaient s'occuper de quatre nouveaux chevaux en mauvaise forme, alors Russ aurait besoin de son aide pour les examiner plus précisément et noter leurs problèmes, pour en parler avec le Dr Watney.

Mais l'agitation finit par se calmer et reprendre son rythme normal. Russ partit s'occuper de ses activités de dressage, laissant Jordan à son habituel travail d'entretien de l'écurie. Malgré sa nervosité, il redressa les épaules, posa sa brouette et sa pelle de côté, et se rendit d'un pas déterminé à la maison avant de se dégonfler complètement.

Quel est le pire qui pourrait se passer ?

Elle pouvait dire non et il perdrait son filet de sécurité.

Mais il n'était plus un enfant. Dans certains domaines, il était peut-être aussi impuissant et ignorant qu'un enfant, mais il avait d'autres options. Il préférerait ne pas avoir à sauter du nid, mais il pouvait le faire, au besoin.

Une fois son petit discours d'encouragement interne terminé, il se rendit dans le petit bureau de Phyllis et frappa à la porte avant de passer la tête dans l'ouverture.

— Tu as une minute ? demanda-t-il lorsqu'elle redressa la sienne et lui sourit.

Elle posa ses lunettes de lecture et haussa les sourcils.

— Bien sûr, trésor. Qu'est-ce que je peux faire pour toi ?

C'est donc à ça que ça ressemble, un entretien d'embauche. Ce n'était pas aussi terrifiant que de faire face à son père assis de l'autre côté de son énorme bureau en acajou, mais c'était tout de même perturbant.

Nerveux, une boule dans la gorge, il s'assit sur la petite chaise en bois en face du bureau et se lança dans son discours, en s'arrêtant à peine pour respirer.

— Tu veux rester ici à plein temps ? lui demanda Phyllis.

— Oui.

Elle fronça les sourcils.

— En es-tu sûr, trésor ? Ce que je veux dire, c'est que ça ne ressemble pas vraiment à l'endroit d'où tu viens, si tu vois où je veux en venir. Et qu'en est-il de tes parents et de vos affaires en suspens, chez toi ? Je sais que ta maman s'inquiète pour toi. Ce n'est peut-être pas le meilleur moment pour toi pour prendre de grandes décisions.

— Si c'est la seule chose qui t'inquiète, ne t'en fais pas. Tu ne connais peut-être pas très bien mon père, mais moi, si, crois-moi. Il a pris sa décision. Et même si je peux toujours nourrir l'espoir qu'un jour, ma mère ou un quelconque événement bouleversant le fasse changer d'avis en cours de route, je ne peux pas construire ma vie autour de cet espoir. Soit il se reprendra, soit non, mais ça ne change rien au fait que je dois prendre le contrôle de ma propre vie. Je dois trouver une nouvelle direction à donner à ma vie, parce que l'ancienne ne me correspondait pas. Je suis heureux ici, Phyl. Je suis fier de ce que fait le ranch et fier de pouvoir y contribuer.

Le regard de Phyl s'attendrit et elle sourit, ce qui fit apparaître des rides de rires sur son visage tanné par le soleil.

— Merci, mon chou.

— Écoute. J'ai bien vu les comptes. Je sais que tu ne peux pas me prendre comme employé à temps plein pour l'instant, mais comme je te l'ai dit, j'ai plusieurs idées pour t'aider à lever des fonds. En outre, je veux améliorer et mettre à jour le blog et le site Internet et trouver un travail dans le coin pour payer les factures dans l'intervalle. J'espère ne pas avoir à rouler jusqu'à Dallas tous les jours, mais je le ferai, si ça me permet de rester ici, avec vous tous. Je consacrerai toujours autant d'heures que possible au ranch pour financer mon hébergement. Je te le promets.

Elle fit la moue, mais elle lui souriait.

— Il va falloir en discuter avec Russ avant de te dire oui définitivement, le prévint-elle.

— Je sais. J'aimerais voir d'abord seul à seul avec lui. Mais je voulais t'en parler en premier avant d'aborder le sujet puisque, au final, c'est ton ranch. Et je pense que je peux être utile ici.

— Tu l'es déjà, trésor.

Elle perdit son sourire et le dévisagea.

— Tu sais, Russ n'est pas aussi dur qu'il le fait croire. Une fois qu'il a donné son cœur à quelqu'un, il le donne. Il est à fond. Ce qui se passe entre vous, ce ne sont pas vraiment mes affaires. Mais en tant qu'amie, je vais te demander de réfléchir très sérieusement avant de lui faire la moindre promesse.

— Je le ferai. Je l'ai déjà fait.

— Tu as beaucoup de choses en tête sur le plan émotionnel, à l'heure actuelle. Je ne comprends pas forcément tout ce que tu ressens, mais es-tu sûr de ne pas vouloir prendre un peu plus de temps pour reprendre tes esprits ?

Jordan poussa un long soupir, secoua la tête et sourit avec regret.

— Quelqu'un a toujours dirigé ma vie, d'aussi loin que je m'en souvienne. Je ne peux pas affirmer savoir ce que je voudrais faire d'ici cinq ans, mais à un moment donné, je dois commencer à vivre ma vie plutôt que d'y penser. La dernière chose que je veux, c'est blesser Russ. Tu as ma parole que je ferai tout ce qui est en mon pouvoir pour que cela n'arrive pas, d'accord ?

Phyllis soupira, hocha la tête et lui fit un petit sourire. Elle s'apprêtait à répondre quand elle fut interrompue dans son élan par un bruit de pneus sur le gravier. Sourcils froncés, elle se leva et regarda par la fenêtre.

— Nous n'avons aucune livraison prévue aujourd'hui, murmura-t-elle. Je me demande qui ça peut être.

Elle contourna le bureau et tapota le bras de Jordan, qui se levait.

— Viens. Va parler à Russ pendant que je vais voir qui c'est, puis nous pourrons prendre le déjeuner ensuite. Qu'est-ce que tu en dis ?

Soulagé, Jordan poussa un profond soupir et se leva.

— Ça me paraît bien. Merci, Phyllis.

— Phyl, le reprit-elle.

— Phyl, corrigea-t-il en souriant.

S'il était du genre à enlacer les gens, il la prendrait dans ses bras et la ferait pivoter sur elle-même, mais il n'en était pas encore là... Peut-être un autre jour.

Jordan était étourdi par les possibilités qui s'offraient à lui et avait des papillons dans le ventre en pensant à sa future conversation avec Russ, si bien qu'il faillit percuter Phyllis quand elle s'arrêta brusquement sur la terrasse couverte.

— Oh Seigneur, souffla-t-elle.

Jordan suivit son regard et aperçut un jeune homme à la peau sombre, vêtu d'un jean et d'un polo manches courtes à rayures vertes et blanches, qui se dirigeait à grands pas vers l'enclos où Russ apprivoisait Aubrey, une jument palomino avec des taches grises et blanches. Sous leurs yeux, Russ franchit la clôture d'un bond et courut vers l'autre homme. Ils s'enlacèrent et Russ souleva le jeune homme du sol.

— Est-ce que c'est... demanda Jon, en bas des marches.

— Ouaip, confirma Ernie qui se joignit à eux.

— Eh bien, si c'est pas une surprise, rit Jon. Il est parti, mais revient pour un deuxième round.

— Jon ! siffla Phyllis.

— Quoi ?

Ils se retournèrent tous les trois vers Jordan. Phyllis lança un regard éloquent à Jon, qui rougit.

— Oh.

Nauséeux, Jordan se racla la gorge et demanda :

— Qui est-ce ?

Il essaya de n'avoir l'air que légèrement curieux, mais l'expression de Phyllis lui apprit qu'il avait misérablement échoué.

— C'est Isaiah, répondit-elle gentiment.

Phyllis et lui descendirent les marches pour se retrouver près de Jon et Ernie, tandis que Russ et Isaiah, qui avaient fini leurs retrouvailles enthousiastes, se dirigeaient vers eux. Phyllis serra gentiment le bras de Jordan avant de s'avancer pour accueillir le nouveau venu.

— Salut, étranger. Bon retour parmi nous, lui dit-elle.

Russ avait les joues rouges sous son hâle, et Jordan ne lui avait jamais vu un aussi grand sourire aux lèvres. Russ rayonnait presque.

Jordan étudia le nouveau venu et sa joie précédente s'estompa à chaque seconde qui s'écoulait. De près, Isaiah était si beau qu'il en était intimidant. Il était plus grand que toutes les personnes présentes. Ses yeux ambre formaient un contraste saisissant avec sa peau brun foncé et ses cheveux bruns coupés ras. Son corps musclé avait toute sa place en couverture de magazines. Jordan lissa son tee-shirt, puis réalisa le ridicule de ses efforts, sachant qu'il était vêtu d'un vieux tee-shirt de Russ. Sans même avoir levé le petit doigt, l'ex de Russ le faisait se sentir maigrichon, quelconque et minable, sensation dont il n'avait pas l'habitude, sauf dans le bureau de son père.

Il s'était pensé jaloux quand sa petite sœur avait bavé sur Russ. Il s'était trompé. La jalousie, c'était ce qu'il ressentait à présent.

Elle faisait mal.

En s'approchant d'eux, Russ avait laissé tomber son bras des épaules de l'autre homme, mais cette image était toujours gravée dans l'esprit de Jordan. Il ravala sa nausée et plaqua sur son visage son sourire Thorndike breveté, puis se joignit aux autres.

— Phyl ! la salua Isaiah d'un immense sourire en fondant sur cette dernière pour la soulever dans ses bras. Tu es aussi splendide que d'habitude.

— Oh, ça suffit, pouffa-t-elle, en rougissant tout de même.

— Jon… Ernie… dit Isaiah à chacun des hommes en leur serrant la main tour à tour. Ravi de voir que vous maintenez toujours la barque. Le ranch a l'air de se porter vraiment bien. Vous avez fait beaucoup d'améliorations pendant mon absence.

Isaiah posa ensuite un regard curieux sur Jordan. Phyllis s'apprêtait à le présenter, mais heureusement – avant que Jordan pique mentalement une crise – Russ s'approcha de lui et lui passa un bras autour des épaules.

— Jordan, mon ange, je te présente Isaiah, un bon ami. Il était en Afrique depuis deux ans avec Médecins sans frontières.

— Et en Amérique du Sud aussi, ajouta Isaiah en souriant et en lui tendant la main. Enchanté, Jordan.

Jordan lui serra la main, aussi fermement que possible, tandis qu'Isaiah le dévisageait de ses magnifiques yeux ambre avec un peu plus d'intensité. Sentir Russ contre lui permettait à Jordan de garder ses esprits et le monstre vert en lui avait au moins arrêté de grogner, même s'il n'était pas encore retourné complètement d'où il venait.

Avant que le moment ne devienne inconfortable – du moins, plus inconfortable qu'il ne l'était déjà –, Phyllis tapa dans ses mains et dit :

— Et si nous allions à l'intérieur ? Je vais nous servir à boire et puis tu pourras nous raconter ce que tu as fait, Isaiah.

Jordan vit Isaiah jeter un regard en coin à Russ, comme s'il avait d'autres projets, mais il sourit et s'inclina devant Phyl.

— Après toi. Ça fait trois ans que je rêve de ta limonade, Phyl. Je t'en supplie, dis-moi que tu vas résoudre mon malheur.

— Je vais faire mieux que ça, trésor. J'en ai préparé un plein pichet ce matin, il n'attend plus que toi.

APRÈS CE qui lui parut le plus long déjeuner de mémoire d'homme, Jordan fila en vitesse bouder dans l'écurie pendant que Russ raccompagnait le Dr Parfait à sa voiture. Encore que « voiture » n'était pas un mot suffisant pour décrire l'énorme 4x4 Ford noir rutilant qui faisait paraître la décapotable de Jordan minuscule dans le parking, en comparaison. C'était une métaphore parfaite de ses sentiments actuels.

Me voilà, petit, brillant et pas particulièrement pratique, juste à côté de ce mastodonte qui pourrait transporter une famille de six personnes et leurs affaires à travers tout le pays sans heurts, et tracter un van en plus, si besoin.

Au moins, aucun des deux véhicules ne paraissait à sa place au ranch. Il s'accrochait à cette maigre consolation.

Ce qui ressortait de la conversation autour de la table de la cuisine était qu'Isaiah Green était pratiquement parfait dans tous les domaines. Non seulement était-il un médecin ayant refusé des internats lucratifs pour se consacrer à des œuvres de charité dans des pays sous-développés pendant plus de deux ans, mais il était aussi un self-made-man qui s'était sorti d'une enfance défavorisée. Et le voilà à présent définitivement de retour dans le coin, brillant nouveau médecin d'un hôpital prestigieux de Houston, revenu chez lui s'occuper de ses parents vieillissants.

— Un parangon. Un putain de saint, gémit Jordan.

Et Russ était amoureux de lui avant qu'Isaiah s'en aille sauver le monde. C'était inscrit sur le visage de Russ chaque fois que ce dernier regardait Isaiah. Jordan en avait vomi le peu de nourriture qu'il avait réussi à ingérer, avant de sortir rejoindre les autres pour dire au revoir. Il se cachait à présent au fond de l'écurie, le visage enfoncé dans l'encolure de Marina, et se demandait comment il allait pouvoir lutter contre Isaiah.

— Pourquoi fallait-il que ce soit un dieu ? murmura-t-il, malheureux, contre l'épaule de Marina. Franchement, c'est injuste.

— Jordan ? Tu es là ? demanda Russ depuis l'entrée.

Jordan grogna, tapota l'encolure de Marina une dernière fois et sortit du box. Lorsque Russ le rejoignit, Jordan s'était assez repris pour espérer que sa nausée ne transparaisse pas sur son visage.

— Ah, tu es là. Waouh. Quelle nouvelle, hein ?

Russ poussa un soupir. Il avait encore les joues un peu rouges et les yeux légèrement écarquillés.

— Ça faisait trois ans que je ne l'avais pas vu et il apparaît soudain de nulle part, sans coup de fil.

— Tu ne savais pas qu'il était de retour ?

— Non. Il m'a dit qu'il voulait me faire la surprise. Ça, pour une surprise…

Le sourire de Russ paraissait forcé. D'après Jordan, Russ essayait de se montrer rassurant et de cacher qu'il était ébranlé, mais Russ mentait très mal. Il n'était pas en train de ruminer, de ronchonner ou de plaisanter et rire, et son masque ne cachait pas du tout ce qu'il ressentait.

— Il aurait dû appeler, marmonna Jordan.

— Oui, sans doute, répliqua Russ d'un air absent.

Si Jordan s'attendait à ce que ce dernier s'indigne du comportement d'Isaiah ou le critique, il allait être déçu, manifestement. Ne sachant pas trop comment agir, Jordan se mordit la lèvre et dévisagea l'homme qu'il pensait bien connaître.

— Enfin, c'est bien qu'il soit revenu aider ses parents, déclara-t-il d'un ton encourageant, quand il ne put plus supporter le silence. Je suis sûr qu'ils doivent être très heureux de le voir revenir sain et sauf, après avoir parcouru le monde comme ça.

— Oui. Oui. Rita et Kenneth doivent être aux anges de le savoir de retour, même s'ils étaient fiers qu'il parte faire ce qu'il faisait.

Russ adressa un nouveau sourire absent à Jordan, avant de reporter son attention sur Marina.

— Comment va cette jeune fille, aujourd'hui ? Elle est prête pour un peu d'exercice ?

Se sentant à la fois soulagé et coupable, Jordan sauta sur le changement de sujet, et bientôt, Russ sortait Marina dans le paddock pour un petit tête à tête, tandis que Jordan s'affairait à ses tâches avec la même ferveur que lors de ses premiers jours au ranch.

Il ne pouvait pas se permettre de trop réfléchir pour l'instant, sous peine de perdre tous ses moyens.

Une chose était certaine, ce n'était pas le bon moment pour avoir « la » discussion avec Russ. En tout cas, pas tant que Russ aurait l'air d'un homme venant tout juste de se prendre une claque.

Jordan dramatisait sans doute. Il ne connaissait pas les détails de leur relation ou de leur rupture. Il n'y avait sans doute rien dont il devait s'inquiéter. Mais il n'avait jamais vu Russ aussi perdu jusqu'à présent et son malaise ne partirait pas tant que Russ continuerait d'agir bizarrement.

XXIII

Isaiah « Izzy » Green était de retour pour toujours.

Russ avait du mal à se faire à cette idée. Il était resté hébété tout l'après-midi et avait à peine dormi cette nuit-là. À quatre heures du matin, il avait finalement laissé tomber et s'était faufilé hors du lit pour laisser Jordan dormir quelques heures de plus.

— Bonjour, dit Phyl en s'installant dans son fauteuil à côté de lui.

Une traînée orangée venait d'apparaître à l'horizon, ce qui signifiait que Phyllis, au moins, avait réussi à dormir jusqu'à son heure habituelle.

— Bonjour.

— La cafetière était déjà presque vide. Tu es debout depuis longtemps ?

Il haussa les épaules.

— Deux heures.

Elle sirota son café et l'observa un long moment.

— Tu sais, si ce garçon n'était pas une aussi bonne personne ni un tel pilier de cette communauté, je serais tentée de le virer à coups de pied aux fesses jusqu'à être sûre qu'il ne revienne pas.

— Quoi ?

Il la dévisagea, bouche bée.

— Quoi ? rétorqua-t-elle. Isaiah. Voilà « quoi ». Je n'ai jamais vu personne capable de te tourmenter autant que cet homme. Ça fait moins d'un jour qu'il est revenu dans ta vie, et déjà, tu ne dors plus et tu rumines sur la terrasse… Alors que tout allait bien, même mieux que bien, moins de vingt-quatre heures plus tôt.

— Il m'a surpris, c'est tout. J'ai besoin d'un moment pour me faire à l'idée qu'il est revenu.

— Hum hum.

Russ fit la moue, maussade.

— Nous nous sommes quittés bons amis, Phyl. Tu le sais. Nous avons échangé quelques e-mails, ces dernières années. Tout va bien entre nous.

— Mais c'est différent, de le voir en personne et de savoir qu'il ne sera qu'à une heure d'ici, non ? Vous vous êtes peut-être séparés bons amis, mais ce n'était pas ce que tu voulais vraiment. Tu as agi avec noblesse et laissé un homme que tu aimais poursuivre ses rêves et ses passions. Lui, il t'a blessé, même si ce n'était pas son intention. Ne me mens pas à ce sujet, parce que j'étais là pour te voir recoller les morceaux de ton cœur brisé.

Soupirant, Russ appuya sa tête contre son fauteuil à bascule dans un bruit sourd, puis il ferma les yeux.

— Ça fait presque trois ans. Et comme tu l'as dit, j'ai recollé les morceaux. Je vais bien.

— Non. Plus maintenant, en tout cas. Tu as visiblement encore beaucoup de choses à gérer. Sinon, tu serais en haut, blotti contre cet adorable garçon, au lieu de ruminer sur la terrasse dans le noir.

— L'autre jour, tu me mettais en garde contre Jordan, et maintenant, il est un « adorable garçon » ? fit remarquer Russ en lui jetant un regard éloquent.

Elle leva les yeux au ciel et balaya sa remarque de la main.

— C'était il y a plusieurs semaines. En plus, je t'ai juste dit d'être prudent, pas de rester à l'écart. Et si tu te souviens bien, c'était à cause d'Isaiah que j'ai ressenti le besoin de mettre mon grain de sel et de t'avertir… Je n'ai jamais dit que Jordan n'était pas un garçon gentil.

Russ leva les mains en signe de reddition.

— D'accord, d'accord, tu marques un point. J'ai peut-être quelques problèmes en suspens avec Izzy, mais je vais les régler. Promis. Je ne vais pas laisser tomber Jordan juste parce qu'Izzy est de retour en ville. Tu me connais mieux que ça… ou du moins, tu devrais.

— Je sais que tu ne vas pas faire ça. Tout ce que je te dis, c'est de ne pas te souvenir que des bons moments avec Isaiah en oubliant tout ce que tu as traversé. Cet homme pourrait charmer un mur de prison. Je ne le nie pas. Notre Jordan et lui ont un petit point commun, je pense.

— Notre Jordan ?

Elle lui donna une légère claque sur le bras.

— Ne change pas de sujet.

— Et c'était quoi, le sujet, déjà ?

Elle souffla.

— Ne les laisse pas, lui et ces histoires non réglées, t'ébranler au point de faire quelque chose de stupide et oublier ce qui se trouve en face de toi. C'est tout ce que j'ai à dire.

Sur ces mots, elle se leva et retourna dans la maison, laissant Russ seul avec la migraine qui commençait à sourdre dans sa tempe droite. Il se

171

balança un moment, l'esprit à la dérive, puis son téléphone vibra dans sa poche. Heureux de cette distraction, il le sortit et lut le message.

Salut, Russ. Je me suis dit que tu devais être levé à l'aube, comme toujours. Voici mon nouveau numéro. J'ai oublié de te le donner hier. C'était un peu de la folie, hein ?

Russ fixa l'écran, incrédule, quelques secondes, mais avant qu'il puisse penser à une réponse appropriée, un nouveau message apparut.

Au fait, je sais que je te l'ai déjà dit, mais c'était vraiment un plaisir de te revoir. Tu m'as manqué.

Moi aussi, ça m'a fait plaisir de te revoir, répondit-il après avoir relâché son souffle.

Je dois y aller. Mon service commence dans une heure. Mais il faudrait qu'on se voie bientôt. Juste toi et moi, seuls, pour vraiment rattraper le temps perdu.

— Merde.

— Tout va bien ? demanda Jordan en ouvrant la moustiquaire, puis en s'avançant sur la terrasse.

— Oui, très bien, répondit Russ en remettant son téléphone dans sa poche.

Jordan fronça les sourcils en le regardant faire.

— D'accord. Phyl m'a dit que le petit déjeuner était bientôt prêt.

— OK, j'arrive.

MÊME APRÈS le petit déjeuner, comme Russ était toujours trop distrait, il décida de monter à cheval pour s'éclaircir les idées. Jordan et Phyl l'avaient dévisagé bizarrement pendant tout le temps où il avait mangé et Jon et Ernie s'étaient mis de la partie dès qu'ils étaient arrivés. Ces regards insistants l'avaient irrité. C'était à croire que quelqu'un était mort, vu leurs regards.

C'était vendredi, donc les *weekenders* n'allaient pas tarder à arriver. Russ allait sans doute arracher la tête à certains bénévoles innocents s'il ne s'accordait pas du temps pour lui.

Sur la crête qui surplombait le ranch, là où il avait embrassé Jordan pour la première fois, il descendit de cheval et se laissa tomber par terre, sous l'ombre relative du chêne vert, tandis qu'Archer, un énorme gris bientôt prêt à être adopté, broutait la végétation clairsemée.

Phyl avait raison. Il était ébranlé. Il ne voulait l'avouer à personne, surtout pas à Jordan, mais Izzy et lui avaient encore beaucoup de choses en suspens. Russ avait donné son cœur à cet homme. Trois ans plus tôt, il avait rêvé d'une petite maison près du ranch, ou entre le ranch et l'hôpital, où Izzy et lui pourraient élever deux enfants ensemble. Il ne s'était pas vraiment attardé sur les détails techniques, pour savoir comment ce projet était censé fonctionner, étant donné qu'il travaillait à plein temps au ranch et qu'Izzy faisait des horaires de dingue à son travail, mais le rêve était demeuré présent – même s'il était irréaliste.

Puis, Izzy s'était vu offrir l'opportunité de voyager à travers le monde et Russ avait découvert que l'altruisme et l'esprit civique qu'il avait tant admiré chez Izzy étaient aussi ce qui allait le lui enlever. Soigner les malades au Texas n'était pas suffisant pour satisfaire la fibre humanitaire d'Izzy. Il avait besoin de plus. Comment Russ pouvait-il dire non à cela ?

— Et maintenant, il est revenu.

Archer inclina une oreille dans sa direction et releva légèrement la tête, mais comme Russ n'ajoutait rien de plus, il retourna paître. Malgré l'heure matinale, la chaleur montait de l'herbe poussiéreuse par vagues, tandis qu'il observait l'animation au ranch, en dessous de lui. Il venait juste d'apercevoir la tête blonde de Jordan près de l'écurie.

Avait-il toujours des sentiments pour Izzy ?

Bien sûr que oui. Il ne pouvait pas arrêter d'aimer quelqu'un sous prétexte que cette personne était partie plusieurs années. Ils avaient accepté de rester amis, mais Russ avait présumé qu'Izzy trouverait un endroit bien plus palpitant pour s'installer – et quelqu'un de bien plus palpitant avec qui le faire. Russ avait cru qu'il ne reverrait Izzy qu'une à deux fois par an, quand ce dernier viendrait rendre visite à ses parents, pas qu'il s'installerait dans le coin.

Russ sortit son téléphone de sa poche et relut les messages.

S'ils étaient vraiment amis, comme ils se l'étaient promis, un dîner serait inoffensif. Il aurait tort de refuser une requête aussi simple de la part d'un ami. Cependant, il doutait que Phyl et Jordan le voient ainsi.

Jordan.

La tête appuyée contre le tronc de l'arbre, il observa le ciel bleu clair au-dessus de lui. Jordan était étrangement silencieux depuis la veille, malgré tous les efforts de Russ pour cacher combien il se sentait lui-même perturbé. Il était certain que Jordan ne comprendrait pas qu'il puisse vouloir dîner avec son ex pour se sortir certaines choses de l'esprit, mais quoi qu'il décide, il l'aurait dans l'os.

Ce n'était pas comme si Jordan avait de toute façon prévu de rester de façon permanente non plus. Il avait été clair à ce sujet dès le départ. Leur histoire n'était que temporaire, ce que Russ avait accepté. Il était adulte. Il savait qu'il ne pouvait pas demander à quelqu'un plus que ce que cette personne voulait ou pouvait lui donner, surtout quelqu'un dont toute la vie venait tout juste de voler en éclats.

— Je sais les choisir, hein ? dit-il à Archer, dont les oreilles tressaillirent, mais qui ne prit pas la peine de relever la tête. Tu ne m'aides pas vraiment.

Il soupira, se leva et épousseta son jean. Le week-end arrivait, il ne pouvait se permettre de rester assis toute la journée. Il devait examiner leurs nouveaux venus avant l'arrivée de Tish cet après-midi et il devait veiller à ce que les chevaux les plus prêts à être adoptés soient nettoyés et brossés. Il avait du boulot. Le problème Izzy pouvait attendre.

UNE SEMAINE s'écoula, Russ était toujours aussi déstabilisé et de mauvais poil que le jour où Izzy était apparu par surprise au ranch. Izzy continuait à lui envoyer des messages, ici et là, insistant subtilement pour qu'ils se retrouvent, mais heureusement, ce dernier était trop occupé avec son travail, ses parents et sa recherche d'un logement pour leur rendre visite. Donc, il était facile de repousser l'échéance de décider d'une date pour un dîner.

Jordan fut aussi nerveux qu'un chiot abandonné toute la semaine, mais Russ avait des problèmes à régler, en plus des quatre nouveaux pensionnaires qui nécessitaient des soins quasiment 24 h/24. Jordan et lui dormaient toujours dans le même lit toutes les nuits, mais l'aisance de leur relation, leur tendresse et leurs taquineries avaient disparu. Russ aurait dû prendre le temps de découvrir ce qui tracassait Jordan, mais il ne le fit pas. Jordan le fuyait et lui n'avait pas l'énergie émotionnelle nécessaire pour lui courir après. Phyl avait raison. Personne n'arrivait à le tourmenter autant qu'Izzy et il avait besoin de reprendre son souffle pour démêler tous les nœuds. Il repoussa donc sa culpabilité et laissa les choses en l'état, même s'il savait qu'il le paierait sans doute plus tard.

FIDÈLE À ses nouvelles habitudes, il montait à cheval au moins une heure chaque jour pour se donner l'opportunité de réfléchir au calme, dans un endroit où personne n'avait besoin de lui ni ne venait lui parler. Il ne fit pas vraiment de progrès pendant ses excursions, mais le répit était agréable.

Il en faisait une le vendredi quand un éclat de lumière attira son attention vers l'allée menant au ranch, juste à temps pour voir la voiture de sport écarlate de Jordan se diriger vers la route principale, dans un nuage de poussière. Le ventre soudain noué, Russ remonta à cheval et retourna au petit galop à l'écurie.

Comme Phyl était en pleine conversation avec Michelle près de l'enclos des ânes, il descendit de cheval et mena Archer par la bride jusqu'à elles.

— Où va Jordan ? demanda-t-il lorsque les deux dames se tournèrent vers lui pour le saluer.

— Il a dit qu'il avait quelques courses à faire en ville, répondit Phyl, la mine indéchiffrable.

— Il ne m'a rien dit, grommela Russ, une partie de sa tension disparaissant. Il sait qu'on est vendredi, n'est-ce pas ?

— Je ne le lui ai pas demandé, mais j'imagine qu'il sait très bien quel jour de la semaine nous sommes, répliqua Phyl avec insouciance.

Russ plissa les yeux, son angoisse cédant la place à son irritation, tandis que Phyl levait les siens au ciel. Une main sur la hanche, elle agita un doigt dans sa direction.

— N'en fais pas tout un plat. Il y a du monde pour nous aider à préparer le week-end. Si ce garçon veut une journée de congé, il peut l'avoir. Il l'a plus que méritée, d'après moi. Et ce n'est pas comme si nous le payions, pour le cas où tu l'aurais oublié.

— Il aurait quand même pu demander. Tish arrive dans deux heures, Red et Archer ont besoin d'un bain, en plus de toutes les autres tâches à accomplir, se défendit-il avec colère.

— Eh bien, nous nous en sortions très bien avant son arrivée. Nous nous en sortirons aujourd'hui aussi. Ça pourrait te faire du bien, à vrai dire. Ça te rappellera ce que tu as peut-être pris pour acquis.

Un rapide coup d'œil du côté de Michelle rappela à Russ qu'ils n'étaient pas seuls. Il se retint donc de lui demander ce qu'elle avait bien voulu dire, tourna les talons et amena Archer jusqu'à un enclos où quelqu'un pourrait le panser soigneusement, voire le laver, s'il avait le temps.

Une fois assuré qu'Archer avait de l'eau et après lui avoir donné une petite friandise pour s'être très bien comporté, il sortit de l'écurie d'un pas assuré pour vérifier ses tâches de la journée et s'ajuster à l'absence de

Jordan. Il fixait toujours sa liste sans fin de corvées quand il entendit un cri dans la cour du ranch. Regardant dehors, il vit Jon et Ernie se précipiter vers la maison. Il se mit à courir à son tour avant même d'avoir vu ce qui les faisait galoper ainsi, ou qui.

— Phyl ! hurla-t-il dès qu'il la vit assise sur le sol.

Une entaille saignait abondamment sur son front et coulait dans l'un de ses yeux. Le visage tordu de douleur, elle serrait avec précaution son poignet droit contre sa poitrine.

— Que s'est-il passé ? demanda Russ aux autres en s'asseyant à côté d'elle.

— Je ne sais pas, répondit Ernie, angoissé. Elle montait les marches de la terrasse quand elle est tombée, je pense.

— Merde. Jon, va chercher une serviette, ordonna Russ d'un ton dur.

Il y avait beaucoup de sang.

— Dis quelque chose, Phyl. Es-tu blessée ailleurs ?

— Non, répondit-elle, les dents serrées. Je ne crois pas.

Sa voix était un peu trop faible au goût de Russ et il lui trouvait le teint un peu gris, malgré sa peau bronzée.

— Ça va aller, Phyl. Nous allons nous occuper de toi.

— Arrêtez d'en faire toute une histoire. J'ai juste pris un petit coup à la tête et je me suis fait mal au poignet. Je ne suis pas mourante, grommela-t-elle.

Lorsqu'elle fit mine de se lever, Russ lui posa une main sur l'épaule et sourit, soulagé.

— Ne t'avise même pas d'essayer. Reste assise quelques secondes, madame l'entêtée.

Quand Jon revint, il lui tendit deux serviettes. À l'aide de la première, Russ épongea un peu de sang pour avoir un meilleur aperçu de sa blessure à la tête. Elle n'était pas grosse, malgré tout le sang qui coulait – ce n'était qu'une petite entaille au niveau de son sourcil, qui enflait rapidement –, mais cela signifiait malgré tout que Phyllis s'était cogné la tête plutôt violemment contre quelque chose. Russ en avait l'estomac noué.

— Tu arrives à bouger le poignet ? demanda-t-il.

Phyl grimaça et secoua la tête.

— D'accord, dit-il en lui posant sur le front la seconde serviette que Jon avait humidifiée avec de l'eau fraîche. Jon, peux-tu retourner dans la maison prendre un sac de glace et nous retrouver à la voiture ? J'aurai plus vite fait de l'emmener à Lake Granbury moi-même plutôt que d'attendre une ambulance.

Ernie s'approcha et ils se mirent à deux pour aider Phyl à se relever. Comme son équilibre paraissait précaire, Russ la souleva et la porta jusqu'au pick-up.

— Si j'avais su qu'un homme magnifique me porterait comme une princesse, je serais tombée de ces marches bien plus tôt, plaisanta faiblement Phyl.

— Arrête de parler et garde tes forces pour le trajet, répondit-il en l'attachant.

Jon revint avec une poche de glace emballée dans une nouvelle serviette, que Russ plaça doucement sur le poignet de Phyl, posé sur les genoux de cette dernière. Il se tourna vers les autres et demanda :

— Pouvez-vous tout gérer ici ? Tish ne devrait pas tarder à arriver.

— Vas-y, lui ordonna Ernie en le poussant doucement vers la portière conducteur. Nous connaissons notre boulot, tout comme le doc. Nous allons tenir la barque. Ne t'inquiète pas.

Russ leur serra la main, puis il agrippa fort le volant en rejoignant la route principale. Il avait tenté de conduire le plus prudemment possible, mais les mouvements de la voiture et les bosses sur la route donnèrent à Phyl un teint plus grisâtre que jamais, même si elle ne se plaignit jamais.

— Si tu as besoin de vomir, dis-le-moi, je m'arrêterai, déclara-t-il.

Elle lui lança un regard cinglant.

— Ne sois pas insolent. Je peux toujours te mettre une fessée, même avec la main gauche.

Russ lui répondit d'un grand sourire qui mourut sur ses lèvres quand Phyl siffla de douleur à cause d'une nouvelle bosse sur la route.

Aux urgences, Phyl fut prise en charge tout de suite, sans doute à cause de son âge et du coup qu'elle avait pris à la tête. Russ fut laissé seul dans la salle d'attente, à s'inquiéter. Les odeurs, les bruits et le va-et-vient des gens lui étaient bien trop familiers. Des souvenirs des longues heures passées en salles d'attente à tenir la main de Phyl quand Sean était malade – sans compter les heures passées juste à côté de cet homme fort à le regarder maigrir à vue d'œil – lui revinrent en mémoire et le rendirent nauséeux. Il n'arrivait pas à se raisonner assez pour ralentir les battements furieux de son cœur ou calmer son estomac incertain.

Il tenta de joindre Jordan trois fois sur son portable avant d'abandonner. Il envoya un message à Jon et Ernie pour leur indiquer que Phyl et lui étaient bien arrivés et qu'il les appellerait dès qu'il en saurait plus. Puis, il se tourna les pouces et fit les cent pas dans la pièce, jusqu'à ce qu'une femme aux cheveux foncés réunis en queue de cheval et vêtue d'une blouse blanche s'approche de lui.

— Bonjour, êtes-vous Russ ?

— Ouais, c'est moi, répondit-il en s'approchant d'elle à toute allure.

— Je suis le Dr Woolsey. Phyllis m'a demandé de venir vous voir. De ce que nous savons jusqu'à présent, elle a un poignet cassé et une légère commotion cérébrale. Comme nous lui avons donné quelque chose pour la douleur, elle se repose un peu, mais nous allons ensuite l'emmener passer une IRM dans quelques instants. Elle est réveillée et alerte, ce qui est bon signe, mais comme elle avait des vertiges et a perdu connaissance juste après sa chute, je suis un peu inquiète. Nous allons donc procéder à d'autres examens.

— Elle quoi ?

Le Dr Woolsey haussa ses sourcils minces.

— Elle ne vous l'avait pas dit, supposa-t-elle avec un petit sourire.

Russ grogna.

— Non, elle n'a rien dit.

— S'est-elle plainte récemment d'être fatiguée, de se sentir faible ou étourdie, ces derniers jours ?

— Elle était un peu fatiguée, mais rien d'anormal pour quelqu'un travaillant sur un ranch.

Le médecin hocha la tête.

— Je vais appeler son généraliste. Quand je lui aurai parlé et que les résultats de ses tests seront revenus, je suis sûre que nous en saurons davantage. Nous attendons juste que la machine se libère, et une fois son IRM passée, j'enverrai quelqu'un vous chercher, d'accord ?

Russ relâcha son souffle et la remercia. Elle lui adressa un sourire plein de sympathie.

— Elle est entre de bonnes mains. Elle n'était peut-être que déshydratée et a eu un coup de chaud en essayant de trop en faire, mais avec une blessure à la tête à son âge, nous voulons juste être sûrs.

Si le médecin avait tenté de le rassurer, elle avait lamentablement échoué. Qu'est-ce que Phyl lui avait tu concernant sa santé ? Il avait été tellement préoccupé par ses propres problèmes qu'il n'avait pas fait attention. Il avait promis à Sean de prendre soin d'elle ; or il avait fait un travail merdique ces derniers jours.

Agité, frustré et inquiet, Russ sortit à nouveau son téléphone et envoya un message à Jordan : *Où es-tu ?*

Ne recevant toujours aucune réponse, il grogna et fit défiler les derniers messages qu'Izzy lui avait envoyés, avant d'appeler ce dernier.

— Salut, Russ !

— Tu es occupé ?

— Pas vraiment, je viens de finir mon service. Qu'est-ce qui se passe ?

Russ commença à lui relater les récents événements, mais Izzy le coupa au bout de quelques mots.

— Quel hôpital ?

— Lake Granbury.

— J'arrive au plus vite.

Russ s'affala sur l'une des chaises de la salle d'attente et soupira.

— Merci, Izzy.

— Je serai là très vite, bébé, répondit Izzy avant de raccrocher.

Savoir que quelqu'un arrivait et qu'il n'aurait pas à surmonter cela seul apaisa légèrement la douleur dans sa poitrine. La mort de Sean était bien trop récente pour qu'il n'en ressente pas les échos encore maintenant, et les souvenirs de la peur qu'il avait ressentie le rendaient nauséeux.

Il appela Ernie pour rapporter à tout le monde, au ranch, ce que le médecin lui avait dit. Apparemment, Phyl n'avait confié à personne ses problèmes de santé, ce qui le fit se sentir un peu moins coupable. Lorsqu'Izzy pénétra dans la salle d'attente, une infirmière s'apprêtait à emmener Russ voir Phyl. Izzy lui prit la main et ils suivirent l'infirmière. Russ lui sourit et lui serra la main en signe de gratitude.

Phyl avait l'air pâle et plus vieille de dix ans, allongée dans ce lit d'hôpital. Elle avait une perfusion. Son poignet était installé dans un appareil orthopédique temporaire et elle portait un pansement sur le front.

— J'ai l'air si mal en point ? balbutia-t-elle avec un sourire ridicule.

— J'imagine qu'ils t'en ont donné une bonne dose, hein ? plaisanta Russ en essayant de ne plus avoir l'air aussi triste.

— C'est gentil d'être venu me voir, Izzy. Merci, trésor, dit-elle en tournant la tête vers ce dernier pour lui sourire.

— Je ferais n'importe quoi pour toi, Phyl. Ils s'occupent bien de toi ? demanda Izzy en prenant sa main intacte dans la sienne pour la serrer doucement.

— Ils m'ont tripotée de partout, mais j'imagine que je n'ai pas à me plaindre.

— Est-ce que ton médecin est revenu te voir ?

— Non, pas encore.

— D'accord, très bien. J'aimerais entendre ce qu'elle a à dire.

Lorsque le Dr Woolsey arriva, Izzy se présenta et elle lui sourit.

— Enchantée. Bon, je ne vais pas faire durer le suspense. Nous pourrons entrer dans les détails tout à l'heure, si vous le souhaitez, mais ce qui s'est passé, d'après nous, c'est que vos médicaments pour la tension étaient trop dosés, Phyllis. J'ai parlé à votre médecin, auquel j'enverrai une copie des analyses de sang que nous avons faites. L'IRM a confirmé que vous aviez bien une légère commotion cérébrale, mais après quelques jours de repos, tout ira bien. Nous vous ferons une prescription d'antidouleurs et vous allez sans doute devoir lever le pied. Le Dr Trent, notre orthopédiste, sera là dans un instant pour faire votre plâtre. Vous pourrez rentrer chez vous ensuite. En attendant, essayez de vous reposer un peu.

La vague de soulagement déferla si violemment en Russ qu'il en eut les genoux faibles. Il sourit à Phyl et lui prit la main. Izzy et le Dr Woolsey s'écartèrent pour parler entre médecins, mais Russ les ignora. Il savait ce qu'il avait besoin de savoir et il faisait confiance à Izzy pour lui rapporter plus tard ce qui était important. Peu de temps après, Phyl ferma les yeux et s'endormit – comme si elle n'avait attendu que la permission de le faire – et Russ, Izzy et le Dr Woolsey sortirent de sa chambre.

Ils dirent au revoir au médecin, puis Izzy prit Russ par le poignet et lui fit emprunter plusieurs couloirs jusqu'à une salle vide.

— Tu vas bien ? demanda-t-il dès que la porte se referma derrière eux.

Ses magnifiques yeux ambre luisaient d'inquiétude. Russ poussa un profond soupir et s'adossa au mur.

— Ouais. J'ai juste des flashbacks qui me minent. Je n'aime vraiment pas les hôpitaux. Ne le prends pas mal.

Les lèvres d'Izzy s'incurvèrent et il hocha la tête.

— Ce n'est pas le cas. Tu penses à Sean, n'est-ce pas ? J'imagine que ça a dû être dur. Je suis désolé de ne pas avoir été là.

— C'est bon. Tu m'as appelé dès que tu l'as su. Ça m'a aidé. Merci d'être venu aujourd'hui.

— Il n'y a vraiment pas de quoi. C'est quand tu veux. Tu le sais.

Izzy passa les doigts dans les cheveux de Russ avant de poser la main sur sa nuque et de le tirer vers lui.

— Tu m'as vraiment manqué, Russ.

Il ne lâcha pas Russ du regard en l'attirant plus près de lui. Russ était si perdu et en manque d'affection qu'il ne fit rien pour l'interrompre. Les lèvres d'Izzy étaient aussi chaudes, délicieuses et douces que dans son souvenir. Leur familiarité était agréable. Il avait embrassé ces mêmes lèvres des milliers de fois auparavant, avait senti la force de ce même corps contre le sien. Toujours affaibli par cette journée difficile émotionnellement, il désirait plus que tout se perdre dans cette familiarité confortable, mais il ressentit un pincement de culpabilité qui lui fit poser une main sur le torse d'Izzy pour le repousser.

— Je ne peux pas, soupira-t-il.

— À cause du blond ? Jerry ? Jory ?

— Jordan, rectifia Russ.

— C'est sérieux entre vous ? demanda Izzy qui caressait d'un geste absent la mâchoire et le cou de Russ.

Comme Russ en ressentit des frissons dans tout le corps, il posa la main sur celle d'Izzy pour le faire arrêter et se racla la gorge.

— Oui… et non. C'est compliqué.

Izzy sourit et recula d'un pas.

— Ça n'a pas à l'être, tu sais.

Faisant la grimace, Izzy se redressa et rajusta son pantalon. Après avoir dévisagé Russ quelques instants, il se racla la gorge et sourit, penaud.

— Je sais que je ne peux pas débarquer en ville comme ça et m'attendre à ce que tu chamboules toute ta vie pour moi. Tu sais que ce n'est pas mon genre. Mais si les choses ne sont pas sérieuses avec ce gamin…

— Il n'a que deux ans de moins que toi, fit remarquer Russ avec un sourire ironique.

Izzy haussa les épaules.

— Peu importe. Si les choses ne sont pas sérieuses ou si elles sont compliquées, alors je vais me mettre dans la course. Mais si tu me dis que c'est sérieux, je me tiendrai à l'écart.

Russ mentirait s'il disait qu'il ne fut pas tenté. Lorsque les choses se passaient bien avec Izzy, elles se passaient *vraiment* bien. Mais il ne fut pas tenté autant qu'il aurait pu l'être quelques semaines plus tôt, même en sachant que ce qu'il partageait avec Jordan ne durerait pas, ce qui le surprit. Entre avoir conscience et ressentir quelque chose, il y avait une différence, semblait-il, même s'il était énervé contre cet enfoiré qui ne répondait pas à ses appels. Cependant, cela faisait beaucoup trop à gérer d'un coup pour le moment. Surtout avec son inquiétude pour Phyl en prime.

Il soupira de nouveau, s'écarta du mur et se dirigea vers la sortie.

— Viens. Trouvons un endroit un peu moins privé avant que je m'attire de sérieux ennuis. Je veux être là quand Phyl se réveillera. Et il va déjà falloir que je confesse quelque chose et que je rampe pour me faire pardonner.

Izzy pouffa en le suivant.

XXIV

Izzy resta avec lui jusqu'à ce que Phyl soit autorisée à sortir. Ils s'étreignirent brièvement dans le parking, puis Izzy lui lança un regard sans équivoque avant d'aller récupérer son véhicule.

Au ranch, Jon et Ernie étaient restés tard pour pouvoir voir Phyl de leurs propres yeux. Ils aidèrent Russ à la mettre au lit avant de partir, le laissant assis seul dans le salon à attendre le retour de Jordan, si tant est qu'il ait prévu de revenir. La tension et la distance que Russ avait senties du côté de Jordan la semaine précédente étaient peut-être un moyen pour ce dernier d'essayer de lui dire quelque chose. Mais Jordan lui avait promis de ne pas jouer à des jeux stupides. Il avait promis de parler à Russ s'il avait quelque chose à lui dire.

Bien sûr, comme l'avait fait Russ.

Sauf que Russ ne savait pas quoi dire. Il avait déjà bien plus de sentiments pour Jordan qu'il ne le devrait. Même s'il s'était vanté du contraire, il serait malheureux quand Jordan partirait. Jordan avait sa place au ranch, à présent, et cet espace serait vide après son départ, comme le vide qu'avait laissé Sean après son décès.

Mais Jordan n'avait pas été là quand Russ avait eu besoin de lui, contrairement à Izzy. Jordan ne serait pas là, à l'avenir, se rappela-t-il, contrairement à Izzy.

Il grogna de frustration, ouvrit le réfrigérateur et attrapa une bière. Il n'arrêtait pas de ressasser les mêmes idées depuis une semaine sans aucun signe d'éclaircissement à l'horizon. Russ s'affala sur le canapé, prit une gorgée à la bouteille et jeta un regard mauvais vers les fenêtres, derrière lesquelles le soleil se couchait.

Pourquoi la vie était-elle si compliquée tout le temps ? Et où était Jordan, bon sang ?

La nuit était totale quand Russ entendit des pneus crisser sur le gravier et aperçut des phares à l'extérieur. À ce moment-là, il avait bu plusieurs bières et eu beaucoup de temps pour fulminer de l'absence de Jordan. Que ce soit juste ou non, le stress de la journée, la tension de la semaine précédente, son inquiétude concernant l'afflux de monde le lendemain en ignorant si tout était prêt, son inquiétude croissante au sujet de Jordan, auxquels s'ajoutait une pointe de culpabilité pour faire bonne mesure... Il était mûr pour se disputer.

— Où étais-tu passé, putain ? grogna-t-il dès que Jordan entra dans la pièce, après l'avoir observé de la tête au pied pour s'assurer qu'il ne montrait aucun signe de blessure ou détresse.

Jordan cilla en entendant son ton et fronça les sourcils.

— J'ai dit à Phyllis que j'avais quelques courses à faire à Dallas... et de te dire bonjour pour moi.

— Alors pourquoi n'as-tu pas répondu à ton téléphone quand je t'ai appelé ?

Il refusait de croiser le regard de Russ, mais il croisa les bras et répondit, sur la défensive :

— J'ai oublié de le brancher hier soir, donc la batterie est morte sans que je m'en rende compte. Je n'ai vu les notifications que tard, après avoir trouvé un chargeur, et le seul message que tu m'as laissé disait de t'appeler. Comme j'étais presque arrivé ici, je me suis dit que je te verrai en rentrant à la maison. C'est quoi le problème ?

— Il ne t'est jamais venu à l'idée que ça puisse être important ?

Jordan leva les yeux au ciel.

— J'avais besoin de m'en aller quelques heures. Ce n'est pas un crime.

Il fit volte-face pour monter l'escalier, mais Russ lui courut après et lui bloqua le passage.

— Je n'ai pas fini de parler, déclara-t-il en agitant un doigt devant le visage de Jordan.

— Tu es saoul et énervé, donc je pense que moi, j'ai fini de te parler.

Russ plissa les yeux et serra les dents, mais ne s'écarta pas. Jordan lui lança un regard noir à son tour.

— Tu agis comme si j'avais commis un crime, alors que j'ai juste décidé de prendre une journée de congé pour une fois. Seigneur. Tu sais, tu n'as pas cessé de disparaître au beau milieu de la journée toute la semaine et personne ne te crie dessus pour ça, répliqua Jordan en soufflant.

— Je partais à cheval une heure maximum, pas toute la journée. Je suis toujours sur le ranch et je fais faire de l'exercice aux chevaux en même temps. C'est toujours du travail.

Jordan leva les bras sur les côtés.

— Eh bien, je suis désolé, d'accord ? Je suis peut-être aussi pourri gâté et inutile que tu le croyais, hein ? Tu sais, personne ne peut être un saint comme ton ex. Certains ne sont que des humains, cria-t-il.

— Baisse d'un ton, siffla Russ. Phyl a besoin de se reposer. Elle s'est blessée aujourd'hui pendant que tu faisais quelques *courses*.

Pris de court, Jordan le dévisagea, bouche bée.

— Quoi ?

— Elle est tombée des escaliers et j'ai dû l'emmener à l'hôpital.

— Oh Seigneur. Elle va bien ?

Un peu radouci par la réaction de Jordan, Russ recula et répondit :

— Un poignet cassé. Un coup à la tête. Le médecin a dit que tout irait bien pour elle, mais qu'elle aurait mal ces prochains jours.

— Je suis désolé, Russ. Je ne savais pas, murmura Jordan, le regret inscrit partout sur son visage.

— Tu l'aurais su si tu t'étais donné la peine de me rappeler. Tu as des responsabilités, ici, maintenant, tu sais. Des gens dépendent de toi.

Jordan baissa la tête.

— Oui. Je l'avais oublié. Je suis désolé. Ça ne se reproduira plus.

Il paraissait si malheureux qu'au milieu de toutes les émotions qui bouillonnaient en Russ, ce fut la culpabilité qui commença à poindre. Il se mit à douter et à avoir le sentiment que sa colère justifiée n'était peut-être pas aussi justifiée qu'il le pensait. Il n'avait pas vraiment été un saint ce jour-là, lui non plus. Il avait quelques excuses à présenter, lui aussi. Il se dit qu'il valait mieux le faire tout de suite pour ne pas que cela le tracasse toute la nuit.

Il se racla la gorge et commença :

— Comme je n'arrivais pas à te joindre, j'ai appelé Izzy. Il est resté avec moi jusqu'à ce que Phyl sorte.

Russ s'attendait à de la suspicion, de la jalousie et peut-être même un Jordan blessé. Il s'attendait même à la colère et à l'incrédulité de ce dernier. Mais le visage de Jordan était vide de toute expression.

— Oh, commenta ce dernier, d'une voix monotone.

— Il m'a beaucoup aidé, en parlant avec le médecin notamment. Il a toujours été un bon ami.

— D'accord.

Russ remua les mâchoires quelques instants, inspira profondément et poursuivit :

— J'ai été un peu envahi par mes émotions. Après tout ce qui s'est passé avec Sean, les hôpitaux ne sont pas mon endroit préféré. J'étais inquiet pour Phyl et je gérais mes vieux démons. Izzy était gentil, comme au bon vieux temps, et je me suis laissé emporter. Je n'aurais pas dû. Nous nous sommes... euh... embrassés.

— Oh.

Russ fronça les sourcils.

— Oh ? C'est tout ce que tu as à dire ? Tu n'es pas en colère ?

Jordan haussa les épaules.

— Tu n'as même pas l'air surpris.

Même s'il n'en avait aucun droit, Russ se sentait offensé.

— Je ne le suis pas, répliqua Jordan d'un ton toujours morne et un peu froid. J'ai vu ta façon de le regarder.

— Jordan...

Jordan leva la main.

— Tu veux bien m'excuser un instant ?

Sans ajouter un mot, Jordan le contourna et monta à l'étage. Russ le regarda faire, incrédule, jusqu'à ce qu'il entende une porte se refermer doucement.

— C'est quoi ce bordel ?

Sa colère atteignit de nouveaux sommets. Il monta les marches quatre à quatre. La seule porte fermée était celle de la salle de bain. Il s'en approcha à grands pas et toqua.

— Jordan ?

Il aurait voulu frapper le battant, mais Phyl dormait juste en dessous.

— Jordan, ouvre la porte.

— Non.

Russ grinça des dents.

— Ouvre cette fichue porte et parle-moi, siffla-t-il. Ne joue pas les immatures avec moi en te cachant derrière cette porte. Si tu es énervé, sors d'ici et dis-le-moi en face. Frappe-moi. Fais quelque chose !

Le bruit de la chasse d'eau le fit taire quelques secondes. Il y eut ensuite des éclaboussures d'eau au niveau du robinet, puis Jordan ouvrit brusquement la porte en s'essuyant le visage avec une serviette.

Ses yeux bleus ressortaient sur son teint cireux.

— Tu sais quoi ? dit-il, en jetant la serviette par terre sous le coup de la colère. Tu as raison. Je suis immature. Je ne suis pas digne de confiance et j'en fais toujours des tonnes. Je suis un foutu raté, même. Je suis sûr que ça va rendre ta décision bien plus facile.

Perdu, Russ fit un pas en arrière et demanda :

— Quelle décision ?

Jordan leva les yeux au ciel.

— Oh, allez. J'ai compris. Vraiment. Je convenais pour du court terme, mais du long terme avec moi te ferait bien rire, hein ? C'est toute l'histoire de ma vie, tiens. Je suis bon, mais jamais assez. Pas quand Dr Parfait t'attend. Et ne me dis pas que ce n'est pas le cas. Je t'ai vu regarder ton téléphone toute la semaine et je parie qu'il est arrivé en courant à la seconde où tu l'as appelé.

Russ cilla.

— Écoute. Je suis désolé de l'avoir embrassé. Vraiment. C'était une erreur. Mais ce n'était qu'un baiser. J'y ai mis fin et j'ai dit à Izzy que j'étais en couple. Si je te l'ai dit, c'est parce que je ne veux pas te mentir. C'est ce que je t'ai promis dès le début et je m'y tiens.

Il poussa un soupir et fit la grimace.

— Oui, il m'a envoyé quelques messages cette semaine, mais il me demandait juste si nous pouvions nous revoir pour rattraper le temps perdu. C'est tout. Je ne serais pas allé le retrouver sans t'en parler d'abord. Tu devrais le savoir.

Les lèvres pincées, il étudia le visage de Jordan, à la recherche de certaines réponses.

— Je ne sais pas d'où ça vient, tout ça, donc tu vas devoir m'aider, d'accord ? Pour ce que j'en sais, nous n'avions jamais prononcé les mots « à long terme »… Du moins, c'est la première fois que je les entends. Si ça a changé pour toi, tu ne me l'avais pas dit. Tu as le droit de m'en vouloir pour le baiser et de m'être comporté un peu comme un con cette semaine. Je le mérite. Mais tu ne peux pas m'en vouloir pour quelque chose dont nous n'avons même pas parlé.

Les yeux de Jordan cessèrent de flamboyer. Il eut soudain l'air vaincu et s'appuya contre le chambranle.

— Quelle importance, maintenant ? demanda-t-il d'un air abattu.

— Ça en a pour moi, l'aiguilla Russ.

Il préférait un Jordan en colère contre lui que son humeur actuelle. Cette dernière lui brisait le cœur.

— Tu vas devoir me dire ce qui se passe dans ta tête, sinon, je ne pourrai pas t'aider. Dis-moi d'enlever mes œillères. Dis quelque chose.

Jordan prit une brusque inspiration et leva ses yeux remplis de douleur vers Russ, puis dit :

— Quoi ? Tu veux que j'ouvre mon cœur juste là, que je vide mon sac, pour pouvoir me dire ensuite que tu es toujours amoureux de ton ex parfait et que tu vas lui laisser une nouvelle chance ? C'est vraiment ce que tu veux ?

Sans laisser à Russ l'opportunité de répondre, Jordan s'écarta du mur et s'approcha.

— D'accord, très bien. Suis-moi.

Jordan descendit l'escalier.

— Viens, je vais te montrer.

Perdu et un peu submergé, Russ suivit Jordan jusqu'à l'avant de la maison.

Bon sang, quelle journée... Ah, quelle semaine, même.

Avec emphase, Jordan indiqua du bras le parking. Sous l'éclairage du spot posé sur l'écurie, Russ vit une petite berline minable bleue garée à l'emplacement habituel du cabriolet de Jordan.

— Elle est à qui, cette voiture ?

— À moi. C'est ce que je faisais à Dallas. J'ai échangé le cabriolet contre une petite voiture minable que j'avais les moyens de payer et d'entretenir, et j'ai mis au clou tout ce que je possédais qui avait de la valeur.

Jordan mit ses mains dans ses poches et fixa l'obscurité du regard, dos à Russ.

— J'ai parlé à Phyl la semaine dernière de la possibilité de rester au ranch de manière plus permanente. J'étais en train de rassembler le courage de t'en parler quand Dr Parfait est apparu.

Jordan rit, amer, et lui jeta un bref regard par-dessus son épaule.

— Manifestement, quelqu'un par ici a voulu me rappeler, avant que je puisse m'humilier, que je n'ai vraiment pas grand-chose à t'offrir. J'imagine que je devrais le remercier.

Comme Russ se contentait de le dévisager, sans voix, Jordan fit la grimace et s'entoura de ses bras en un geste protecteur.

— Ouais. Donc mon plan était foutu, en quelque sorte, et je ne savais pas vraiment ce que j'allais faire maintenant. Mais je me suis dit que je ne pouvais plus repousser l'échéance plus longtemps. Je devais commencer à grandir, à un moment donné, même si l'avenir ne ressemblerait pas à ce que j'avais espéré.

Russ s'approcha de Jordan, mais la posture de ce dernier n'invitait pas au contact, alors il s'interrompit avant de le toucher.

— Qu'allais-tu m'offrir ?

— Russ…

— Dis-moi, murmura-t-il doucement.

Jordan se tourna vers lui, le visage blessé.

— Moi. D'accord ? J'allais m'offrir moi… ce qui paraît vraiment stupide et pathétique, maintenant. Sérieux, regarde-moi ? Je ne ressemble à rien.

Il écarta les bras et fit les cent pas sur la terrasse en poursuivant :

— Je suis au chômage et presque sans abri. Une seule personne de ma famille me parle. Je suis très bien éduqué, mais je n'ai aucune compétence dans le monde réel, parce que je n'ai jamais eu à m'en occuper moi-même.

Il se figea à quelques mètres et fit brusquement volte-face.

— Et je porte tes putains de vêtements, pour l'amour du Ciel !

— Je te trouve magnifique dans mes vêtements, murmura Russ.

— Non. S'il te plaît, ne fais pas ça, souffla Jordan qui se recroquevilla sur lui-même. J'ai réussi à ne pas pleurer jusqu'ici. Je ne suis pas certain d'y arriver encore longtemps.

— Viens là, ordonna Russ, bourru, en se rapprochant de Jordan.

Le jeune homme refusait de le regarder. Il resta raide quand Russ l'attira contre lui, mais Russ tint bon.

— Regarde-moi, murmura Russ, mais Jordan secoua la tête et tenta de s'écarter. S'il te plaît ?

Un long moment s'écoula, puis Jordan poussa un soupir, repoussa Russ d'un coup d'épaule et lui tourna le dos, les mains posées sur la rambarde. Il s'adressa à la nuit.

— Je ne suis pas stupide. Je sais que je compte pour toi. Je sais que tu ne veux pas me faire de mal. Mais ça fait à peine un mois que nous sommes ensemble. Tu l'as aimé bien avant de me rencontrer. J'ai compris. Il a tout pour lui et moi non. Malgré tous mes efforts pour me voiler la face, ces dernières semaines m'ont appris certaines choses sur moi. J'ai encore beaucoup de chemin à parcourir, manifestement, mais j'aime à croire que j'ai mûri un peu. J'aime à croire que je suis moins égoïste et égocentrique qu'avant.

Il se racla la gorge et redressa les épaules.

— L'homme nouveau, adulte et meilleur que je suis, veut se montrer mature à ce sujet. Je veux ton bonheur – apparemment plus que le mien, ce qui est bizarre. Mais tu le mérites. Je sais que tu n'as jamais vraiment eu autant besoin de moi que moi de toi, donc j'essaie de faire ce qu'il faut maintenant.

Il regarda Russ par-dessus son épaule et esquissa un sourire ironique.

— C'est tout nouveau pour moi et je ne sais pas combien de temps ça va durer, donc tu ferais mieux d'arrêter de faire traîner les choses et d'en tirer avantage avant que je m'accroche à toi en en faisant des tonnes.

Russ se rapprocha de Jordan une nouvelle fois et lui posa une main sur la nuque. Jordan frémit et aboya un rire douloureux.

— Je suis sérieux quand je te dis que je ne sais pas combien de temps je vais pouvoir continuer à être mature à ce propos. Si tu restes encore un peu, tu ne devrais pas tarder à découvrir quelle diva immature je peux être.

— Je m'en fiche. Mais j'ai l'impression d'être un peu lent et j'ai besoin de quelques précisions, d'accord ? demanda Russ d'un ton prudent.

— D'accord.

— Si je comprends bien, tu es en train de me dire que tu veux rester ici, au ranch, avec moi, à long terme. Mais que tu es prêt à sacrifier ça parce que tu crois que je serais plus heureux avec Izzy. Ai-je raison ?

— Oui.

— Parce que tu m'aimes ?

Une boule dans la gorge, à en juger par sa difficulté à déglutir, Jordan souffla :

— Oui.

— Mais bizarrement, tu penses n'avoir rien à m'offrir ?

— Il t'aime, lui aussi. Ça se voit à sa manière de te regarder... et tu le sais. Tu n'arrêtes pas d'y penser depuis son retour. Je ne suis pas aveugle.

Jordan se redressa et regarda cette fois-ci Russ droit dans les yeux.

— J'essaie juste d'être un homme encore meilleur, là, et de te dire que je comprends. J'ai saisi.

Il haussa les épaules et esquissa une parodie de sourire.

— Comme je te l'ai dit, c'est toujours comme ça pour moi. Je suis bon, mais jamais assez. Un mauvais timing. Le destin. Un caractère médiocre. Qui sait ? Mais je suis arrivé jusque-là, cependant, un petit pas à la fois. Je me suis un peu amélioré... je crois.

— Tu es trop dur avec toi-même.

— Dit l'homme qui me considère comme un enfant gâté depuis le premier jour.

Russ leva les yeux au ciel.

190

— Je veux bien admettre que parfois, je me trompe. En fait, il me semble me souvenir l'avoir admis devant toi à plusieurs reprises.

Il attira Jordan contre lui et l'emprisonna contre la rambarde.

— Mais, murmura-t-il contre les lèvres de Jordan, j'apprends de mes erreurs.

Il posa ses lèvres sur celles de Jordan, malgré le murmure incrédule de ce dernier et son frisson, et ne lâcha pas prise avant de sentir Jordan se détendre. Il finit par reculer pour qu'ils puissent reprendre leur souffle, puis posa le front contre celui de Jordan et resta ainsi, laissant la brise fraîche les effleurer et les criquets striduler leur sérénade nocturne à la nuit.

— Tu ne rends pas les choses faciles, plaisanta Jordan en haletant.

— Ce n'est pas ce que j'essaie de faire.

— Et qu'en est-il du Dr Parfait ?

Russ soupira et se recula assez pour regarder Jordan dans les yeux. Il écarta ses mèches blondes de son front et lui dit :

— Tu ne peux pas décider ce que j'ai à l'esprit à ma place, chéri. Tu le sais, n'est-ce pas ? Si notre relation est amenée à durer, tu vas devoir arrêter de sauter aux conclusions dès que je me montre silencieux quelques jours, d'accord ? Je t'ai déjà prévenu que je n'étais pas toujours très doué avec les mots.

— Et est-elle… amenée à durer ?

— C'est ce que je veux.

— C'est vrai ?

Russ pouffa.

— N'aie pas l'air aussi surpris. J'aurais cru que les semaines précédant ce merdier t'avaient donné la preuve que j'aimais être avec toi, un petit peu. Je ne te l'avais pas dit ? Visiblement, je n'ai pas bien fait mon travail.

Jordan leva les yeux au ciel et poussa légèrement Russ.

— Ce n'est pas ça. Crois-moi, je ne me plaignais pas. Tu es le meilleur petit ami qu'un gars pourrait rêver d'avoir. C'est juste que… Notre histoire est si récente et lui si parfait, bon Dieu.

— Il n'est pas parfait. Personne ne l'est. Je ne vais pas dire qu'il n'a pas de bons côtés, mais tu en as, toi aussi.

— Mais ce que vous avez partagé…

— Est terminé, clarifia Russ.

— C'est vrai ?

— Oui. Tu avais raison. J'ai été perdu pendant quelque temps et je suis désolé de t'avoir blessé en ne t'en parlant pas, mais honnêtement, je ne savais vraiment pas quoi dire. J'avais cru que j'avais laissé tout ça derrière moi.

Jordan arbora une expression à la fois inquiète et curieuse, mais pas compréhensive. Russ soupira, prit Jordan par la main et le mena jusqu'aux fauteuils à bascule. Lorsqu'ils furent assis tous les deux, il reprit la main de Jordan et expliqua :

— J'étais fou amoureux d'Izzy, quand il est venu me dire qu'il voulait aller en Afrique. J'ai décidé de ne pas essayer de l'en empêcher, pour tout un tas de raisons, mais ça n'a pas rendu plus facile le fait de le laisser partir. Phyl était là, elle pourra te le dire. Pendant longtemps, j'étais une épave et je n'en ai rien dit à Izzy. Mais j'ai surmonté ça un jour… ou du moins je le croyais.

— Mais ensuite, il est revenu, suggéra Jordan.

— Oui, et je me suis de nouveau retrouvé embrouillé, mes sentiments n'étaient pas aussi clairs que je le croyais, j'imagine. Je crois que ce qui me travaillait, c'était qu'aucun de nous n'avait vraiment changé ou fait quelque chose de mal. Il était toujours l'homme que j'aimais. Il voulait juste ardemment quelque chose dont je ne pouvais pas faire partie et ne le voulais pas, pour poursuivre mes propres rêves. Il n'avait rien fait que je puisse lui reprocher. Il n'était pas… Il n'est pas un homme mauvais et moi non plus. J'étais blessé, mais je n'avais aucun exutoire. J'étais en colère, mais je n'avais pas le droit de l'être.

— Mais il est revenu et il a l'intention de rester, non ? Et manifestement, il espère reprendre avec toi les choses là où elles en étaient restées.

— Peut-être, mais je suis déjà avec quelqu'un d'autre.

Jordan fronça les sourcils.

— Si c'était aussi clair et net, son retour ne t'aurait pas tourmenté comme ça.

— Je ne savais pas où nous en étions, toi et moi. Maintenant, je le sais.

— C'est aussi simple que ça ?

Russ haussa les épaules et sourit.

— Je suis un homme simple.

Jordan pouffa et secoua la tête.

— N'importe quoi.

Le sourire de Russ s'agrandit. Il se leva et s'agenouilla entre les jambes de Jordan, les mains sur ses cuisses.

— Alors, disons que je suis un homme de parole. Si tu veux faire en sorte que ça marche… Si tu as envie de rester ici avec moi et Phyl et faire ce dont vous avez convenu, ça me va. Fini les questionnements et les inquiétudes…

— Et les baisers aux ex-petits amis ?

— Ça aussi.

— Aussi simplement que ça ?

— Ouaip.

— Pourquoi ?

Russ fronça les sourcils.

— Comment ça, pourquoi ?

— Pourquoi moi, quand tu pourrais avoir Dr Parfait ?

Russ soupira et secoua la tête.

— Comme je te l'ai déjà dit, il n'est pas parfait. Je ne vais pas te faire la liste de ses défauts, parce que ce n'est pas mon genre, mais j'ai déjà un mec. Il est assis juste devant moi et je l'aime.

— C'est vrai ?

Jordan haussa les sourcils et la lueur d'espoir méfiant dans son regard brisa le cœur de Russ.

— Oui, c'est vrai.

— Je n'arrive pas à comprendre pourquoi.

— Alors, j'imagine que je vais devoir devenir plus doué pour te le dire, hum ?

Jordan baissa la tête et poussa un soupir tremblant.

— Je suis désolé, mais oui. De temps en temps, j'aurais besoin d'entendre ces mots… Même si ça ne devrait pas être le cas, vu comme tu es bon avec moi.

— Il n'y a pas de « devoir » ou « pas devoir » qui tienne. Tu as besoin de ce dont tu as besoin. Tant que tu me dis de quoi tu as besoin et que tu ne m'en veux pas trop d'oublier parfois, tout ira bien entre nous. Tu supportes bien mon caractère grincheux, non ? J'aurais dû te parler. Je t'avais promis d'être avec toi à cent pour cent, mais au premier événement qui m'a ébranlé, j'ai pris du recul. Tu es bien plus courageux que moi, de m'avoir dit tout ça alors même que tu craignais de me perdre. Je ne veux pas être un poids pour toi non plus, si tu espérais des choses plus grandes ou meilleures.

— Je t'avais carrément dit que je ne comptais pas rester. Je pouvais difficilement te blâmer de vouloir être avec quelqu'un qui le voulait.

— Qu'est-ce qui t'a fait changer d'avis ?

— Toi, Phyl, cet endroit. J'avais certaines idées ancrées en moi concernant ce à quoi une vie était censée ressembler, et même quand je croyais avoir laissé tout ceci derrière moi, ce n'était pas le cas. Je n'ai jamais été aussi heureux qu'en ce moment. J'aime les chevaux. J'aime ce que je ressens en les aidant, eux et les autres animaux. J'aime être ici avec tout le monde. Je t'aime, toi.

— Moi aussi, je t'aime.

Jordan lui adressa un sourire tremblant et pouffa doucement. Ils se firent les yeux doux pendant un long moment, puis Jordan se mordilla la lèvre et dit :

— Russ ?

— Ouais ?

— On peut aller baiser, maintenant ? Je ne suis qu'une salope en manque d'affection, je sais. Mais si les paroles, c'est bien, je veux bien tout le reste aussi, surtout du sexe passionné.

Russ poussa un soupir exagéré, se releva et tendit la main à Jordan.

— J'imagine que je peux le supporter, si tu me forces la main.

Joueur, Jordan le poussa légèrement.

— Je vais te forcer bien plus que la main, si tu ne montes pas ton cul grincheux à l'étage.

S'ensuivit la lutte la plus silencieuse de tous les temps pour arriver le premier à l'escalier sans réveiller Phyl, où ils se poussèrent légèrement et se pelotèrent franchement.

XXV

JORDAN S'ÉTIRA comme un chat dans le lit de Russ, savourant les tiraillements et les douleurs qu'il ressentait après une nuit d'ébats ininterrompus. Russ était sorti du lit avant l'aube, mais il avait posé un baiser sur le front de Jordan et lui avait murmuré « Je t'aime » avant de s'en aller, donc son absence à son réveil ne dérangeait pas trop Jordan.

Un bip retentit sur son téléphone, qu'il récupéra sur la table de nuit.

À l'aéroport. Vais à Key West avec Britney. Reprise de mission Acceptation à mon retour. Maman en train de céder. Tu lui manques. Bisous

Jordan sentit un pincement au cœur. Il reposa son téléphone. Depuis sa visite, Gemma avait décidé de prendre sa défense auprès de leur famille. Il ignorait ce qu'elle pouvait accomplir exactement, mais il lui en était reconnaissant, car cela signifiait au moins qu'il comptait beaucoup pour elle. Sa douleur s'était estompée par rapport aux premières semaines, mais elle était toujours là, dans un coin, comme une dent cariée.

Il gémit et se redressa, les pieds au sol. C'était samedi, Phyl était alitée et il y avait besoin de tout le monde pour préparer le ranch à la venue des *weekenders*. Il ne pouvait pas s'apitoyer sur son sort et sur le passé toute la journée. Heureusement, Phyl n'avait pas parlé de groupes de Girls Scouts pour le week-end. Il n'était pas certain d'arriver à les gérer sans elle. Pas encore, en tout cas.

Malgré le message qu'il avait reçu et la journée chargée qui l'attendait, il sautillait en se rendant sous la douche. Il lui en faudrait beaucoup pour le déprimer, ce jour-là.

Il m'aime.

Russ devrait le lui dire une bonne centaine de fois avant qu'il se fasse à cette idée, mais chaque fois que cette pensée lui traversait l'esprit, Jordan souriait et en avait des papillons dans le ventre.

Va te faire voir, Dr Parfait. Il est à moi.

Jordan botterait les fesses de ce dernier pour avoir osé poser la main sur son homme, si seulement Izzy ne faisait pas vingt-cinq kilos de muscles de plus que lui. Il pourrait sans doute écraser Jordan comme une canette de soda, donc s'en prendre à lui n'était pas vraiment à l'ordre du jour. Jordan n'était pas aussi stupide.

Malgré tout, il aurait aimé le faire.

Il alla voir Phyl, qui dormait toujours et à qui quelqu'un avait déjà laissé de l'eau, des fruits et une boîte de médicaments sur la table de chevet, puis il se rendit dans la cuisine pour prendre une tasse de café. Russ avait déjà préparé la cafetière, bien sûr. Jordan soupira en savourant sa première tasse.

— Salut, lui dit Russ en apparaissant à l'entrée de la cuisine.

— Salut, répondit Jordan avec un sourire impatient.

— Je venais juste voir comment allait Phyl et si elle avait besoin de quelque chose.

— Je viens d'y aller. Elle dort toujours.

— D'accord. J'imagine qu'il va falloir que nous trouvions quelque chose pour le petit déjeuner.

— J'ai déjà le mien, répondit Jordan en levant sa tasse à café.

Russ fronça les sourcils. Jordan leva les yeux au ciel, avança vers Russ d'un pas sautillant et lui posa un petit bisou sur les lèvres pour le calmer.

— D'accord, d'accord. Je sais. Tu vas piquer une crise si je ne mange pas autant qu'une petite armée. Après la nuit dernière, j'admets avoir un peu faim.

Un sourire incurva les lèvres de Russ, qui attira Jordan contre lui et l'embrassa de nouveau.

— Si c'est tout ce qu'il faut, j'imagine que je peux répéter l'opération aussi souvent que nécessaire.

Jordan frissonna et se frotta contre Russ un instant, avant de s'écarter en gémissant.

— On est samedi, leur rappela-t-il à tous les deux. Va voir l'agenda de Phyl pour savoir ce qui est prévu pour aujourd'hui et moi, je vais chercher ma tablette pour regarder sur YouTube quelques vidéos sur la manière de préparer un petit déjeuner qui ne nous tuera pas tous les deux ou ne mettra pas le feu à cette maison.

Russ lui fit un grand sourire, une petite tape sur les fesses et se dirigea vers le bureau de Phyl.

— Merci infiniment, lança-t-il par-dessus son épaule. J'ai eu peur que tu m'obliges à préparer le petit déjeuner.

— Bon sang, non. Tu détestes les hôpitaux, je te rappelle, évitons que tu t'y retrouves, le taquina Jordan.

Il choisit plusieurs vidéos, qu'il visionna trois ou quatre fois, puis se mit devant la cuisinière, certain d'être capable d'arriver à faire des œufs brouillés, du bacon et des toasts. Il avait regardé Phyl faire assez souvent, cela n'avait pas l'air très compliqué. Il brûla peut-être quelques aliments, mais il en rejeta la faute sur Russ, qui ne cessa d'arriver derrière lui pour lui mordiller le cou, le distrayant.

Mais il devait reconnaître ceci à ce dernier : il en avala chaque bouchée sans se plaindre. Et il ne sermonna pas Jordan pour avoir refusé de manger les parties brûlées de sa propre nourriture.

— Ne devrait-on pas en garder pour Phyl ?

— Nan. Il va y avoir des bénévoles toute la journée et je pense que Jon et Ernie prévoient de venir voir comment elle va, même s'ils sont en congé. Connaissant leurs femmes, il va bientôt y avoir une montagne de nourriture ici.

Lorsque le téléphone de Russ vibra, ce dernier en perdit le sourire. Jordan, lui, sentit son ventre se nouer.

— C'est lui ? demanda Jordan.

— Ouais, soupira Russ. Il m'en a envoyé un autre ce matin aussi.

Jordan se força à ne pas tendre le cou pour pouvoir regarder l'écran et dit :

— Qu'est-ce qu'il veut ? Ou est-ce une question stupide ?

Russ lui sourit gentiment et lui prit la main.

— Il aimerait que nous nous retrouvions pour le dîner, juste tous les deux.

— Et qu'as-tu répondu ?

— Rien pour l'instant. Je voulais te parler d'abord.

— Parce que c'est ce que font les gens quand ils sortent ensemble ?

Le sourire de Russ s'élargit.

— Oui. C'est ce qu'ils font.

En soupirant, il soutint le regard de Jordan.

— Il va bien falloir que je le rencontre en face à face à un moment donné. Je ne trouve pas correct de lui dire ce que j'ai à lui dire par téléphone. Est-ce que tu es d'accord avec ça ?

Non.

— Bien sûr.

Russ haussa les sourcils et pouffa.

— Bien sûr ?

Jordan leva les yeux au ciel, se leva et posa son assiette dans l'évier. Il la rinça, la mit dans le lave-vaisselle, puis s'adossa au plan de travail.

— Toute cette histoire de se comporter en adulte, c'est difficile. Tu sais, ça ?

Russ ramassa son assiette, la posa sur le plan de travail et prit les mains de Jordan.

— Je sais.

— Je ne veux vraiment pas me montrer juste et te laisser le rencontrer seul, mais je sais aussi que je ne devrais pas t'empêcher de faire ce qui te semble juste.

— Tu me fais confiance ?

— Oui… en grande partie.

— Je t'ai donné ma parole et je suis un homme de parole, exact ?

— Oui, admit Jordan à contrecœur.

— C'est toi et moi qui sortons ensemble, maintenant, et non plus lui et moi. Je veux juste le lui dire en face, comme il faut. Lui et moi, c'est terminé. Je te le promets. C'est terminé depuis presque trois ans, quand il est parti poursuivre ses rêves… Tu vois, je suis un homme égoïste, au fond de moi. Je veux que l'homme que j'aime m'inclue dans ses rêves. Je veux en faire partie et non en être un obstacle.

— D'accord.

Jordan hocha la tête et relâcha son souffle.

— Tu sais, tu… fais partie de mes rêves. Je n'en avais aucun, en arrivant ici. J'étais si occupé auparavant à essayer d'être quelqu'un que je n'étais pas, et à échouer, que je n'avais jamais pris le temps de rêver. Mais j'ai des rêves, à présent. J'aime ce ranch. J'aime les chevaux et le travail que nous faisons. J'aime Phyl. Je t'aime, toi. Voilà ce que je veux.

Les yeux brun foncé de Russ s'adoucirent et se mirent à briller. Il serra Jordan contre lui.

— Nous sommes une famille, maintenant. Toi, moi, Phyl, Jon et Ernie, le ranch et tous les animaux que nous sauvons. C'est ça, une famille. Si tu me dis que ça te suffit, tu feras de moi l'homme le plus heureux du Texas.

— Ça me suffit.

— Et si, par hasard, ce n'est plus le cas un jour, dis-le-moi, d'accord ?

— Oui. Mais je ne crois pas rêver un jour de quelque chose dont tu ne feras pas partie.

— Ça me convient.

Jordan l'embrassa, langoureusement. Il s'accrocha aux épaules minces et puissantes de Russ, souhaitant pouvoir s'entourer de Russ comme d'une couverture et se prélasser ensuite en lui, mais un raclement de gorge à la porte et le bruit de pneus sur le gravier mirent fin à ce moment.

— Désolée de vous interrompre, déclara Phyl.

Ils s'empressèrent d'aller l'aider à s'asseoir, tandis que Russ la sermonnait pour être sortie du lit. Elle écarta ses protestations d'un geste de la main.

— J'y retournerai bientôt. Mais comme j'ai entendu des colombes roucouler dans ma cuisine, j'ai eu envie de venir voir comment ça se passait.

Jordan rougit et Russ leva les yeux au ciel.

— Espèce de femme bornée.

Elle lui sourit en même temps que des portières claquaient à l'extérieur.

— J'imagine que c'est la cavalerie.

Jon et Ernie entrèrent, portant, tous les deux, des cocottes recouvertes de papier aluminium. Russ lança un sourire à Jordan.

À regarder les trois hommes chouchouter Phyl et cette dernière grommeler et râler tout en tentant de cacher son sourire, Jordan se sentit tout attendri.

— J'entends ton cerveau bourdonner jusqu'ici, murmura Russ en posant les casseroles sur les meubles de la cuisine et en sortant des assiettes pour Phyl et les garçons.

Jordan se mordit la lèvre et jeta un regard en coin à Russ, tout en l'aidant.

— Russ, tu sais que je suis toujours une épave, n'est-ce pas ? J'essaie d'aller mieux. Je suis heureux… extatique, même, que Phyl et toi me vouliez dans votre famille, mais je suis toujours une épave.

— Nous le sommes tous, parfois. Personne n'est parfait. Le B STAR est là pour nous aider, si nous voulons l'être.

Russ prit les assiettes et fit un clin d'œil à Jordan.

— En plus, je t'ai dit que je serais l'homme le plus heureux du Texas, si tu voulais bien être *mon* épave.

Pas certain d'apprécier, Jordan resta figé devant la cuisinière, jusqu'à ce que Russ lui adresse un nouveau sourire et dise :

— Allez, viens, traînard. Nous avons du travail à faire.

ROWAN McALLISTER est une femme qui recrée bien plus qu'elle ne crée, en s'emparant de certains objets ignorés ou négligés pour les rendre vivants et magiques. D'après elle, tout dépend de la manière de considérer les choses. En plus de son histoire d'amour permanente avec les mots, elle crée des œuvres d'art à partir de tissu, de métal, de bois, de pierre et de tout autre morceau de vie qui se retrouve entre ses mains. Il ne suffit que d'un changement de perspective et d'un peu d'effort pour que tout devienne une œuvre d'art à la fois belle et fonctionnelle. Elle vit dans les bois, en périphérie d'une ville – là où la civilisation s'efface et la nature reprend ses droits – en compagnie de son mari patient, affectueux et terre à terre, de sa boule de poils féline super douce et d'un monstre mythologique déguisé en chien. Sa famille de cœur est constituée de personnes provenant de divers milieux qui, toutes, l'ont inspirée de beaucoup de manières et sans lesquelles elle serait perdue.

E-mail : rowanmcallister10@gmail.com
Facebook : www.facebook.com/rowanmcallister10
Twitter : @RowanMcallister

Par ROWAN MCALLISTER

Pour une deuxième chance

Publié par DREAMSPINNER PRESS
www.dreamspinner-fr.com

www.ingramcontent.com/pod-product-compliance
Lightning Source LLC
Chambersburg PA
CBHW022147240626
47153CB00007B/2545